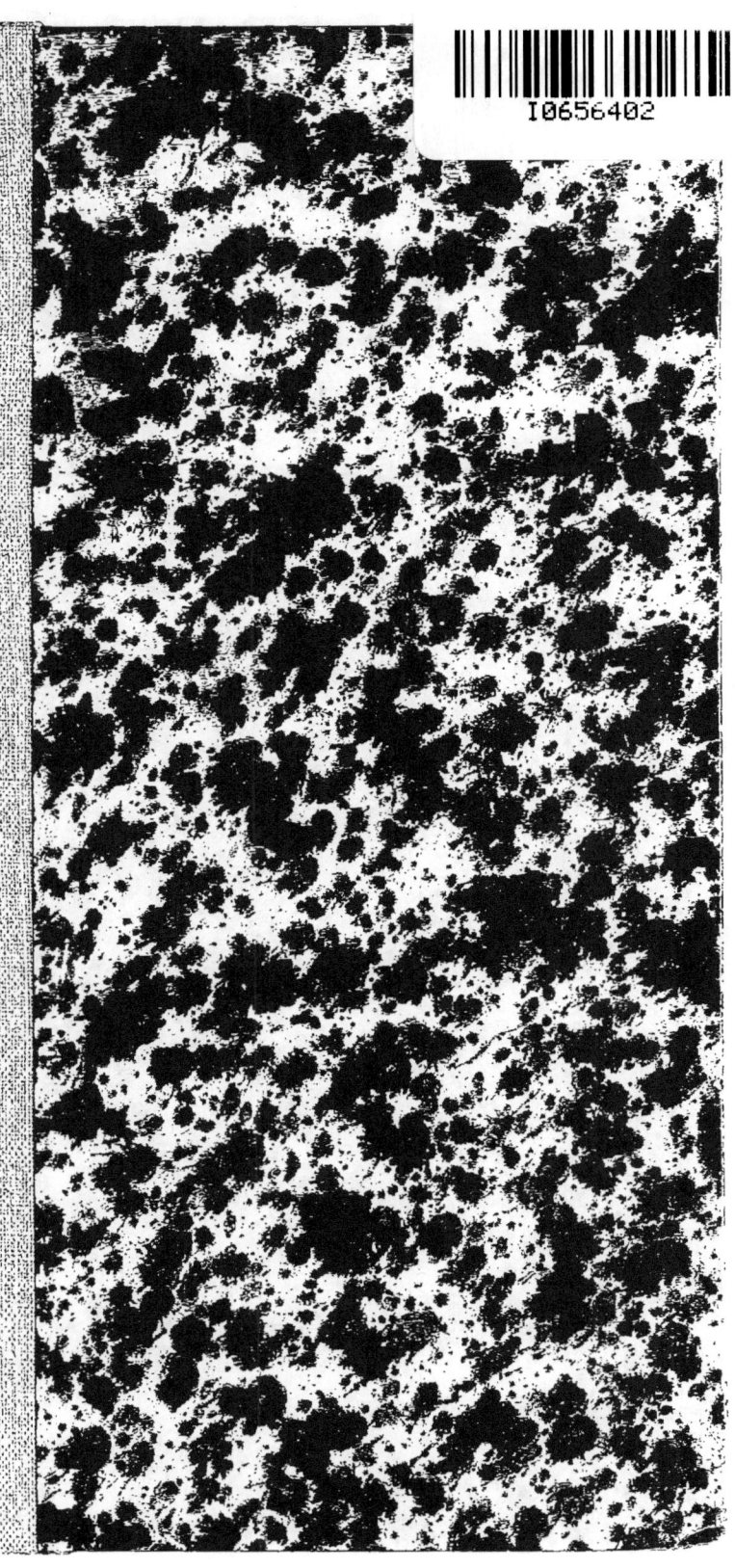

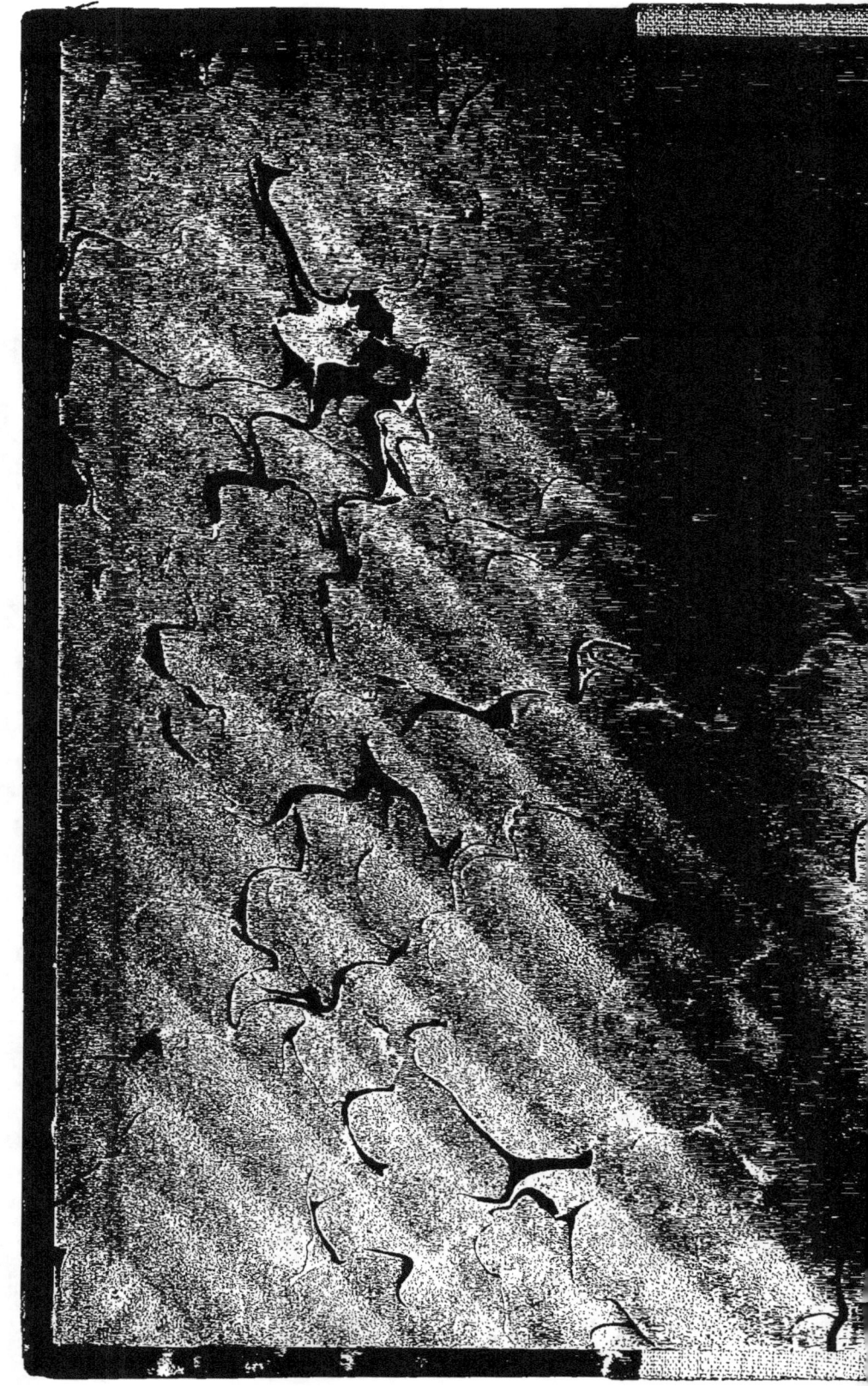

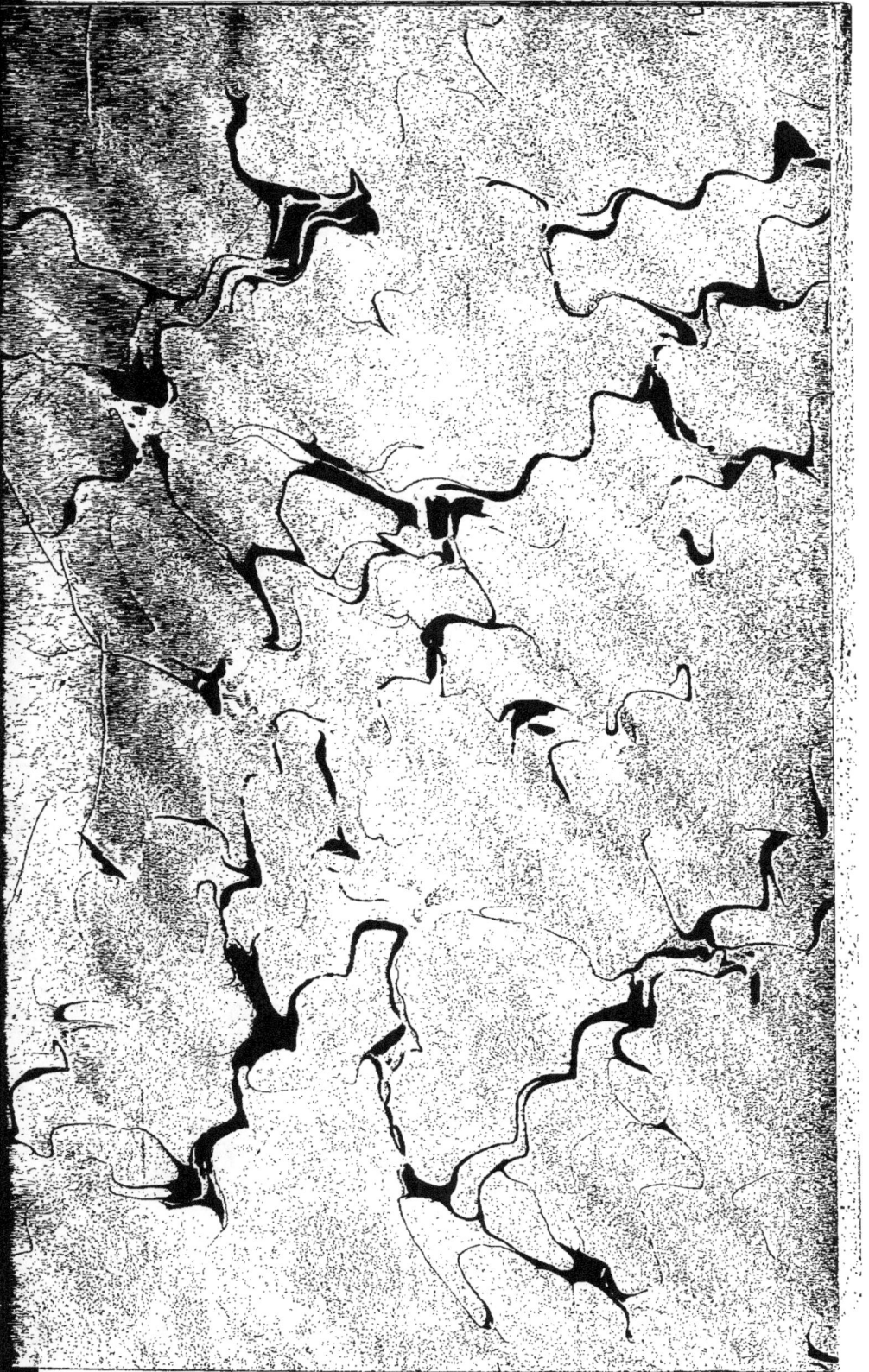

I. BOULANGER

UN PARISIEN

CHEZ LES RUSSES

CALMANN LÉVY, ÉDITEUR

DU MÊME AUTEUR

IMPRIMERIE GÉNÉRALE DE CHATILLON-SUR-SEINE, A. PICHAT.

UN PARISIEN

CHEZ

LES RUSSES

PAR

ADOLPHE BADIN

PARIS

CALMANN LÉVY, ÉDITEUR

ANCIENNE MAISON MICHEL LÉVY FRÈRES

3, RUE AUBER, 3

—

1883

PREMIÈRE PARTIE

—

MOSCOU

PICHA LA BOHÉMIENNE

I

— Puisque vous allez à Moscou, surtout ne manquez pas de voir les Bohémiennes de Strelna ! m'avait dit un ami à la répétition générale de *Quatre vingt-treize*. Et l'une des plus jolies pensionnaires de la Gaîté, qui était là également, avait ajouté avec un sourire narquois :

— C'est cela, allez voir les Bohémiennes ; ça vous fera un peu oublier les Parisiennes !

J'avais noté la recommandation avec le plus grand soin sur la première feuille de mon carnet, mais elle était déjà bien loin de mon esprit lorsque, quatre jours après, je sortais, ma valise à la main, de la gare de Nicolas, chaussée de Sokolniki, près de l'Étang rouge.

C'était la première fois que je visitais la Russie et Moscou ; mais, sans être un grand voyageur devant l'Éternel, j'avais déjà traîné mes guêtres un peu partout, assez du moins pour ne plus étaler, en débarquant dans un pays inconnu, ces ahurissements du Parisien dont les plus longs voyages n'ont pas dépassé Biarritz ou Monte-Carlo.

Cependant, en mettant le pied sur le sol de la vieille Moscou, de Moscou la sainte, j'eus l'impression que j'entrais dans un monde nouveau.

J'écartai cinq ou six *moujiks* assez dégoûtants qui voulaient absolument s'emparer de ma valise, et je montai dans le premier traîneau qui se présenta en disant à l'*isvostchik* :

— *Slavianski bazar.*

C'étaient les seuls mots de russe que je fusse en état de prononcer à peu près distinctement.

Le temps était froid, mais pas autant que je l'aurais cru. La neige formait partout un tapis épais et résistant, sur lequel le traîneau glissait rapidement, sans heurt ni secousse. Il ne neigeait point toutefois.

Naturellement, je regardais de tous mes yeux, comme on dit, ce pays étrange où j'avais été transporté brusquement, sans transition, je peux dire. En effet, par un raffinement de voyageur avide d'imprévu et d'inédit, j'avais tenu à débarquer à Moscou sans aucune préparation intermédiaire. Pour un peu, je me serais fait attacher un bandeau sur les yeux en plein boulevard Montmartre, pour ne l'enlever qu'en face du Kremlin et savourer ainsi, dans toute sa fraîcheur, l'impression exquise de la première heure.

Je n'avais pas été privé, d'ailleurs, d'un spectacle particulièrement intéressant, car depuis Wirballen (ou Wiersboloff), frontière russe, le paysage que j'avais pu contempler à loisir, à travers les doubles vitres du grand wagon-lit de la ligne de Berlin à Saint-Pétersbourg, n'avait rien de bien typique dans sa monotonie désolée.

Arrivé à Saint-Pétersbourg à six heures du soir, j'avais été me refaire par un bon dîner et une bonne nuit au grand Hôtel d'Europe, place Michel. Le lendemain, après une longue promenade sur la perspective Newski et les quais de la Néva, j'avais visité les deux cathédrales d'Isaac et de Kasan, passé deux heures à l'Ermitage, dans les salles de Rembrandt et de David Téniers, et le soir même, à sept heures quinze, j'étais parti par le chemin de fer Nicolas, qui m'avait débarqué le lendemain matin, à dix heures douze, à Moscou.

On le voit, je n'avais guère eu le temps de me familiariser avec la Russie et j'arrivais à ma destination, l'esprit à peu près vierge de toute russification préliminaire.

Pétersbourg, d'ailleurs, avec ses grandes voies régulières, ses maisons carrées, correctement et uniformément bâties, ses squares ornés de statues, ses cathédrales plus gigantesques qu'originales, c'est encore l'Europe, c'est Vienne, c'est Berlin, c'est Londres, c'est tout ce que vous voudrez.

Moscou, au contraire, ne ressemble à rien de ce que vous avez vu ; Moscou la Mère (*Moskowa Matouchka*), Moscou *aux murailles de pierre blanche*, c'est la vraie, la vieille Russie, la Russie asiatique, c'est presque l'Asie, et cela se sent tout de suite.

Aussi regardais-je de tous les côtés à la fois, émerveillé, ravi, pendant que mon traîneau, descendant la chaussée de Sokolniki, traversait la Sadovaïa et suivait la Miassnitskaïa jusqu'au Kitai Gorod (ou ville chinoise), passait sous la porte Nikolsky (Krasnya vorota) et venait enfin s'arrêter dans la rue Nikolskaïa, en face la marquise du Slaviansky bazar (en français bazar slave).

L'impression d'ensemble qui m'avait frappé pendant cette course rapide était un étonnement joyeux. Mon attente était dépassée de beaucoup.

Ces petites rues étroites, irrégulières, qui montaient, descendaient, tournaient court entre deux rangées de maisons basses gaiement peinturlurées, avec par ci par là quelque petite chapelle à coupoles bulbeuses, en forme d'oignon de tulipe, et surmontées de la croix grecque aux chainettes dorées, et, par-dessus tout, la foule bariolée, en *touloupe* graisseuse ou en pelisse fourrée de tout poil et de toute nuance, qui donnait à ces rues étroites un mouvement, une vie incroyables, à faire supposer que Moscou est excessivement peuplée, tandis que Pétersbourg, avec les larges voies, les immenses perspectives où s'éparpillent ses huit cent mille habitants, paraît relativement déserte : tout cela me prenait, m'attachait à un point que je ne saurais dire.

Cette fois, pensai-je, je n'aurai pas à craindre de désillusion, et, chance inappréciable, comme je ne connais personne à Moscou, il n'y a point de danger que quelqu'un vienne se jeter à la traverse de mes impressions sous prétexte de me les expliquer.

Hélas ! à peine avais-je franchi la double porte de l'hôtel, qu'à ma grande stupéfaction je m'entendis saluer aussitôt par mon nom prononcé avec l'accent le plus parisien.

II

Le hardi navigateur qui vient de découvrir une *terra incognita* au milieu des glaces du pôle Nord et qui, au moment même où il songe à la baptiser du nom de la femme aimée, s'aperçoit tout à coup, à quelque signe irrécusable de civilisation, comme un porte-cigarettes en cuir bouilli ou la photographie-carte de quelque matelot d'Anvers ou de Christiania, que sa *terra* soi-disant *incognita* a déjà été découverte une dizaine de fois avant lui ; le jeune et ardent membre du club Alpin qui, en mettant enfin le pied sur le sommet vertigineux d'un pic inaccessible, vient se casser le nez sur le guidon étoilé de quelque miss au jarret d'acier, ne sont pas plus désagréablement surpris que je ne le fus moi-même en entendant les deux syllabes de mon nom retentir inopinément à mes oreilles dans le vestibule du Slaviansky bazar.

Je levai des yeux ahuris et reculai machinalement en voyant venir à moi, les mains tendues, un gros monsieur enveloppé d'une pelisse à collet gigantesque et coiffé d'un lourd bonnet en castor.

— Comment! s'écria l'inconnu, vous ne me reconnaissez pas? Dumas, Henri Dumas, de la rue de Lisbonne.

— Ah! parfaitement. Excusez-moi. C'est ce costume! Et, puis, je m'attendais si peu à vous rencontrer ici, je l'avoue!

Ce brave Henri Dumas! je ne me souvenais plus au juste quand et comment nous avions fait connaissance; mais, chose certaine, nous avions vécu deux ou trois années de la vie de Paris dans une intimité de tous les jours, nous retrouvant chaque soir, sans même nous être donné rendez-vous, au cercle, au théâtre, dans le monde, ailleurs encore peut-être.

Puis, un beau jour, soit que quelque événement imprévu ait fait bifurquer les deux routes jusqu'alors parallèles que nous suivions l'un et l'autre, soit que Dumas ait disparu subitement de l'horizon parisien, nos relations avaient brusquement cessé, et j'avais fini par oublier complètement l'existence de mon ancien camarade et ami.

Quand il se fut nommé toutefois, je le reconnus immédiatement.

Il m'apprit alors qu'après une série de formidables *culottes* aux Mirlitons, il avait dû se mettre dans les affaires et qu'il était établi depuis trois ans à Moscou, Pont des Maréchaux, maison Baranoff.

— Mais, ajouta-t-il, je vous retiens là dans l'escalier. Il faut d'abord vous installer. Vous nous restez quelque temps?

— Une quinzaine, je pense.

— Bien! Inutile de vous dire que je suis entièrement à votre disposition. Cela va de soi. Et, pour commen-

cer, je vais m'occuper de votre installation, si vous le
permettez. Je suis un peu chez moi, ici ; j'y ai logé
presque une année, quand je suis arrivé à Moscou. Je
vais dire qu'on vous donne le 19 ; c'est ce qu'ils ont
de mieux.

S'approchant alors de la caisse, mon obligeant ami
échangea quelques paroles en russe avec le secrétaire
de l'hôtel ; puis, revenant vers moi :

— Le 19 ne sera libre que demain, me dit-il ; en
attendant, on va vous donner le 21, l'appartement de
Sarah ! rien que cela, mon bon !

— Quel honneur !

Un quart d'heure après, nous étions assis côte à
côte dans un immense salon jaune et rouge où, pendant toute la durée de son séjour à Moscou, la dia-
phane doña Sol avait reçu les hommages des adora-
teurs de l'art pur ; et nous causions de Paris, et de nos
amis communs, de ce fou de Daniel, plus fou que jamais, et de Marceau, aujourd'hui retiré dans un cabinet d'agent de change.

— Allons donc ! Marceau agent de change !

— Parfaitement. C'est même une des plus solides
maisons de la place.

— Sérieusement ?

— Mais si sérieusement que c'est à lui que je donne
toutes mes affaires.

Après avoir fait ainsi le tour de nos anciennes relations, sans oublier la petite Gabrielle, qui avait des
chapeaux — et des sautes de cœur — si extraordinaires, ni la belle A... des Variétés, un des meilleurs
souvenirs de Dumas; celui-ci me dit brusquement :

— Et maintenant, y a-t-il de l'indiscrétion à vous

1.

demander ce que vous êtes venu faire dans ce trou ?

— Moscou, un trou ! me récriai-je suffoqué. Mais j'y suis venu, tout justement, pour y chercher du nouveau, de l'imprévu, de l'étrange...

— Toujours original !

— Vous plaisantez. Si je ne trouve pas ici ce que je veux, où aller alors ?

— Bah ! quand vous aurez vu le Kremlin, avec le Trésor et le Musée synodal, Wassili Blagennoï et Troïtza, je ne sais pas trop ce qui vous restera à voir.

— Et les Bohémiennes ? m'écriai-je en pensant tout à coup à ce que m'avait dit mon ami le soir de *Quatre vingt-treize.*

— Ah ! les Bohémiennes ! Qui est-ce qui vous a parlé des Bohémiennes ! Il y a des gens, ici surtout, à Moscou, qui en sont fous, c'est vrai. Quant à moi, ça ne m'a jamais dit grand'chose. Si cependant vous tenez à les voir, c'est bien facile. Et, tenez, vous tombez à merveille. Nous allons précisément à Strelna ce soir avec des amis ; nous vous ferons les honneurs des Bohémiennes, si vous le voulez.

— Je crois bien que je le veux !

— C'est une affaire entendue. Seulement, je suis obligé de vous quitter ; j'ai des rendez-vous par-dessus la tête aujourd'hui. Je ne pourrai même pas dîner avec vous. Je dîne chez le général Anitchikof — un dîner d'affaires ! — Mais je viendrai vous prendre à dix heures avec ma troïka.

— A dix heures ?

— Oui. Ici on ne se couche pas de bonne heure, et les soirées commencent toujours fort tard. A Strelna même, il n'y a jamais personne avant onze heures ou minuit.

— Soit donc; à dix heures!

— Seulement, je vous en préviens : si les Bohémiennes ne répondent pas à l'idée que vous vous en faites, ne vous en prenez pas à moi de la perte de vos illusions. C'est vous qui l'aurez voulu.

A dix heures précises, je vis reparaître Dumas avec un grand jeune homme extrèmement blond, qu'il me présenta.

— Mon jeune ami, Alexei Pétrovitch Likhouschine, qui meurt d'envie d'aller chercher à Paris les impressions nouvelles que vous êtes venu demander à Moscou.

Les présentations faites, nous descendîmes immédiatement et primes place tous les trois dans la troïka de Dumas.

La troïka est un grand traîneau à trois chevaux, le cheval du milieu, le limonier, étant seul attelé dans les brancards, les deux autres ne tenant au traîneau que par un trait extérieur, une courroie lâche qui les rattache au collier du limonier.

Ce qui donne à cet attelage sa physionomie caractéristique, c'est que les trois chevaux ne courent point de la même allure : tandis que celui du milieu, *le sage*, comme on l'appelle, garde constamment le trot, les deux chevaux de volée galopent franchement en tirant chacun de leur côté, en éventail, avec quelque chose de gai, de libre et de gracieux dans l'allure qui leur a fait donner les noms du *coquet* et du *furieux*.

Les rues de Moscou sont irrégulières et tortueuses, et la neige qui les recouvrait, foulée et durcie tout le jour par le passage d'innombrables traîneaux (rien que pour les traîneaux de louage, on me dit qu'il y en a plus de 24,000 inscrits), formait comme des vagues sur lesquelles la troïka montait et descendait sans trop de secousses.

Ce ne fut toutefois que lorsque nous eûmes gagné les faubourgs et leurs voies plus larges et plus droites que nous filâmes un peu rapidement.

La promenade devint alors tout à fait charmante, surtout une fois la barrière Tverskaïa dépassée.

La route se déroulait maintenant entre le mur bas, à saut de loup, d'une propriété boisée, et les grands arbres du parc Pétrovsky, qui laissaient voir derrière leurs squelettes dépouillés une foule de petites villas aux toits ensevelis sous la neige.

L'air froid et piquant qui nous fouettait le visage, l'allure de plus en plus vive qui nous emportait, la nouveauté, l'imprévu de cette course folle au milieu de la nuit, et jusqu'aux vapeurs qui s'échappaient des flancs de nos trois chevaux et nous enveloppaient d'un épais nuage, tout cela dégageait une griserie très particulière qui me montait peu à peu à la tête.

Le jeune Russe qui nous accompagnait semblait un fort aimable compagnon. La conversation s'étant portée sur ce que nous allions voir à Strelna, Dumas me le dénonça comme un partisan fanatique des Bohémiennes et de leurs chants. Le jeune Likhouschine ne fit point difficulté d'en convenir.

— Je comprends que ces chants sauvages ne vous
plaisent point, dit-il ; ils ne ressemblent en rien à de
la musique d'opéra ; mais, nous autres Russes, nous les
préférons à tout : ils nous ravissent, ils nous enivrent ;
ce n'est plus de l'entraînement, c'est de la fureur,
c'est de la folie. Point de fête complète chez nous
quand les Bohémiennes ne sont pas de la partie. Et nos
plus grandes jouissances, c'est de louer entièrement
pour une nuit Strelna et de faire chanter et danser les
Bohémiennes exclusivement pour nous. C'est une fantaisie qui coûte fort cher, mais rien n'est trop cher
lorsqu'il s'agit des Bohémiennes. La semaine passée,
précisément, nous nous sommes réunis à dix pour
nous offrir cette partie complète. Il est même arrivé,
ce soir-là, une petite aventure assez typique, comme
il n'en peut guère arriver ailleurs qu'à Moscou. Vous
connaissez le vieux Solodovnikoff, n'est-ce pas, Dumas?
Solodovnikoff, le riche négociant en fourrures d'Ilinka,
maison Khloudoff. Vous savez que quand il s'est mis
une idée en tête, rien ne l'arrête ? Ce soir-là dont je
vous parle, Solodovnikoff, qui avait bien dîné et beaucoup bu, selon son habitude, fit atteler ses trois chevaux noirs à sa troïka, trois magnifiques bêtes qu'il a
payées dix mille roubles, et partit pour Strelna. Naturellement, il trouve la porte fermée, puisque nous
avions exigé, en retenant l'établissement, qu'on ne
laissât entrer personne. Furieux d'être obligé de renoncer à sa fantaisie, échauffé en outre par le champagne et le *vodka*, une idée extravagante, absurde,
folle, lui passa par l'esprit : il donna l'ordre à son cocher d'enlever ses chevaux, d'enfoncer la porte et
d'entrer de force. Malgré le manifeste de 1861 qui les a

émancipés, les cochers russes sont encore restés
quelque peu nos serfs. Jamais un cocher de bonne
maison ne se permet de discuter un ordre ; il obéit,
quoi qu'on lui commande. Cependant celui de Solodovnikoff se fit répéter deux fois l'ordre inouï, insensé,
de son maître. Après quoi, prenant du champ, il
lança ses trois chevaux à toute volée contre la porte
fermée. La porte était solide, elle tint bon ; mais en
revanche les trois magnifiques bêtes restèrent sur le
terrain, la tête et les membres broyés ; le cocher fut
grièvement blessé, et il ne fallut pas moins d'un miracle pour que Solodovnikoff lui-même se tirât sain et
sauf de l'effroyable bagarre. Voilà comment nous
sommes, nous autres Moscovites, quand quelque
chose se met entre nous et nos caprices. — Mais nous
arrivons. Ce soir, nous n'aurons pas besoin de faire
comme Solodovnikoff ; la porte est grande ouverte, et
j'aperçois même dans la cour un nombre respectable
de traîneaux et de troïkas. Allons ! nous ne serons pas
les premiers arrivés !

IV

Après avoir laissé nos pelisses et nos galoches en
caoutchouc dans le vestibule où un vestiaire est établi, nous traversons deux ou trois salons sans caractère ni intérêt quelconque, et nous pénétrons aussitôt
après dans un jardin d'hiver assez joli, qui rappelle à
la fois la grande serre de notre jardin d'acclimatation
et le jardin des Folies-Bergère.

Des petites allées sablées serpentent gracieusement
entre des petites pelouses de gazon anglais et des
massifs de palmiers, de bananiers et d'eucalyptus ; par
ci, par là, dissimulées dans la verdure, des petites
salles discrètes, avec des tables et des chaises, d'où
s'échappent de joyeux éclats de voix. Ce sont nos
amis, les amis d'Henri Dumas et du jeune Likhouschine, veux-je dire, qui fument des cigarettes et
boivent du thé en nous attendant. On nous accueille
et on nous fait place avec force acclamations.

Une demi-heure, une heure se passent ainsi ; j'ai
beau jeter les yeux autour de moi, je ne vois rien
d'extraordinaire. Je commence à trouver le temps

long, et; n'était la honte de trahir mon impatience, je demanderais volontiers à l'ami Dumas si c'est à cela que doivent se borner les divertissements de là soirée.

Enfin, on se lève, on quitte peu à peu le jardin et·on se retrouve bientôt après, tous ensemble, dans un grand salon blanc et or, éclairé au gaz, le salon banal des cabarets à la mode de Paris, de Vienne, ou d'ailleurs. Nous allons nous asseoir sur les divans en moleskine rouge qui occupent tout un côté du salon, et des garçons en habit noir et cravate blanche viennent déposer devant nous, sur de petites tables, le *samowar* et des verres, avec les soucoupes de confitures d'airelles, de framboises et de sorbier, complément obligé du thé servi à la russe.

Puis, un coup de sonnette, et je vois entrer les unes après les autres une vingtaine de femmes habillées et coiffées à l'européenne, qui vont s'asseoir en face de nous, de l'autre côté du salon. Ce sont les Bohémiennes.

Avec leur teint olivâtre, leurs sourcils et leurs cheveux d'un noir luisant et leurs yeux de chat sauvage, elles n'eussent peut-être point manqué d'une certaine saveur d'étrangeté dans leur cadre naturel, le cou et les épaules chargés de colliers d'ambre et de verroterie, et leurs membres grêles et nerveux cachés sous les jupes constellées d'étoiles, et les mantes rayées de couleurs éclatantes ; mais, avec leurs robes sombres au corsage montant, avec les fleurs vulgaires et les bijoux de pacotille piqués sans goût dans leurs cheveux, elles n'avaient plus aucun caractère ; à deux ou trois exceptions près, elles étaient absolument insignifiantes. On eût dit des chanteuses de café-concert de troisième

ordre, ou plutôt encore des femmes de chambre mal
habillées.

Rien de plus inerte que leur attitude, rien de plus
morne que leur visage : Elles se tenaient assises sur
leurs chaises, les mains sur les genoux, comme à moitié endormies. Quelques-unes, nonchalamment adossées contre le mur, laissaient échapper de leurs lèvres
la fumée de leurs *papiros* avec une sorte de calme animal, avec une absence complète d'expression qui
finissait par devenir irritante ; elles ne semblaient pas
même s'apercevoir qu'on les regardait.

Cinq ou six hommes de même race se tenaient debout à côté d'elles ; basanés comme des Indiens, l'air
farouche et sournois à la fois, les moustaches noires
et tombantes, ils rappelaient beaucoup plus que les
femmes le type caractéristique des Bohémiens.

Un de ces hommes attira surtout mon attention par
le mouvement qu'il se donnait et le rôle important
qu'il semblait jouer dans la troupe. Il était vêtu plus
élégamment et plus richement que les autres, d'une
tunique de velours noir serrée à la taille, avec le devant et les manches en satin cerise, et d'un pantalon
noir à large galon doré, comme un écuyer de cirque.
Il tenait à la main une guitare en palissandre incrusté
de nacre, qu'un fort cordon de laine rouge retenait autour de son col.

C'était évidemment le chef de la bande, le coryphée,
l'impresario. Après avoir accordé une dernière fois
son instrument en l'appuyant contre son genou, il
passa sur le devant de la première rangée des
femmes et, grattant des appels répétés sur le ventre
de la guitare, s'avança en se dandinant vers une

grosse commère assise au milieu des autres et qui, avec
ses gros traits épatés, ses yeux agrandis au koheul, ses
joues peintes et surtout son embonpoint extrême,
ressemblait plus à une Orientale qu'à une fille de
Bohême.

Quand il fut arrivé en face d'elle, la Bohémienne
leva les yeux sur lui ; puis, sans faire un mouvement,
sans que sa physionomie endormie se réveillât sensiblement, elle laissa échapper de ses lèvres à peine entr'ouvertes un murmure indistinct qui s'enfla peu à
peu et devint une mélodie traînante et bizarre qui n'é-
tait point sans charme. Le couplet terminé, les autres
Bohémiennes, soutenues par les voix plus mâles de
leurs cinq ou six compagnons, reprirent toutes à la
fois la dernière phrase de la soliste : ce fut alors
comme une explosion de fusées, de gammes, de tril-
les, de modulations, dont l'effet alla toujours *crescendo*
jusqu'au moment où tout s'éteignit brusquement.

Et pendant ce temps le joueur de guitare se déme-
nait comme un beau diable, frappant du pied et mar-
quant le rythme sur le bois de son instrument avec la
paume de la main, tout en faisant les plus étranges
grimaces et en jetant par intervalles un cri aigu.

Puis, la voix de la grosse Bohémienne reprit son
étrange mélodie, accompagnée en sourdine par les
ronflements de la guitare et coupée, après chaque couplet, par la reprise du chœur.

L'effet de cette musique, excitante comme ces par-
fums exotiques dont les fumées vous étourdissent et
vous enivrent, était véritablement extraordinaire. Des
applaudissements, scandés avec frénésie, éclataient de
toutes parts et augmentaient encore l'émotion générale.

Quant à moi, je fus tout de suite sous le charme ; à peine avais-je conservé assez de sang-froid pour m'étonner du singulier mélange de fantaisie et de science qu'il y avait dans ces chants. Le brio de ces merveilleuses artistes n'était pas moins surprénant, en effet, que la justesse extraordinaire, impeccable, de leurs voix. Elles chantaient comme les oiseaux chantent, avec la même perfection naturelle.

Cependant, après un léger intervalle, le Bohémien à la tunique de velours, qui avait disparu, se montra de nouveau et vint s'arrêter en face d'une autre chanteuse, qu'il provoqua des yeux et du geste, en brodant quelques arpèges sur les cordes de sa guitare.

Celle-ci, que je n'avais point encore remarquée, était beaucoup plus jeune que la première. Sans l'expression absolument inerte de sa physionomie, elle eût pu passer pour jolie. Elle était vêtue très simplement d'une robe noire, avec une rose rouge dans les cheveux pour tout ornement.

Chose étrange, à peine la bizarre créature avait-elle lancé sa première note, que son visage morne parut s'éclairer subitement ; une imperceptible vapeur rose se répandit sur ses joues ; des éclairs intermittents passèrent dans ses yeux ; dans sa bouche, entr'ouverte par un vague sourire, ses dents scintillèrent presque férocement. Le sauvage esprit de la musique, qui s'était déchaîné en elle, l'avait comme transfigurée ; ses traits, tout à l'heure encore assez vulgaires, avaient pris une noblesse incroyable ; sa taille elle-même semblait grandie et sa pauvre robe noire s'arrangeait maintenant comme une draperie sur ses membres grêles, mais souples et nerveux comme ceux d'un jeune chat.

Quand elle soulevait ses longues paupières frangées
de cils noirs, le banal salon de restaurant où nous
étions disparaissait pour faire place à je ne sais quel
fantastique palais, resplendissant de lumières.

Quant à elle, elle ne voyait ni la salle ni les assistants et paraissait n'avoir aucune conscience du lieu
où elle était. Elle avait l'air détaché, inconscient, d'une
somnambule; et son chant s'échappait de ses lèvres
comme ces voix qu'on entend en songe.

C'était un chant singulier, dont aucune musique ne
pouvait donner l'idée, mais d'une séduction irrésistible. Je ne me rendais point compte de ce que j'éprouvais; mais cette musique, sauvage et savante à la
fois, agissait violemment sur mes nerfs. Elle éveillait
en moi, avec une puissance extraordinaire d'évocation,
je ne sais quelle vision d'un autre monde où, loin de
toute étiquette et de toute entrave, on pouvait se livrer, en pleine indépendance, à la satisfaction de ses
penchants naturels.

C'était précisément parce qu'elle ne ressemblait à
rien de ce que j'avais entendu jusqu'alors, que cette
musique, d'une bizarrerie mystérieuse comme la voix
même de la nature notée et saisie au vol dans la solitude, agissait sur moi profondément. L'état d'esprit où
elle m'avait jeté échappait à toute analyse. C'était une
sorte de délire, de vertige, de rêve éveillé, une sensation très curieuse et très compliquée qui ne laissait pas
d'avoir sa volupté.

La chanteuse elle-même, et c'était cela sans doute
qui la rendait si séduisante et si dangereuse, était se-
couée tout entière par la passion de la musique qui la
possédait. Elle frémissait de la tête aux pieds, elle vi-

brait de tous ses membres comme si son corps n'eût
été que nerfs. Ce n'était pas pour nous, pour les autres, qu'elle chantait ; c'était pour elle. On eût dit
qu'elle improvisait, qu'elle chantait tout ce qui lui passait par la tête et qu'une fois lancée sur cette pente,
elle ne pouvait plus s'arrêter. Elle ne s'interrompait
qu'à regret lorsque le chœur reprenait le refrain et
semblait attendre avec une impatience fébrile le moment de repartir.

Puis, tout d'un coup, le chant terminé, elle retomba
dans son apathie et reprit son masque de sphinx, irri-
tant comme une énigme indéchiffrable. Et je ne pouvais plus me lasser de la regarder, cherchant en vain
à retrouver sur ces traits impassibles quelque trace
de la passion ardente qui les illuminait tout à l'heure.

Cependant d'autres chanteuses s'étaient mises à leur
tour à chanter, au grand ravissement du public de
plus en plus animé, qui les saluait d'applaudissements et d'interpellations admiratives.

Mais, quant à moi, je n'écoutais plus et jusqu'à la
fin de la soirée je demeurai les yeux absorbés dans la
contemplation de l'étrange artiste dont la voix merveilleuse et le visage transfiguré par la passion m'a-
vaient si profondément impressionné.

Lorsque nous fûmes remontés dans notre troïka,
Henri Dumas, Likhouschine et moi, pour revenir à
Moscou, la conversation ne tarda pas à tomber sur le
curieux spectacle auquel nous venions d'assister. Le
jeune Russe était tellement plein de son sujet que je
n'eus guère besoin de l'exciter pour lui faire dire tout
ce que je brûlais de savoir sur les Bohémiennes et
particulièrement sur celle qui m'avait si fort charmé.

J'appris alors que ces femmes et les hommes qui les accompagnaient formaient une sorte de petite colonie et vivaient tous ensemble dans un isolement farouche qu'ils ne permettaient à aucun étranger de venir troubler.

Il y avait déjà bien des années que cette colonie bohémienne était venue s'installer à Moscou pour y gagner le pain quotidien en chantant et aussi en dansant. Il faut croire qu'elle avait été bien accueillie tout d'abord, car elle s'y était fixée définitivement.

Quelques membres de la colonie cependant émigrèrent à Saint-Pétersbourg, où ils donnent pendant la saison d'été des représentations très suivies dans les divers restaurants des Iles, de l'autre côté de la Néva ; mais le gros de la troupe, les premiers sujets, les meilleures chanteuses, demeurent à Moscou, qu'ils ne quittent guère qu'en août et septembre pour aller à Nijni-Novgorod pendant la célèbre foire. Parfois aussi, dans des occasions solennelles ou lorsqu'ils veulent faire honneur à des hôtes de distinction, de richissimes seigneurs se passent la coûteuse fantaisie de faire venir les Bohémiennes dans leur domaine particulier ; mais le fait ne se présente pas fréquemment, car celles-ci se font payer extrèmement cher.

Ces femmes gagnent donc beaucoup d'argent, surtout à certaines époques de l'année ; on dit qu'elles se partagent entre elles les bénéfices recueillis et qu'elles possèdent, chacune en propre, une partie de la propriété commune. Rien de plus bizarre et de plus simple à la fois, paraît-il, que la façon dont tous ces gens, hommes et femmes, vivent ensemble. Bien que personne ne soit fixé absolument à cet égard, puisqu'ils

ferment avec obstination leur porte à tout étranger in-
distinctement, on assure qu'ils poussent l'amour de
l'indépendance jusqu'à ses dernières limites, qu'ils
n'obéissent à aucune loi, qu'ils ne reconnaissent aucune religion et n'ont pas d'autre morale que leur
caprice. Ils se marient ou s'unissent entre eux d'après
certains rites qui leur sont particuliers; quant aux enfants, ils sont élevés par les vieilles femmes de la
tribu, qui leur transmettent, dès le premier âge, leurs
traditions et leurs chants. Ces chants passent ainsi de
génération en génération sans jamais été avoir notés et
écrits; ces admirables artistes ne savent point une note
de musique et seraient absolument hors d'état de trans-
crire un de ces airs qu'elles chantent si bien ; ce qui
ne les empêche pas d'être de véritables virtuoses, depuis la dernière choriste jusqu'à la première chanteuse, et de chanter de mémoire avec une justesse et
une sûreté merveilleuses.

— Et vous dites, demandai-je au jeune Likhouschine, que ces étranges Bohémiens n'ont ni patrie, ni
religion, ni famille, ni morale?

— On l'assure, répondit le jeune Russe ; mais il ne
faudrait pas en conclure qu'ils s'abandonnent volontiers à toute espèce de dérèglements. Ainsi les Bohémiennes que vous avez vues ce soir sont d'une extrême sobriété : pour rien au monde vous ne leur fe-
riez accepter autre chose que du thé.

— Eh bien, moi, interrompit Henri Dumas, je me
suis approché un moment de l'homme à la guitare, et
je puis vous affirmer qu'il empoisonnait le *vodka* à
pein nez.

— Je ne vous parle point des hommes, reprit

Likhouschine. En outre, ce qui vous paraîtra difficilement croyable, la vertu des Bohémiennes passe généralement, et à juste titre, pour invincible.

— Oh ! invincible ! se récria le sceptique Dumas.

— Parfaitement ! continua Likhouschine, et quand
vous entendrez quelqu'un se vanter d'en avoir triom-
phé, vous pourrez dire qu'il a menti. Oh ! ce n'est pas
qu'elles soient bégueules ni farouches. Elles se laisse-
ront prendre les mains et la taille, elles accepteront
vos cadeaux, vos roubles même ; vous pourrez les
embrasser, si le cœur vous en dit ; et, si elles sont de
bonne humeur, peut-être même vous rendront-elles
votre baiser ; mais ça n'ira pas plus loin que cela.
Elles n'attachent aucune importance à ces menues faveurs ; pour le reste, c'est autre chose.

— Vous croyez alors, insinuai-je à mon tour, qu'elles
réservent leurs faveurs à leurs compagnons et qu'il
est impossible de s'en faire aimer si l'on n'appartient
point à leur tribu ?

— J'en suis sûr, autant qu'on peut être sûr de ces
choses-là, répondit le jeune Russe. Ajoutez que leurs
compagnons les surveillent avec un soin jaloux, et,
comme ils sont féroces et jouent du couteau avec la
plus grande facilité, ils feraient bien certainement un
mauvais parti à l'imprudent qui aurait réussi à se
faire aimer de l'une d'elles.

— Bah ! dit Henri Dumas, si j'étais bien mordu par
les charmes d'une de ces princesses, je sais bien ce
que je ferais. Je n'irais point par quatre chemins, je
prendrais dans un petit coin le chef de la bande, je
l'allumerais avec un nombre raisonnable de verres de
vodka ; j'étalerais sur la table un portefeuille conve-

nablement capitonné de roubles de toutes nuances, et je lui conterais ma petite affaire.

— Vous savez pourtant comme moi, dit Likhous-chine, quelles sommes fabuleuses ont dépensées pour elles des personnages bien connus à Moscou, sans que cela les ait avancés à grand'chose.

— Vous n'avez pas l'idée, monsieur, continua le jeune Russe en s'adressant à moi, des extravagances que ces Bohémiennes ont fait commettre à certaines gens. Tenez, il y en a une qui a de grands yeux noirs et fauves ; vous l'avez peut-être remarquée ? C'est elle qui a chanté la seconde.

— Oui, certes, je l'ai remarquée, m'écriai-je avec une vivacité qui faillit trahir l'intérêt passionné que je prenais à la conversation.

— Eh bien, ce que Picha, (elle s'appelle Picha) a fait faire de folies est inimaginable. Elle n'aurait eu qu'un mot à dire, ou à laisser dire, pour voir à ses pieds les plus beaux, les plus élégants, les plus nobles jeunes gens de Moscou, et surtout les plus gros millionnaires, et vous savez si nous en avons ici. J'ai vu de mes yeux le vieux Solodovnikoff, le même dont je vous ai raconté l'acte de violence sauvage contre la porte fermée de Strelna, déposer sur les genoux de Picha soixante billets de mille roubles et celle-ci les laisser tomber par terre sans un mouvement d'hésitation ni de regret. Voilà ce que j'ai vu. Une autre fois, Sobolaïeff, le riche banquier, transporté jusqu'à l'extase par les chants de Picha et fortement ému en même temps par le champagne qu'il avait bu, eut la fantaisie originale de vouloir forcer toutes les autres Bohémiennes à venir courber le genou, les unes après les autres,

devant son idole. Or toutes ces femmes poussent très
loin l'orgueil et l'amour de l'égalité : elles refusèrent
d'un commun accord. Mais Sobolaïeff est entêté ;
quand il veut une chose, il la veut bien ; en outre, il
est habitué à voir les résistances les plus tenaces céder
devant la toute-puissance de l'argent. Il insista donc,
en déclarant au chef de la troupe qu'il était prêt à
payer ce qu'il faudrait. Ce fut toute une affaire, et le
Bohémien, alléché par l'appât d'un gros bénéfice à
toucher, dut employer toute son éloquence et peut-
être même quelques arguments plus expressifs encore
pour venir à bout des répugnances invincibles de ses
compagnes. Enfin, après une interminable négocia-
tion et moyennant un prix convenu de cinquante ou
de cent roubles, je ne sais plus au juste, à recevoir
pour chacune d'elles, elles finirent par s'exécuter d'assez mauvaise grâce. Mais, pas plus que le vieux Solodovnikoff, Sobolaïeff n'obtint jamais plus que cela de
la fière et sauvage Picha, et, tous les soirs, ou plutôt
tous les matins, quand Strelna éteint son gaz et ferme
ses portes, vous pourrez voir la farouche Bohémienne,
qui pourrait habiter, elle aussi, une maison magnifique
sur le boulevard Pretchistensky ou le boulevard
Tverskoy, regagner modestement avec ses compagnons
le quartier Khamovnitcheskaïa, où ils habitent tous ensemble dans je ne sais quel *percoulok*.

— Tout ce que vous vous voudrez, riposta Henri
Dumas inébranlable dans son scepticisme ; mais ne
croyez-vous point que cette réputation plus ou moins
méritée de vertu féroce et inaccessible ne soit pas
plutôt une excellente réclame, entretenue avec soin
par les Bohémiens, pour rehausser le prix et l'attrait
des princesses en question ?

— Peut-être aussi, dit Likhouschine, est-ce par orgueil de race, pour ne pas se donner un maître parmi les étrangers, car pour elles nous sommes tout aussi bien des étrangers, nous autres Russes, que vous-même.

— A moins que tout simplement ces natures endormies ne soient complètement dépourvues de tempérament et n'éprouvent pas plus le besoin d'être aimées que celui d'aimer elles-mêmes.

— Ma foi, c'est bien possible, conclut philosophiquement Likhouschine.

Et il se lança à perte de vue dans une théorie qui lui était particulière et qui tendait à établir que l'amour n'existait pas et ne pouvait pas exister en dehors de certaines conditions de civilisation, de sociabilité, etc.

Pendant que le jeune Russe développait ainsi sa superbe théorie à Henri Dumas, je revoyais en imagination le visage étrange de Picha, la passion qui l'agitait tout entière une fois que le démon de la musique l'avait arrachée à sa somnolence et les éclairs qui jaillissaient par intervalle de ses yeux fauves ; et je pensais à part moi que les théories que l'on peut faire sur l'amour ne sont que chansons, et que toutes les créatures de ce bas monde, qu'elles soient blondes ou qu'elles soient brunes, qu'elles soient civilisées ou qu'elles ne le soient point, sont nées pour aimer et pour chercher qui les aime.

VI

Soit que l'ébranlement nerveux causé par mes quatre-vingt-dix heures de chemin de fer ne fût point encore calmé ; soit que l'accumulation, la superposition
de toutes les choses nouvelles que j'avais vues au
cours de cette fertile journée m'eussent fatigué l'esprit outre mesure ; soit enfin que le souvenir des Bohémiennes, de Picha surtout, m'eût laissé une trop vive
impression, toujours est-il que je dormis fort peu
cette nuit-là et d'un sommeil fort agité.

J'avais beau me tourner et me retourner sur l'étroit
lit de fer sans rideaux que l'on retrouve partout en
Russie derrière son mince paravent, et cela aussi bien
dans les appartements privés que dans les chambres
d'hôtel, il me fut impossible de rencontrer le repos
dont j'avais si grand besoin. Dans mon insomnie fiévreuse, je revoyais sans cesse les traits bistrés de la
jolie Bohémienne ; et ses grands yeux pleins de flammes, si ardents et si doux à la fois, me poursuivaient avec acharnement. En même temps, tout ce
que le jeune Likhouschine m'avait raconté sur elle se

2.

représentait à mon esprit : les folies que le vieux Solodovnikoff et le riche banquier Sobolaïeff avaient
faites pour elle, l'indifférence dédaigneuse avec laquelle elle avait repoussé les offres les plus extraordinaires, et jusqu'au moindre détail sur les mœurs singulières et la façon de vivre de ces Bohémiens.

Je m'endormis seulement le matin d'un sommeil inquiet, nerveux, pendant lequel mes préoccupations
d'esprit ne me laissèrent guère de répit ; je rêvai de
Strelna et revis dans mon rêve les yeux de Picha, qui
se fixaient sur les miens avec une expression étonnée
à la fois et sympathique.

A onze heures, Henri Dumas entra dans ma chambre et me réveilla. Il venait déjeuner avec moi, ainsi
qu'il avait été convenu la veille, paraît-il, et, après déjeuner, il devait me faire les honneurs de Moscou, me
piloter dans le Kremlin, dans les églises, enfin me
faire voir tout ce que la ville renfermait d'intéressant.

Je n'étais point venu à Moscou pour autre chose que
pour admirer ces merveilleux édifices qui, depuis tant
d'années, flottaient, indécis et attirants, devant mon
imagination ; et cependant, maintenant que je n'avais
plus qu'à étendre la main pour étreindre la réalité,
toute ma curiosité était tombée. Ma fringale d'architecture byzantine me semblait déjà rassasiée ; et, au
milieu même de ce monde tout nouveau pour moi, je
me découvrais subitement, à ma grande surprise, une
indifférence glaciale.

En face de cette étonnante cathédrale de Vassili-
Blagennoï qui arrachait des cris d'enthousiasme à
Théophile Gautier ; au Kremlin même, devant l'As-
somption, la plus riche, la plus curieuse, la plus mer-

veilleuse des quatre églises que renferme le palais, ou
devant l'incomparable amas de richesses artistiques
entassé dans les huit énormes salles du Trésor, partout je demeurais froid et insensible, comme si désormais je fusse devenu incapable d'admiration. Et cela
était si visible. que Dumas, à plusieurs reprises, m'a-
postropha plaisamment pour me demander ce que
j'avais.

— Vous ne regardez pas ce que l'on vous montre,
j'ai beau faire appel à tous mes souvenirs, j'ai beau
vous prodiguer les trésors de mon éloquence, vous
n'avez pas seulement l'air d'entendre un mot de ce que
je vous dis. Si je n'avais point assisté à votre déjeuner,
je croirais que nos mauvais vins de Crimée ou le petit
verre de kummel que vous avez pris après votre café
vous ont monté à la tête.. Vous dormez debout, littéralement !

Deux ou trois fois, je fus sur le point de lui répondre que, si je ne l'écoutais guère, c'est que j'avais l'esprit ailleurs et que le souvenir de Picha m'occupait et
m'absorbait tout entier. Mais je ne sais quel sentiment
bizarre et complexe, mauvaise honte, instinct jaloux,
pudeur d'âme, avait toujours arrêté l'aveu sur mes
lèvres. Au fond, surtout, j'avais une peur atroce
que ce sceptique de Dumas ne se moquât de moi.

Quand il se fut consciencieusement acquitté, en dépit de mes distractions peu encourageantes, de son
métier de cicerone improvisé, il m'emmena dîner chez
lui, dans une belle maison qu'il habitait à l'angle du
boulevard Podnovinsky et de la rue Povarskaïa ; puis
il demanda son traîneau et me reconduisit lui-même
jusqu'à mon hôtel.

— M'est avis, me dit-il en me serrant la main dans le vestibule du Slaviansky Bazar, que vous dormirez bien cette nuit et que, malgré votre belle passion pour nos Bohémiennes, vous avez plus envie d'aller vous mettre au lit que de partir pour Strelna !

VII

Strelna ! le dernier mot d'Henri Dumas me resta dans les oreilles et je me surpris me le répétant à moi-même au moment où, l'escalier franchi, je me retrouvai seul dans ma chambre.

Il était dix heures, l'heure précisément où, la veille, Dumas était venu me chercher dans sa troïka avec le jeune Russe Likhouschine.

Mes souvenirs se réveillèrent aussitôt avec une violence inouïe, et un besoin impérieux de revoir Picha, de la revoir immédiatement, me prit soudain à la gorge.

J'essayai d'abord de lutter contre cet entraînement irrésistible. Qu'irais-je faire là-bas tout seul, surtout n'entendant pas un mot de russe ? En admettant même qu'il ne m'arrivât rien de fâcheux, quelle satisfaction pourrais-je retirer de cette folie ? Savais-je seulement si je reverrais Picha ? Peut-être n'allait-elle point tous les soirs à Strelna ; ou bien, si elle y était, elle chanterait sans doute, avec ses compagnes, pour des gens que je ne connaîtrais pas et parmi lesquels il

ne me serait point possible, par conséquent, de m'introduire. En tout cas, je ne pourrais pas demande
qu'on me donnât une représentation pour moi tout
seul.

Ce n'étaient pas les Bohémiennes, d'ailleurs, que je
voulais voir ou entendre ; c'était Picha. Et quel moyen
de la voir seule, de l'approcher au milieu de ses compagnes ?

Bah ! seule on non, je la verrais du moins. Je pourrais me repaître de ses grands yeux sauvages et doux.
Qu'ai-je besoin de la voir seule puisque aussi bien je ne
pourrais pas échanger un mot avec elle ? La tenir sous
mon regard, là, devant moi, comme je l'avais tenue
la veille, assister à la transfiguration de ses traits endormis sous l'empire de la passion, voir sortir et se
dégager peu à peu de cette enveloppe languissante
une créature ardente, débordante de vie ; voir ses
yeux lancer des flammes, ses lèvres sourire, ses joues
brunes se colorer, tout son être enfin frissonner, s'a-
giter, comme si le démon de la musique qui la possédait faisait effort pour en jaillir : n'était-ce donc rien
que cela ? Et, puisque je n'étais à Moscou que pour
quelques jours, puisque dans quelques jours j'en par-
tirais pour n'y jamais revenir sans doute, quelle impression plus saisissante pourrais-je remporter de
mon voyage ? Quand on a la bonne fortune de rencontrer sur son chemin, par ce temps d'universelle banalité, des sensations aussi originales, d'une saveur aussi
exceptionnelle, ne serait-on pas bien malavisé de se
les refuser, alors surtout que rien absolument ne s'y
oppose ? N'étais-je point libre d'aller à Strelna, si c'é-
tait ma fantaisie ? Qui m'en eût empêché ? Et, de plus,

quel danger, moins que cela, quel sérieux inconvénient la satisfaction de cette fantaisie eût-elle pu entraîner? Si je ne pouvais voir Picha, eh bien! j'en serais quitte pour revenir bredouille. Une promenade nocturne comme celle d'hier soir n'avait rien en soi d'effrayant, ni même de désagréable.

Ceci décidé avec moi-même, j'appuyai le doigt sur le bouton de la sonnerie électrique de ma chambre pour appeler le garçon.

Puisque c'est surtout la nuit qu'on vit à Moscou dans un certain monde et qu'on se couche généralement à une heure fort avancée, personne ne pourrait s'étonner que je désirasse sortir à dix heures du soir. Et quand on s'en fût étonné, d'ailleurs, est-ce que je n'étais point mon maître? est-ce que j'avais des comptes à rendre à quelqu'un?

Quant à la troïka, dans un hôtel de premier ordre comme le Slaviansky Bazar et dans une ville aussi riche en traîneaux de toute sorte que Moscou, ce devait être la chose la plus simple du monde que de s'en procurer une, la nuit aussi bien que le jour.

Effectivement, le secrétaire de l'hôtel, que j'envoyai chercher par le garçon, ne fit aucune observation et m'assura que dans dix minutes la troïka demandée serait devant la porte avec de bons chevaux et un homme sûr.

Il n'y avait plus à reculer. Les dix minutes écoulées, je descendis et vis en effet la troïka qui m'attendait.

Bien que ce petit voyage de nuit à travers les rues et les faubourgs de Moscou n'eût plus pour moi le charme de la nouveauté, je retrouvai une partie de mes impressions de la veille et surtout cette griserie très particulière qui se dégageait à la fois de l'extrême rapidité avec laquelle m'emportait mon attelage et du froid très vif qui me fouettait le visage. Ce froid était même si vif que je dus relever avec précaution le collet de ma pelisse et rabattre mon bonnet de castor sur mes oreilles et sur mes yeux.

Mais, pour m'empêcher de m'apercevoir que le thermomètre devait marquer quelque chose comme quinze ou vingt degrés au-dessous de zéro, j'avais mieux que mon bonnet de castor et ma pelisse : c'était le souvenir de Picha et la pensée que j'allais la revoir.

A mesure que la distance se rapprochait, mon impatience, ma fièvre redoublaient ; il me semblait que nous n'arriverions jamais.

Enfin la troïka fit son entrée, sans modérer son allure, dans la cour du restaurant et vint s'arrêter brusquement, avec la correction d'un attelage parfaitement tenu, devant la grande entrée.

La porte s'ouvrit aussitôt et je me laissai débarrasser de mes galoches de caoutchouc et de ma pelisse.

Je ne suis plus un jeune bachelier à ses débuts dans la carrière ; et cependant mon cœur battait comme à vingt ans lorsque je me retrouvai dans ce salon banal où j'avais passé la veille une soirée si délicieuse.

Pour le moment, le salon était absolument désert. Le jardin où je me hâtai de pénétrer semblait au contraire fort animé. Les petites salles de verdure ménagées au milieu des massifs d'arbustes étaient presque toutes occupées par de joyeuses sociétés de consommateurs, et j'eus quelque peine à trouver dans un coin assez écarté une chaise où je pusse m'asseoir.

Un garçon qui m'aperçut m'apporta une table volante et du thé, puis me laissa seul.

De mon coin, si j'entendais les éclats de voix et les rires des personnes assises dans les petites salles voisines, je n'en voyais pas une, et elles, de leur côté, ne pouvaient non plus m'apercevoir. En revanche, j'avais devant moi la petite allée sablée qui faisait le tour du jardin et où les garçons de l'établissement allaient et venaient aux appels des consommateurs. Parfois aussi, je voyais déboucher dans l'allée des groupes de femmes qui se tenaient par la taille ou par le bras, fumant et riant — des Bohémiennes, sans doute.

Je regardais avidement ces femmes avec l'espoir d'apercevoir parmi elles celle que je venais chercher. Deux ou trois fois, je crus la reconnaître de loin ; mais, quand la distance se fut rapprochée, je vis que je m'étais trompé. Par moments, je me figurais que j'avais peut-être mal gardé le souvenir de ses traits ; qu'à force d'y rêver depuis la veille, j'avais fini par les dénaturer dans ma pensée, que j'en étais arrivé à me bâtir de toutes pièces un idéal très éloigné de la réalité et que c'était pour cela que je ne pouvais plus la reconnaître.

Puis, je me disais que ce n'était pas possible, que chacun de ses traits et ses yeux surtout, ses grands yeux d'une étrangeté si personnelle, étaient trop profondément gravés dans mon esprit pour que j'eusse pu les oublier. Il me semblait au contraire que je l'aurais reconnue tout de suite si elle s'était présentée devant moi.

A ce moment même, comme si elle eût répondu à

mon évocation, je la vis soudain paraître au détour d'un massif et venir dans ma direction.

Elle marchait avec deux autres femmes, dont l'une la tenait enlacée par la taille. Elle était vêtue exactement comme la veille, de la même robe noire tout unie, et portait encore une rose rouge dans les cheveux pour tout ornement.

Quand elle ne fut plus qu'à quelques pas de moi, soit hasard, soit que l'attention intense avec laquelle je la regardais venir eût agi sur elle comme un aimant, elle leva les yeux et m'aperçut.

Me reconnut-elle, si tant est seulement qu'elle eût remarqué ma présence, la veille, au milieu de la foule ? Ce qui est certain, c'est qu'elle me regarda fixement, avec une expression de surprise et de curiosité. Peut-être, il est vrai, s'étonnait-elle uniquement de me voir seul ainsi dans mon coin et se demandait-elle quel pouvait être cet étranger, qui ne semblait amené par aucun des habitués de l'établissement.

Quoi qu'il en soit, elle m'avait parfaitement vu et remarqué. Quant à moi, lorsque j'avais senti ces grands yeux pleins de flammes se poser sur les miens, il m'avait semblé que mon cœur cessait de battre, et très certainement, si je n'avais été assis sur ma chaise, je fusse tombé, car mes jambes étaient devenues subitement incapables de me soutenir.

Cependant, après m'avoir dépassé, elle avait continué sa promenade ; je la suivis des yeux jusqu'à ce qu'elle eût disparu derrière un palmier aux larges feuilles en éventail, et tout aussitôt ce jardin, qui m'avait paru un instant le plus lumineux, le plus délicieux endroit qui fût au monde, retomba dans sa fausse et banale élégance d'Éden artificiel, avec ses plantes exotiques brutalement éclairées par la lumière crue du gaz.

L'apparition tant désirée n'avait duré qu'un instant. Allait-elle revenir ? ou bien ne s'était-elle montrée que pour s'évanouir ? Pourquoi l'avais-je laissée passer ainsi sans la saisir au vol ? Savais-je maintenant si je retrouverais l'occasion perdue ? C'était peut-être le bonheur qui s'était présenté à moi et que j'avais laissé échapper.

Mais pourquoi désespérer ? Puisque Picha était là, quand même elle ne reviendrait point dans le jardin, elle ne devait pas être loin ; rien ne m'empêchait donc de la retrouver.

Je n'eus même pas besoin de me déranger, car, quelques minutes plus tard, je la vis arriver de nouveau par la petite allée avec ses deux compagnes.

Cette fois, elle me regarda avec une attention encore plus marquée. Ce n'était pas que cette attention eût rien de provocant. L'énigmatique créature semblait plutôt s'étonner de l'ardente passion qu'elle lisait dans mes yeux et que son double instinct de femme et de femme à demi sauvage lui faisait sans doute deviner. Évidemment, elle devait avoir l'habitude d'être regardée ; mais elle ne l'avait jamais été sans doute avec cette discrétion à la fois et avec cette passion. Il y avait là quelque chose de nouveau pour elle, quelque chose qui piquait sa curiosité, qu'elle ne comprenait pas.

Elle passa ainsi à plusieurs reprises, et, chaque fois, ses yeux, en se croisant avec les miens, me lancèrent ce regard étonné qui pénétrait comme une lame brûlante jusqu'au plus intime de mon être.

A chaque tour, je sentais que je faisais un pas de plus vers un abîme dont il était impossible de mesurer la profondeur. Je le voyais, cet abîme ; je me rendais parfaitement compte du danger, de la folie, de l'absurdité vers lesquels je glissais, comme pris de vertige. Mais quant à lutter contre l'entraînement qui me poussait vers cette fille de Bohême de qui tout me séparait, je n'y songeais même point ; et c'était les yeux grands ouverts que je me précipitais dans cet inconnu mystérieux.

J'avais pleine conscience que j'appartenais désormais tout entier à cette femme et que ce qu'elle voudrait faire de moi, je le subirais aveuglément. C'était une possession complète, absolue. Qu'elle fît un signe, et je me lèverais et je la suivrais, où elle voudrait, où elle irait. Alors même qu'elle ne se fût point aperçue de l'empire qu'elle avait pris sur moi ou qu'elle l'eût dédaigné, je ne lui en étais pas moins irrévocablement livré. Chose extraordinaire, loin de m'abattre, cela me rendit une sorte de courage, comme si cet abandon absolu de ma personnalité m'eût donné des droits sur Picha.

Au moment où sa promenade la ramenait pour la cinquième fois devant moi, avec une audace qui m'étonna moi-même, je me levai brusquement et l'arrêtai par le bras.

Docilement et comme si elle s'y fût attendue, elle se dégagea de ses compagnes, qui continuèrent leur chemin, et vint à moi, ses deux grands yeux interrogateurs fixés sur les miens, et nous nous trouvâmes seuls, en tête-à-tête, séparés du reste du jardin par les massifs de verdure.

Cela s'était fait si brusquement que je me trouvai
d'abord tout étourdi de ce succès inattendu. Ce qui
ajoutait à mon embarras, c'est que, n'entendant point
le russe, il m'était impossible d'échanger un seul mot
avec ma compagne.

Heureusement, celle-ci semblait beaucoup moins
troublée que moi. Regardant autour d'elle et voyant
qu'il n'y avait point d'autre chaise que celle que j'oc-
cupais moi-même, elle s'assit familièrement sur mes
genoux, comme si c'était la chose la plus naturelle du
monde.

Je lui offris le verre de thé qu'on avait apporté sur
la table et auquel je n'avais pas encore touché. Elle le
prit sans se faire prier et, retirant son *papiros* de ses
lèvres, elle but le thé à petits coups.

Pendant qu'elle buvait, sa tête fine rejetée en arrière, je regardais ses lèvres petites, rouges, d'un dessin ferme et vigoureux, et les lignes un peu maigres de
son corps svelte qui se coulait sous la robe noire avec
des ondulations serpentines.

Une intensité de vie extraordinaire se dégageait de
cet être souple et gracieux comme ces jeunes félins à
demi apprivoisés qui sont toujours prêts à bondir et
à mordre ; on devinait une force contenue extrême
dans ces membres grêles. A peine pesaient-ils sur mes
genoux, et cependant je sentais parfaitement que, si
j'avais cherché à m'emparer de ces bras mignons, ils
se fussent raidis et détendus entre mes mains comme
des ressorts d'acier trempé.

J'avais beau la tenir ainsi contre moi, ses lèvres à
quelques lignes de mes lèvres, seul à seule, dans ce
coin écarté du jardin où personne ne semblait soup-

çonner notre présence, je n'en avais pas moins conscience que nous n'étions guère plus près l'un de l'autre que si un abîme nous eût séparés. Évidemment, nous appartenions tous deux à une espèce absolument distincte, et nos idées, nos manières de voir, de comprendre, de sentir en toutes choses, ne devaient avoir absolument rien de commun.

Malgré cela, loin de diminuer l'ardeur de la passion qui m'avait envahi, cette constatation ne faisait que l'exaspérer.

Des frissons me secouaient par moments de la tête aux pieds et il me venait des envies folles de refermer mes bras sur cette créature étrange et délicieuse qui semblait s'abandonner, et de m'enfuir avec elle loin de ce jardin bruyant et banal, dans un pays très éloigné où l'on serait absolument libre de s'aimer, en dehors de toute contrainte, seuls sous le ciel immense, avec le steppe aux horizons sans bornes autour de nous.

Emporté par un mouvement irrésistible, je laissai alors couler de mes lèvres, en flots intarissables, ce feu intérieur qui me dévorait. C'était absurde, n'est-ce pas? puisque Picha ne pouvait point saisir un mot de ce que je lui disais; je le savais, je me le répétais à moi-même et cependant j'éprouvais un irrésistible besoin de parler, de me griser moi-même avec ces paroles brûlantes que je ne pouvais plus contenir. Peut-être avais-je aussi, sans me l'avouer, le vague espoir que les effluves magnétiques qui se dégagent d'une passion ardente agiraient sur la Bohémienne à travers et malgré tout.

Et, par le fait, je pus croire un moment que cette fièvre d'amour qui me brûlait le sang était passée dans

ses veines. Il me semblait que ses membres nerveux
s'assouplissaient par degrés et se laissaient aller contre moi, et je croyais voir des éclairs jaillir de ses yeux
alanguis.

Affolé, oubliant tout, et le lieu où je me trouvais et
ce qu'était cette femme, et tout ce qui nous séparait,
je la saisis brusquement dans mes bras et je plongeai
mes lèvres au milieu des mèches de cheveux noirs
qui se tordaient sur sa nuque.

A ce moment, un cri d'appel, bizarre, mais impé-
ratif, se fit entendre à quelque distance derrière nous.
Par un mouvement rapide, Picha se dégagea de mon
étreinte furieuse et, glissant entre mes bras comme
une couleuvre, elle disparut en un instant.

Je demeurai sur ma chaise, anéanti, hors d'état
de me rendre compte de ce qui s'était passé.

Un garçon qui vint éteindre les becs de gaz du jardin
me rappela enfin à la réalité. Je m'aperçus alors que
tout bruit avait cessé autour de moi et que j'étais seul.
Tout le monde était parti et le temps s'était écoulé
sans que je m'en fusse aperçu.

Je me levai tout étourdi et, traversant les salons
déserts, je retrouvai ma troïka, qui était restée la dernière, et revins à Moscou ; le froid était extrêmement
vif, mais il l'eût été deux fois plus encore que je
n'eusse rien senti, dévoré que j'étais intérieurement
par tous les feux de la passion.

VIII

A partir de ce jour ou plutôt de cette nuit, je devins l'habitué le plus assidu de Strelna.

Chaque soir, à dix heures, quelque temps qu'il fît, la troïka venait me prendre à l'hôtel, où elle me ramenait ensuite vers les quatre heures du matin.

J'usais le reste de la journée comme je pouvais, m'efforçant de briser mon esprit et mon corps en suivant à la piste les curiosités typiques, les originalités de mœurs que la ville de Moscou pouvait renfermer. Mais j'avais beau battre en conscience les *péréouloks* les plus mystérieux du Kitaï Gorod et fouiller les unes après les autres toutes les boutiques du Gostini Dvor : je ne parvenais pas à détacher un seul instant ma pensée de Picha ; c'était avec une impatience fiévreuse que j'attendais le moment où je pourrais la revoir. Je ne vivais réellement que pendant les quatre ou cinq heures que je passais à Strelna. Tout le reste ne comptait pas pour moi. En dehors de Picha, rien n'existait plus. Quant à mes affaires, à mes amis, à ma famille, à la France. j'avais tout oublié : et l'on m'aurait bien

étonné en me rappelant que je n'étais venu à Moscou
que pour y passer quelques jours. L'idée que je pourrais quitter ce pays, que je n'irais plus chaque soir à
Strelna, que je ne verrais plus Picha; ne se présentait
même pas à mon esprit.

Le brave Henri Dumas, à qui je continuais de cacher avec soin ce qui se passait, ne comprenait rien du
tout à mes façons d'agir. Il était à mille lieues de supposer que je fusse retenu à Moscou par autre chose
que ce qu'il appelait ma folle passion pour les *icons*,
les triptyques en cuivre émaillé, les croix grecques en
vieil argent et autres menus bibelots du même genre,
qui ne lui inspiraient, à lui, qu'une indifférence fortement mélangée de mépris. Aussi ne revenait-il point
de sa surprise en me voyant accueillir sans le moindre
empressement ses offres de service, lorsqu'il me propo-
sait, par exemple, une visite au musée de Paskow ou
chez tel ou tel de ses amis russes qui possédait une
collection complète de cuivres byzantins.

Un jour, il vint me chercher pour m'emmener à la
Laura de Troïtza, couvent célèbre des environs de Moscou, où l'on accourt en pèlerinage de toutes les provinces de l'empire, car il a pour fondateur saint Serge,
un des saints les plus vénérés du calendrier grec.
C'est une excursion que ne manquent jamais de faire
tous ceux qui viennent à Moscou et que nul ne se re-
pent d'ailleurs d'avoir faite : il est impossible en effet
d'imaginer quelque chose de plus magnifique et de
plus curieux à la fois que cet immense couvent en
forme de forteresse, qui renferme dans son enceinte,
aussi grande que celle d'une ville, neuf églises ou
neuf cathédrales, comme disent les Russes, des palais,

3.

des bâtiments de toute sorte dont la barbarie hiéra-
tique impressionne aussi vivement que les plus splen-
dides spécimens de la plus savante architecture.

Je déclinai cependant la proposition, à la grande
stupéfaction de Dumas, qui eût jeté bien d'autres cris
s'il avait pu penser un instant que ma seule raison de
rester à Moscou, c'était que, le couvent de Troïtza se
trouvant à soixante verstes de Moscou, il m'aurait
fallu coucher en route et manquer, par conséquent,
ma visite quotidienne à Strelna.

Je ne lui avais plus reparlé des Bohémiennes ; aussi,
bien que je le visse à peu près tous les jours et que je
déjeunasse ou dînasse très souvent avec lui, ne pouvait-il se douter que chaque soir, en le quittant, au lieu
d'aller me mettre tranquillement au lit, je courais la
grande route de Pétrovsky au galop précipité des trois
chevaux de ma troïka, dont l'allure vertigineuse me
paraissait trop lente encore au gré de mes désirs.

Je connaissais maintenant le chemin dans ses
moindres détails, bien que je ne l'eusse fait que de
nuit ; les hauts platanes qui s'alignaient de chaque
côté de la chaussée m'étaient devenus familiers, et je
saluais au passage, comme des amis, les petits toits
pointus qui perçaient de distance en distance entre les
bouleaux et les pins du parc de Pétrovsky.

Puis, quand j'apercevais enfin l'entrée bien connue
de Strelna, le cœur me battait plus vite, et ce n'était
jamais qu'en tremblant que je voyais s'ouvrir devant
moi la double porte vitrée du vestibule.

Tout le monde me recevait maintenant avec un empressement marqué, depuis le moujik, qui se précipi-
tait pour me débarrasser de ma pelisse et de mes ga-

loches, jusqu'au maître de l'établissement, qui courait
au-devant de moi du plus loin qu'il m'apercevait et
venait me souhaiter la bienvenue dans un français de
la plus haute fantaisie.

Quant à Picha, elle aussi m'accueillait d'un sourire
en me voyant paraître sur le seuil du petit salon où
elle se tenait ordinairement, à demi étendue dans
l'encoignure d'un canapé, ses deux petits pieds croisés
l'un sur l'autre.

J'allais aussitôt me mettre en face d'elle et je passais
la soirée à la regarder boire les verres de thé que je
faisais apporter avec des soucoupes de confitures d'airelles ou de graines de sorbier, et lancer nonchalamment en l'air la fumée de ses *papiros*.

D'autres fois, c'était dans le jardin que nous nous
rencontrions. Elle venait alors d'elle-même s'asseoir à
côté de moi; s'il n'y avait qu'une seule chaise, comme
le premier soir, elle s'asseyait sur mon genou. Elle
s'était habituée peu à peu à moi, et souvent il lui arrivait de retirer de ma bouche ma cigarette allumée,
d'aspirer deux ou trois bouffées, puis de me la rendre,
toute chaude encore du contact de ses lèvres ardentes.

Malgré cette apparente familiarité, notre liaison n'a-
vait point fait un pas depuis le moment où je m'étais
trouvé seul avec elle pour la première fois. Le monde
d'idées qui nous séparait n'avait pas diminué d'une
ligne. Parfois je me figurais qu'à force d'étudier cette
nature fruste et compliquée en même temps, j'avais
fini par la pénétrer quelque peu; puis, à son regard
étonné, à un geste encore plus éloquent, je m'apercevais soudain que je m'étais complètement mépris et que
je prêtais gratuitement à mon indéchiffrable Picha

des impressions ou des sentiments qui lui étaient absolument étrangers.

De son côté, elle me regardait souvent de son regard étrange, inquiet, comme si, elle aussi, elle eût cherché à me comprendre. Évidemment, je ne devais point ressembler à ceux qu'elle était habituée à voir à Strelna et je l'intriguais sans doute extrêmement.

Peut-être s'amusait-elle aussi de la singularité de nos longs tête-à-tête, où nous ne pouvions que croiser nos regards, comme des adversaires qui se mesurent et qui se tâtent en cherchant à deviner les sentiments qui se cachent au fond de leur cœur.

Il arrivait assez fréquemment qu'on venait la chercher pour qu'elle chantât dans le salon blanc et or avec ses compagnes. Je trouvais alors presque toujours moyen de me glisser dans l'assistance, moyennant, bien entendu, quelques billets de cinq ou dix roubles. Je me plaçais au fond, derrière tout le monde, de façon cependant à ne point perdre Picha de vue et je savourais avidement l'âcre volupté de la voir se transfigurer sous l'empire de la musique.

Elle me regardait aussi, et, quand ses yeux, qu'elle tenait ordinairement levés, fixés dans le vide pendant qu'elle chantait, s'abaissaient sur l'assistance, c'était toujours les miens qu'ils cherchaient.

Malgré moi, je ne pouvais m'empêcher d'avoir des mouvements de colère en pensant que d'autres la dévoraient également des yeux. J'aurais voulu être seul à deviner que sous son indolence apparente se cachait une nature de feu.

Aussi combien je préférais nos tête-à-tête du jardin, où je l'avais seule à moi, me grisant de la vie intense qui se dégageait de cette fleur sauvage du désert poussée au grand air et tout imprégnée d'une saveur exotique ! Je me la représentais en pleine nature, libre et indépendante, le ciel étoilé sur la tête, cent fois plus belle encore dans son vrai cadre et cent fois plus désirable. Il me semblait qu'alors je m'eusse mieux fait comprendre d'elle, et qu'elle m'eût aimé !

Ici, dans cette nature factice, elle me rappelait ces malheureux fauves enfermés derrière les barreaux des jardins zoologiques, paralysés par cette vie de compression où l'air manque à leurs poumons et l'espace à leurs membres ankylosés. Elle avait d'ailleurs, à la bien regarder, les grands yeux vagues, traversés par de soudains éclairs, de ces nobles animaux, leurs attitudes nonchalantes et onduleuses ; et, dans l'attraction inexplicable qu'elle exerçait sur moi, il y avait certainement quelque chose de cette possession extra naturelle que Balzac a dépeinte dans sa courte et saisissante nouvelle : *Une passion dans le désert.*

Ce qui était certain, c'est que jamais femme ne m'avait envahi aussi complètement que cette Bohémienne, si peu femme cependant. J'en étais arrivé à un état de fièvre et d'énervement tel, que, si je ne la voyais pas tout de suite en entrant, il me semblait que le sol s'enfonçait sous mes pas.

Un soir, je crus que j'allais devenir fou de rage et de dépit en trouvant les portes de Strelna fermées. Tout d'abord j'essayai de me persuader qu'il y avait un malentendu et je m'impatientai de ne point comprendre ce que mon cocher s'évertuait à m'expliquer dans son langage. Mais, quand je vis qu'il faisait mine de tourner bride pour revenir en ville, je m'emportai

tout à fait et le forçai brusquement de se rasseoir sur
son siège.

Une autre troïka étant arrivée sur ces entrefaites, et
les deux personnes qui la montaient entendant le français, je pus apprendre enfin que l'établissement avait
été loué entièrement pour la nuit par un riche marchand d'eau-de-vie de la grande rue de Yakimanka,
qui offrait à ses amis le régal des Bohémiennes à l'occasion de la fête de saint Serge, son patron.

Je me rappelai immédiatement ce que nous avait
raconté, à Dumas et à moi, le jeune Likhouschine, cette
histoire du vieux Solodovnikoff faisant briser les
membres de ses trois magnifiques chevaux de l'Oural
pour enfoncer la porte ; et ce trait de mœurs, qui m'a-
vait semblé alors d'une brutalité et d'une absurdité
révoltantes, me parut maintenant tout naturel.

Je ne sais pas si je n'en aurais point fait autant, en
admettant que je l'eusse obtenu de mon cocher, ce qui
était peu probable, du reste.

A défaut de cette barbare satisfaction ou plutôt de
cette barbare vengeance, je dus me contenter de tourner autour de la vaste maison avec l'espérance de
rencontrer quelque porte de service par où je pusse
pénétrer. La perspective d'être chassé brutalement
par les moujiks ne m'aurait pas arrêté un seul instant.

Quoi qu'il en soit, la maison était bien hermétique-
ment close de toutes parts, et, comme la neige qui
tombait incessamment rendait l'attente extrêmement
pénible, je finis par quitter la place, la rage dans le
cœur.

Le lendemain, il m'arriva une autre aventure dont
les suites eussent pu devenir beaucoup plus graves.

Cette fois, j'avais trouvé la porte ouverte et j'avais même pu passer la plus grande partie de la nuit dans le jardin, en tête-à-tête avec Picha.

Comme à l'ordinaire, ce tête-à-tête n'avait pris fin que lorsqu'un cri d'appel, un cri sauvage et sinistre d'oiseau de proie, était venu avertir ma chère Bohémienne que l'heure du départ avait sonné. Jamais Picha ne résistait à cet avertissement impérieux ; dès qu'il se faisait entendre, elle se dégageait de mes bras, qui essayaient en vain de la retenir, et se sauvait précipitamment.

Je n'avais pas cherché à savoir si c'était le chef de la troupe des Bohémiens, ou le père, ou le mari de Picha, ou son amant, qui l'appelait ainsi : je préférais m'arrêter à cette pensée qu'elle était libre de disposer d'elle-même, ou que, du moins, elle n'appartenait à personne.

Je savais parfaitement pourtant que ces Bohémiennes, si inaccessibles aux étrangers, passaient pour être beaucoup moins farouches avec les hommes de leur tribu, et que chacune d'elles se choisissait généralement parmi eux un *rom*. La signification de ce mot n'était pas facile à déterminer d'une manière précise, mais il impliquait évidemment les droits les plus étendus et les plus complets.

Parmi les huit ou dix hommes que je rencontrais tous les soirs à Strelna, la plupart, avec leur teint basané, leurs moustaches rébarbatives, leurs yeux louches et coulissés, avaient l'air de véritables bandits : l'un d'eux surtout, que j'avais rencontré plusieurs fois sur mon chemin, m'avait frappé par ses allures sournoises et sa face de hyène. A plusieurs reprises, j'avais cru surprendre dans ses yeux, quand ils se fixaient sur moi, une expression de haine féroce et de menace ; mais je n'y avais point fait grande attention.

D'ailleurs, je portais toujours sur moi, dans la poche intérieure de ma pelisse, un excellent revolver qui eût parfaitement suffi, à l'occasion, pour me faire respecter.

Il m'était arrivé déjà deux ou trois fois de partir de Strelna en même temps que les Bohémiennes et de faire route avec elles jusqu'à la barrière Tverskaïa, où leurs troïkas tournaient à droite pour regagner le quartier Khamovnitcheskaïa, où elles habitaient.

Ce soir-là, dès que Picha m'eut quittée, je me levai et la rejoignis dans le vestibule au moment où elle achevait de revêtir une large pelisse de femme qui l'enveloppait de la tête aux pieds. Elle m'aperçut, me lança un regard furtif et disparut avec ses compagnes.

Quand je voulus partir à mon tour, Vassili, mon cocher, qui était ordinairement d'une exactitude parfaite, ne se présenta point. Je l'envoyai chercher : on revint me dire que ma troïka était bien là, mais que Vassili avait disparu. Enfin, à force de fureter, on finit par le découvrir étendu comme une brute dans un coin obscur de la cour, derrière un gros tas de neige, et abominablement ivre. On me l'amena : il avait perdu son bonnet, ses moufles et ne tenait pas debout. J'étais furieux et l'accablai de bourrades, qu'il reçut avec cette patience apathique qui est le fond du caractère russe.

Je ne pouvais point cependant rester plus longtemps à Strelna, car il était quatre heures du matin. Je me

décidai à partir quand même, bien que la nuit fût
fort obscure ; à moins d'un miracle, il y avait gros à
parier que nous n'atteindrions point Moscou sans accident.

Tant que nous fûmes sur la grande chaussée de
Pétrovsky, les choses allèrent encore assez bien ; mais,
une fois engagés dans les rues étroites et irrégulières
des faubourgs, la troïka, mal dirigée, vint se heurter
en rebondissant aux trottoirs d'angle avec de telles secousses, que nous faillîmes être culbutés vingt fois
pour une. Par bonheur, aucun traîneau ne se rencon-
tra sur notre route ; sans quoi nous l'eussions accroché
infailliblement ; et Dieu sait ce qui serait arrivé ! Vassili allait d'un train d'enfer, comme si la rapidité de
cette course précipitée avait achevé de le griser ; et plus
je le bourrais de coups par derrière pour qu'il ralentît
son allure, plus il excitait ses chevaux de la voix et du
fouet. Je m'attendais à tout instant à être projeté violemment sur la chaussée, et à deux ou trois reprises
je pensai sérieusement à faire sauter la tête de
l'ivrogne pour préserver ma propre vie.

Enfin, après un dernier choc plus effrayant encore
que tous les autres, à l'angle du Gostint-Dvor et de la
rue Nicholskaïa, les chevaux s'arrêtèrent tout fumants
devant le Slaviansky bazar.

Le secrétaire de l'hôtel, à qui je racontai ma mésa-
venture, se montra extrêmement surpris. Vassili, me
dit-il, ne se grisait jamais : c'était la première fois que
la chose lui arrivait depuis plus de quatre ans qu'il
était attaché à l'hôtel.

— Il faut qu'il ait été entraîné, ajouta-t-il. Je ne saurais trop engager monsieur, d'ailleurs, à se méfier des

gens qu'il peut rencontrer à Strelna. Tous les hivers il
s'y passe quelque vilaine histoire. Pour ce qui est de
la troïka, je donnerai ce soir à monsieur, Alexei, le
meilleur cocher et le plus sûr de Moscou, à ma connaissance du moins.

Lorsque j'arrivai, le soir de ce même jour, à Strelna,
je remarquai dans l'accueil que me fit Picha un empressement tout à fait extraordinaire. Elle semblait
tout heureuse, et un peu surprise en même temps, de
me revoir. Sur le moment, je n'y fis point trop attention ; ce fut plus tard seulement que cette attitude
toute nouvelle de Picha me revint à la mémoire.

Je me souviens même que, lorsque je voulus l'entraîner dans le jardin, du côté de notre petit coin ordinaire, elle me témoigna d'abord une répugnance
très vive, et qu'elle jeta autour d'elle des regards de
frayeur, comme si elle se fût attendue à quelque danger. Elle finit cependant par céder et quitta le salon,
mais non point sans se retourner fréquemment, pour
voir si nous étions suivis.

Toute la soirée, elle se montra nerveuse, inquiète,
avec des élans attendris qu'elle n'avait jamais eus encore. A plusieurs reprises même, elle me jeta les bras
autour du cou et me serra sur sa poitrine avec une
énergie sauvage, comme pour me défendre contre je
ne sais quel ennemi invisible. Je commençais à croire
que j'avais enfin entamé cette nature impénétrable
jusqu'alors, et je jouissais délicieusement de ce bonheur inespéré, lorsque l'espèce de sifflement sinistre
qui annonçait le prochain départ des Bohémiennes se
fit entendre.

Tout aussitôt Picha m'étreignit plus étroitement encore en tremblant de tous ses membres ; puis, s'arrachant brusquement de mes bras, elle me regarda longuement dans les yeux avec une visible angoisse, comme si elle eût voulu me communiquer quelque avertissement important ; puis, elle me quitta, mais lentement, contre son habitude ; on eût dit, au contraire, que ce soir-là elle ne pouvait point se décider à me laisser.

Cette singulière attitude de Picha m'avait profondément troublé et je fus quelque temps à me remettre avant de songer à partir moi-même.

Dans la cour, je trouvai Alexei, mon nouveau cocher, qui m'attendait avec le calme d'une conscience parfaitement tranquille. Cette fois je n'avais rien à craindre, ou du moins je n'avais pas à craindre de verser. Hélas ! j'étais loin de me douter de ce qui nous était réservé.

Nous n'étions pas à deux verstes de Strelna, que j'entendis arriver à fond de train derrière nous un traîneau dont l'attelage semblait avoir pris le mors aux dents.

Alexei l'entendit également et poussa ses chevaux pour ne pas se laisser dépasser ; mais, malgré ses efforts, le traîneau gagnait visiblement sur nous. Les gens qui le montaient excitaient encore leur attelage par des cris farouches, de sorte que nous avions l'air d'être poursuivis par une troupe de bandits.

Voyant enfin que nous ne pouvions tarder d'être rattrapés et pour éviter tout accident, je criai à Alexei, qui tenait le milieu de la chaussée, de se ranger à gauche pour laisser passer ces furieux. A tout hasard je pris mon revolver dans la poche de ma pelisse et je l'armai.

Un instant après, soit qu'Alexei n'eût pas obéi assez vite à mon injonction, soit que les gens qui arrivaient sur nous l'eussent fait à dessein, notre troïka, prise en écharpe, était culbutée, et j'étais moi-même projeté brutalement à quelques pas de là, pendant que nos assaillants, hommes et bêtes, passaient comme un ouragan.

Bien que l'épais tapis de neige qui couvrait la route eût singulièrement amorti la violence de ma chute, je me relevai tout meurtri.

Embarrassé dans ses traits, le brancardier se débattait comme un beau diable, tandis que les deux chevaux de volée, affolés de terreur, tiraient chacun de leur côté ; enfin, d'un dernier effort, le brancardier ayant réussi à se dégager, tous trois partirent à fond de train, emportant derrière eux la caisse à demi brisée de la troïka.

Quant au pauvre Alexei, il était étendu, sans mouvement, au milieu d'une mare de sang qui faisait une large tache rouge sur la neige. Moins heureux que moi, il avait reçu sans doute dans la bagarre un coup de pied de cheval, à moins que le traîneau ne l'eût écrasé en passant.

Dès que j'eus repris un peu de sang-froid, je pensai tout d'abord à sortir de cette atroce situation.

Je commençai par ramasser mon revolver, qui avait roulé sur la neige, pour me tenir prêt à tout événement ; puis, revenant près de mon cocher, je m'assurai qu'il n'était point mort, bien que le sang coulât à flots de son front. N'ayant aucun moyen de lui venir en aide, le seul parti à prendre était de gagner Moscou à pied et de revenir au plus vite avec un médecin, si je pouvais en trouver un à cette heure.

Quant à espérer du secours avant d'avoir atteint la ville, comme il devait être près de quatre heures du matin, c'eût été folie d'y penser.

Le ciel était d'un noir bleu, sur lequel les étoiles tremblotaient et scintillaient avec cette clarté nette qui indique l'intensité du froid ; la neige grinçait sous mes galoches sans se briser. Du reste, il ne faisait pas un souffle d'air et l'on eût dit que le vent lui-même était gelé. La route était absolument déserte et silencieuse. Je marchai le plus rapidement que je pus, mon bonnet enfoncé sur mes oreilles et mon revolver à la main en cas de mauvaises rencontres ; mais je ne tardai pas à reconnaître avec terreur qu'il me faudrait sans doute plusieurs heures de marche avant d'atteindre seulement la barrière Tverskaïa.

Aussi, quelle fut ma joie en m'apercevant, à l'entrée du parc de Pétrovsky, que le restaurant de Yard, le rival de Strelna, n'était point encore fermé, par extraordinaire ! Allons ! j'étais encore plus heureux que je ne l'espérais !

Je n'eus pas de peine à trouver en effet, dans la cour de Yard, une troïka tout attelée, où je m'installai immédiatement en coupant court aux étonnements de l'isvostchik par l'apparition d'un billet de vingt roubles. Et comme, en sortant de la cour, l'isvostchik prenait à gauche, dans la direction de Moscou :

— *Niet !* lui dis-je, *na prava !* (Non ! à droite.)

Avec l'obéissance passive du serviteur russe, mon homme tourna ses chevaux et partit d'une bonne allure que j'activai encore à la mode moscovite, c'est-à-dire avec force coups de poing dans le dos, ponctués de fréquents : *Paskaré, paskaré !* (Plus vite ! plus vite !)

Quelques instants après, nous arrivions sur le théâtre de la catastrophe et nous retrouvions Alexei dans la même position où je l'avais laissé.

Aidé par l'isvostchik, je relevai le malheureux et le hissai dans la troïka, et nous repartîmes pour Moscou, où nous arrivâmes une heure après, sans plus d'accident. Je remis alors Alexei, toujours sans connaissance, entre les mains des gens de l'hôtel ; puis, songeant enfin à moi, je montai dans ma chambre et me jetai sur mon lit, brisé par les émotions et par la fatigue.

IX

J'étais encore à demi fourbu, moralement et physiquement, quand sonnèrent dix heures du soir. Je n'hésitai point cependant un seul instant à me lever pour retourner à Strelna, malgré les conseils du secrétaire de l'hôtel, qui m'engageait à la plus grande prudence après ce qui s'était passé les deux nuits précédentes.

La première figure que j'aperçus en arrivant fut celle de Picha. Elle semblait m'attendre avec impatience, et, courant aussitôt à moi, elle me regarda avec anxiété, comme si elle eût appris mon accident de la veille et qu'elle eût craint que je ne fusse blessé. Puis, au lieu de me suivre docilement, mais sans empressement, comme elle faisait à l'ordinaire, ce fut elle qui m'entraîna dans le jardin jusque derrière le petit massif de palmiers.

A peine arrivés là, avant même que le garçon qui nous avait suivis avec le thé se fût retiré, elle se pelotonna tendrement sur mes genoux, et, passant ses deux bras autour de mon cou, elle se mit à me parler avec une agitation et une volubilité extrêmes. Je ne comprenais ni ne me souciais de comprendre un mot de ce qu'elle disait ; mais sa voix ardente, enflammée, qui s'adoucissait parfois avec des inflexions caressantes, me sonnait aux oreilles comme la plus délicieuse musique. Pendant qu'elle parlait, je ne me lassais pas de regarder ses grands yeux, étincelants de colère, et ses dents éblouissantes, que ses lèvres rouges cachaient et découvraient tour à tour.

Quant à elle, elle semblait irritée de ne pouvoir se faire entendre de moi, et, lorsque j'essayais de l'attirer sur ma poitrine, elle me repoussait avec impatience ; elle ne cessait point de regarder à droite et à gauche, comme si elle se fût attendue à voir surgir à tout instant, devant nous, quelque apparition effrayante.

Voulait-elle me parler du danger que j'avais couru ? me mettre sur mes gardes contre un nouveau danger ? Je ne songeai même pas à le deviner. J'étais tout à l'enivrement de sentir frémir entre mes bras ce jeune corps souple et gracieux, et je m'efforçai d'approcher à portée de mes lèvres cette charmante tête que l'émotion rendait cent fois plus séduisante encore. Tout d'un coup, poussant un cri sauvage, un véritable cri de bête fauve, elle me rejeta brusquement en arrière avec une force dont je ne l'aurais jamais crue capable et bondit comme une tigresse sur un homme qui venait de se dresser subitement au milieu des palmiers qui nous cachaient.

Je reconnus aussitôt le Bohémien, dont l'aspect farouche et le regard haineux m'avaient déjà frappé. De la main gauche, il essayait d'écarter Picha, et, de l'autre, il tenait levé en l'air un couteau à lame étroite et longue.

Le misérable avait bien choisi son moment : le jardin, surtout du côté où nous nous trouvions, était absolument désert. En outre, par une inadvertance inexplicable, j'avais laissé mon revolver dans la poche de ma pelisse, et je me trouvais complètement à la merci de mon féroce ennemi.

Pendant que Picha, s'attachant à lui, s'efforçait de paralyser ses mouvements au risque de se blesser elle-même avec le couteau, je m'étais levé pour me défendre de mon mieux. Il s'écoula ainsi deux secondes véritablement effrayantes. Enfin, se débarrassant par un effort violent de l'étreinte de Picha, le Bohémien se jeta sur moi.

A défaut d'autre arme, je saisis un des verres à thé qui se trouvaient sur la table et le lançai contre la figure du bandit avec une violence telle et tant de bonheur, que celui-ci alla s'affaisser, tout étourdi, deux ou trois pas plus loin. En même temps, Picha lui arrachait son couteau et, me montrant avec un cri de triomphe sauvage ses doigts profondément entaillés par la lame et d'où s'échappait un flot de sang, elle vint s'abattre contre ma poitrine et m'appliqua sur les lèvres un baiser furieux — le premier que j'eusse reçu d'elle, — dont l'âcre volupté me renversa pâmé sous son étreinte.

Tout cela se passa si rapidement qu'à peine en eus-je conscience.

Au cri de Picha, on accourut de tous les côtés; on nous entoura, on ramassa le Bohémien ; mais, comme celui-ci n'était qu'étourdi, l'émotion se calma assez vite et chacun retourna bientôt à ses petites affaires.

Quand tout le monde fut parti, je cherchai des yeux Picha : elle avait disparu avec les autres.

J'attendis patiemment dans mon coin une heure ou deux, convaincu qu'elle ne pouvait manquer de revenir. Elle ne revint point cependant, contre mon espoir; alors, ne sachant que penser, craignant que sa blessure ne fût plus grave qu'elle-même n'avait l'air de le croire au premier moment, inquiet de l'accueil qui avait pu lui être fait par ses compagnons pour avoir pris parti en faveur d'un étranger contre un des leurs, je voulus la rejoindre et savoir ce qu'il en était.

En me levant, j'aperçus à mes pieds le couteau du Bohémien, que Picha avait laissé tomber de sa pauvre main mutilée ; je le ramassai et l'emportai tout couvert du sang de ma chère Bohémienne.

Le maître de l'établissement, que je rencontrai à la porte des salons et qui me parut dans un état d'agitation extrême, m'apprit que les Bohémiens étaient partis depuis plus d'une demi-heure, emmenant avec eux leur compagnon encore tout étourdi et Picha. Je n'avais plus rien à faire dès lors à Strelna, et je le quittai à mon tour, tout bouleversé de mon aventure et surtout de la manière imprévue dont elle s'était dénouée.

X

J'étais en train de me lever, le lendemain matin, lorsque le garçon entra dans ma chambre et m'apporta mon courrier et, avec mon courrier, la carte de mon ami Henri Dumas.

— Allons, bon ! pensai-je tout de suite ; Dumas aura déjà eu vent de la tragi-comédie d'hier soir et le voici qui vient me laver la tète. Que le diable emporte les amis !

Tout en maugréant, je m'habillai et fus rejoindre Dumas.

— Qu'est-ce que vous devenez ? me dit celui-ci en m'apercevant. On ne vous voit plus depuis quelque temps !

Et, comme je me récriais, déguisant mon embarras derrière un flot intarissable de métaphores sur les merveilleuses découvertes artistiques, pittoresques et autres, que j'avais faites à travers les rues de la vieille Moscou :

— C'est bon, me dit-il ; il est entendu que Moscou est remplie de merveilles et que nous autres, qui ne nous en sommes pas encore aperçus après trois ou quatre ans de séjour ici, nous ne sommes que des philistins et des ânes. Mais ce n'est pas pour vous dire cela que je suis venu vous prendre au saut du lit. Voici ce qui m'amène. Dites-moi, sans indiscrétion, vous n'avez pas de fonds engagés dans l'*Union* ?

— Dans la *Timbale?* Pas un sou. Mais pourquoi me demandez-vous cela ?

— Pas un sou? Allons, j'en suis bien aise. J'avais une peur atroce que vous n'eussiez cédé à l'entraînement général. Figurez-vous que j'ai ce matin des nouvelles désastreuses de Vienne et de Paris. L'*Union* a baissé de 1500 francs en deux jours. Elle est à 1250 ce matin, et on craint qu'elle ne baisse encore. Un *krach*, mon cher, un véritable *krach* comme il ne s'en est point vu en Bourse depuis plus de trente ans! J'ai bon nombre d'amis de pincés et j'ai craint un instant que vous-même ne le fussiez aussi, d'autant plus que vous m'aviez dit que c'était Marceau qui s'occupait de vos affaires et j'ai tout lieu de croire que ce brave ami ne soit fortement engagé dans l'*Union*. Vous voyez-vous ruiné à plat là-bas, par un coup de Bourse, pendant que vous faites tranquillement ici la chasse aux vieilles peintures byzantines et aux icons en cuivre émaillé? Mais vous me rassurez. Je sais tout ce que je voulais savoir, et je me sauve. Ah ! vous n'avez pas de *Suez* non plus, n'est-ce pas ? Les *Suez* ont baissé de 1500 francs et la *Banque ottomane* de 200, et l'*Italien* lui-même de 5 francs. Une vraie dégringolade!

— Moi? Je n'ai pas d'autres valeurs que des actions de la Banque de France.

— Ah ! bien ! En ce cas, vous pouvez dormir sur vos deux oreilles.

Là-dessus, Dumas s'enfuit et j'achevai de m'habiller ; puis je descendis déjeuner dans la grande salle à manger de l'hôtel en songeant à ce pauvre Marceau, hier encore l'un des plus solides et des plus riches agents de la place de Paris, et aujourd'hui peut-être réduit à la misère.

Au moment où, mon déjeuner prestement expédié, je me versais un petit verre de kummel d'Asslach, une liqueur exquise que nous ne connaissons guère en France, le garçon tartare qui me servait vint me présenter sur une assiette une lettre que je décachetai assez surpris, car l'heure du courrier était passée depuis longtemps.

C'était un billet de Dumas ; il ne renfermait que ces mots :

« Dernières nouvelles de Paris : baisse générale continue ; *Union* à 800, *Suez* à 1980, *Banque de France* à 3200 !»

La banque de France à 3200 ! Ce n'était pas possible ! Elle qui était à 6200 ! Trois mille francs de baisse ! Mais alors, qu'est-ce qui se passait donc là-bas ?

Et je retournais le maudit billet, cherchant à comprendre, à m'expliquer ! Dumas ne me le disait-il pas lui-même, deux heures auparavant ? Avec la Banque de France je pouvais être tranquille, je pouvais dormir sur les deux oreilles.

Trois mille francs de baisse, c'étaient les trois quarts de ma petite fortune perdus d'un seul coup, et, pour peu que la baisse continuât, c'était la ruine, la ruine complète!

4.

Si encore j'avais été là-bas, peut-être aurais-je pu sauver quelque chose! Ah! le maudit voyage et la funeste idée que j'avais eue de m'en aller si loin à la veille d'une pareille crise! Je voudrais partir maintenant, que j'arriverais trop tard!

Quant à envoyer une dépêche à Marceau, encore eût-il fallu savoir au juste ce qu'il en était, et quels ordres je devais lui donner, et si lui-même n'avait pas filé ou ne s'était point fait sauter la cervelle après sa culbute! J'avais beau me creuser la tête, je ne trouvais rien à faire. Tout ce que je voyais, c'est que j'étais ruiné.

Sans être riche, j'avais toujours eu assez de fortune pour m'assurer l'indépendance, cette inappréciable indépendance grâce à laquelle j'avais pu me tenir à l'écart de toute fonction, de tout lien gênant, et vivre à ma guise, aller et venir, rester, partir comme et quand il me plaisait, et surtout ne point accepter d'obligation, ne devoir rien à personne et ne faire que les besognes qui me convenaient. J'étais absolument incapable de changer aujourd'hui ma manière de vivre. D'ailleurs, je n'avais aucun métier, aucun instrument de fortune entre les mains. Pas de relations utiles, point de famille à qui je pusse demander de m'aider. Je ne saurais pas gagner mon pain! Autant me tuer tout de suite!

Me tuer! Au fait, c'était une solution! Je n'aurais certainement pas le courage de vivre autrement que j'avais vécu jusqu'alors. Quant à me tuer, rien n'était plus facile.

Cette réflexion eut pour effet immédiat de me rendre tout mon sang-froid. Du moment que j'avais à ma

portée une manière de sortir de cette situation sans
issue, pourquoi m'en serais-je troublé ? Rien ne pressait d'ailleurs. Je pouvais regarder les choses bien en
face, prendre mon temps, ne rien précipiter, agir enfin en homme résolu et non point en désespéré.

Ce qui me pesait surtout, c'était l'incertitude où je
me débattais. J'aurais moins souffert de me savoir
complètement ruiné !

Dumas me dira peut-être ce qu'il en est !

Et je me levai pour aller chez lui ; mais je réfléchis
qu'il n'en savait probablement pas plus que ce qu'il
m'avait écrit.

Non ! si je voulais sérieusement être fixé, je n'avais
qu'une chose à faire : partir aussitôt. Ce n'était qu'à
Paris que j'apprendrais la vérité tout entière.

D'ailleurs, je ne pouvais point demeurer à Moscou.
Je n'avais guère ménagé ma bourse ces derniers
temps. Il me restait assez pour régler avec l'hôtel et
pour revenir en France ; mais, si je n'avais pas le courage de partir immédiatement, je ne tarderais pas à
me trouver sans ressources, et alors que deviendrais-
je ? Je voulais bien en finir par un coup de revolver à
la tempe, mais je tenais du moins à faire les choses
proprement, à laisser après moi toutes mes affaires ré-
glées et ma situation parfaitement nette. Pour cela,
ma présence à Paris était indispensable.

Je pris brusquement mon parti, et, sonnant le garçon, je l'envoyai dire à la caisse que je partais par le
train de cinq heures, qu'on arrêtât mon compte et
qu'on me tînt un traîneau prêt pour quatre heures et
demie.

Puis je montai dans ma chambre pour faire ma valise. J'avais trois grandes heures devant moi : c'était beaucoup plus qu'il ne m'en fallait. J'aurais voulu partir à l'instant, maintenant que ma résolution était arrêtée.

J'écrivis un mot à Dumas pour le prévenir de mon départ et m'excuser de ne pas être allé lui serrer la main : j'aurais bien eu le temps de passer chez lui, mais il m'eût fallu entrer dans des explications inutiles, recevoir ses condoléances ; et, ma foi ! je n'étais guère d'humeur à subir patiemment cette corvée.

Ma lettre écrite, je traînai ma valise au milieu de ma chambre, et, pour tuer le temps, je m'appliquai à la remplir méthodiquement. Je vidai l'un après l'autre tous les tiroirs de la table et de la commode, et j'emballai avec soin dans des feuilles de papier de soie la collection de photographies que j'avais achetée chez Daziaro, au pont des Maréchaux, ainsi que les divers objets de curiosité dénichés au cours de mes longues flâneries sous les voûtes sombres du Gostini Dvor ou devant les misérables échoppes adossées à la muraille de la ville chinoise.

Quand tout cela fut fait, je jetai un dernier regard autour de moi pour voir si je n'avais rien oublié.

J'aperçus alors dans un coin de la chambre, sur le tapis du petit guéridon, le couteau du Bohémien que j'avais rapporté la veille de Strelna.

— Et Picha ! m'écriai-je.

Tout aussitôt le visage bistré de la Bohémienne se représenta devant mes yeux tel que je l'avais vu la veille au soir, quand elle s'était jetée entre mon assassin et moi. Comment l'avais-je pu oublier un seul instant ? Comment avais-je pu penser à partir sans l'a-

voir revue une dernière fois? Non seulement je n'avais
point de raison de me refuser cette suprême joie ;
mais n'était-ce pas un devoir d'honneur pour moi de
m'assurer que la blessure qu'elle avait reçue en cherchant à défendre ma vie n'aurait point de conséquences graves? Au lieu de partir ce jour-là, je ne parti-
rais que le lendemain. Que m'importait un jour de
plus ou de moins, du moment que j'étais fixé sur la
façon dont tout cela devait se dénouer ?

Je n'avais qu'à décommander le traineau et à prévenir que je remettais mon départ au lendemain.

Cependant, au moment de poser le doigt sur le bouton d'ivoire de la sonnerie électrique, j'hésitai. Quelque
chose me disait que, si je revoyais Picha, je n'aurais
plus le courage de partir, ni le lendemain, ni un autre
jour. Et alors qu'arriverait-il de moi? Quelle figure de
mendiant irais-je montrer à Strelna? A quels rôles ne
me faudrait-il pas descendre? Je me voyais déjà, pour
ne pas quitter mon idole, obligé de me plier aux extrémités les plus humiliantes ; qui sait? de m'engager dans
la troupe des Bohémiens, comme le héros du *Capitaine
Fracasse !*

Si je n'avais pas la force de partir immédiatement
en me bouchant les yeux et les oreilles, sans regarder
derrière moi, j'étais perdu !

Il est vrai que pour ce que me réservait la vie maintenant!... N'étais-je pas perdu de toute façon, et perdu
à Paris tout aussi bien qu'à Moscou ? Puisque je tenais
dans ma main la ressource suprême qui devait me délivrer d'une situation insupportable, puisque j'étais le
maître d'en finir quand il me plairait, qu'avais-je à
craindre, et qui pourrait me retenir ?

Ah ! pourquoi Picha s'était-elle jetée entre ma poitrine et le couteau du Bohémien ? C'eût été un dénouement tout trouvé, et je serais mort heureux, sur la douce impression que j'étais aimé, et avant d'avoir appris que ma ruine ne n'aurait point permis de jouir de cet amour.

J'allais ainsi d'une résolution à l'autre, tiraillé entre le désir furieux de revoir encore une fois Picha, et la raison, le souci de ma dignité, de mon nom, la ferme volonté de sortir de la vie correctement, comme il convient à un homme d'honneur. Je ne sais, en vérité, lequel de ces deux courants l'eût emporté si en ce moment on n'avait point frappé à ma porte.

C'était le garçon qui me montait la note de l'hôtel, et, en même temps, le moujik qui venait chercher mes bagages.

Cet incident insignifiant triompha de mes irrésolutions. Je pris sur le guéridon le couteau du Bohémien et le jetai dans ma valise, que je fermai ensuite soigneusement ; puis, après avoir réglé mes comptes avec le garçon, je descendis derrière le moujik ; et, la petite cérémonie réglementaire des pourboires, ou, comme on dit là-bas, des *na-tsa* (pour le thé) ou des *na-vodkou* (pour l'eau-de-vie), terminée, je me jetai dans le traîneau, qui m'emmena rapidement vers la gare de Varsovie.

Là encore, une fois mon billet pris et mes bagages enregistrés pour Paris directement, je fus sur le point de tout planter là et de revenir à l'hôtel, tellement le souvenir de Picha m'était revenu, puissant et impérieux, au moment même où j'allais faire le pas décisif qui devait me séparer d'elle pour jamais ; mais j'aper-

çus au même instant quelques personnes de ma connaissance qui se dirigeaient vers moi avec la curiosité
banale des indifférents. Pour leur échapper, je passai
rapidement sur le quai et me précipitai dans le premier wagon qui s'ouvrit devant moi.

XI

Ce que fut cet interminable voyage de Moscou à Saint-Pétersbourg et à Paris, je n'essayerai point de le décrire.

La surexcitation fébrile qui m'avait soutenu jusqu'au départ du train était tombée aussitôt que celui-ci s'était mis en marche. Et je passai mes quatre-vingt-dix heures de chemin de fer dans une prostration d'où rien ne put me faire sortir. J'éprouvais d'ailleurs une sorte de volupté bestiale à demeurer là inerte et insensible, sans plus penser que la banquette sur laquelle j'étais couché ; et j'aurais donné beaucoup pour m'endormir en quittant Moscou et ne plus me réveiller qu'en arrivant à Paris.

Ce ne fut qu'une fois la frontière de France dépassée, à Jeumont, que je commençai à être quelque peu ressaisi par la réalité.

Enfin, vers les huit heures du matin, à la gare de Creil, la voix d'un gamin qui criait les journaux sur le quai me tira brusquement de mon apathie.

J'achetai le *Voltaire*, qui me tomba le premier sous la

main, et, courant tout de suite à la quatrième page, j'y lus avec stupéfaction ces indications inattendues du bulletin financier :

« Banque de France, au comptant : précédente clôture, 5400 ; premier cours, 5400 ; dernier cours, 5400. Actions nominatives, à terme : précédente clôture, 5380 ; hausse, 10 francs ; premier cours, 5375 ; plus haut, 5395 ; dernier cours, 5390. »

Je relus trois fois ces lignes sans y rien comprendre. Comment ces actions de la Banque de France qui étaient tombées, quelques jours auparavant, à 3200 avaient-elles pu se relever si rapidement et dans de pareilles proportions ? Quel bouleversement avait-il dû se passer pour expliquer un semblable revirement ?

Ce que je compris tout de suite, par exemple, c'est que mes valeurs étaient cotées à 5400 et 5390, et que par conséquent je n'étais plus ruiné.

Dès lors il me sembla que le train n'arriverait jamais. A peine était-il entré en gare que je sautai dans une voiture, ma valise à la main, et que, sans même prendre le temps de passer chez moi pour changer de vêtements et me débarrasser de la poussière du voyage, je me fis conduire directement rue de Provence, 60, chez mon ami Marceau, l'agent de change.

— Monsieur n'est pas encore descendu, me dit Landry, le garçon de bureau. Monsieur ne descend jamais avant dix heures. Mais voilà qu'il est dix heures moins le quart. Monsieur ne tardera pas beaucoup maintenant.

Et, m'introduisant dans le cabinet de son maître, l'obséquieux et solennel garçon de bureau déposa les journaux du matin devant moi sur la table.

Je m'assis et détachai au hasard les bandes des *Débats*, du *Figaro* et du *XIX⁰ Siècle*. Tous les trois portaient au bulletin financier les mêmes chiffres que le *Voltaire* que j'avais acheté à Creil.

Les journaux ne donnaient d'ailleurs aucun détail qui pût me mettre sur la voie, et je dus me résigner à attendre que Marceau fût descendu pour me faire expliquer ce que tout cela signifiait.

Une chose encore qui m'intriguait beaucoup, c'est que rien autour de moi n'indiquait qu'il se fût passé des événements graves dans la maison. Au contraire, tout avait cet air calme et correct des établissements qui marchent et fonctionnent en pleine prospérité : les employés étaient tous à leur poste, les clients entraient et sortaient comme à l'ordinaire, et enfin, détail caractéristique, le patron ne descendait pas une minute plus tôt ni une minute plus tard que son heure habituelle.

Un peu las d'attendre, les yeux au plafond, je repris machinalement un journal, qui m'échappa des mains et glissa par terre. Dans le mouvement que je fis pour le ramasser, mes yeux tombèrent, par hasard, sur une enveloppe à moitié déchirée où l'on distinguait encore deux timbres-poste de couleur rose et, sur le cachet, le mot Moscou en caractères russes. Très intrigué, je ramassai l'enveloppe, et dans un angle j'y lus, avec une surprise facile à comprendre, l'entête de facture suivant : *Dumas et Cⁱᵉ, Maison Baranoff, pont des Maréchaux, Moscou.*

Un éclair me traversa l'esprit, et, jetant un regard passablement indiscret sur les papiers de toute sorte qui couvraient la table, je découvris enfin, traversée pa

la petite lame d'acier recourbée sur laquelle Marceau
fixait les lettres auxquelles il n'avait point encore répondu, une grande feuille de papier bleuté qui portait
à gauche, en haut, le même en-tête de facture de la
maison Dumas et Cⁱᵉ. Pour le coup, je n'y tins plus.
Dépouillant un dernier scrupule, j'arrachai la lettre de
Dumas de la petite lame d'acier et je la lus avec avi-
dité.

Voici ce qu'elle disait, cette lettre traîtresse :

« Mon cher Marceau,

» Comme je le pressentais dans ma dernière lettre,
les choses se sont tout à fait gâtées ici. Hier soir,
notre pauvre ami l'a échappé belle. Pour la troisième
fois, il a failli y passer, et, sans le dévouement de sa
Bohémienne, c'était un homme mort. Le secrétaire du
Bazar slave est venu me prévenir ce matin ; il savait
ce qui était arrivé par le patron de Strelna et que les
Bohémiens avaient juré d'en finir avec notre ami.
Qu'aurais-tu fait à ma place ? Essayer de l'arracher à
cette malheureuse passion et de le décider à partir ?
Mais tu le connais comme moi. Aucune considération,
même celle qu'il y allait de sa vie, n'aurait pu mordre sur lui. Comment parler raison, d'ailleurs, à un
homme affolé ? Alors l'idée m'est venue de profiter du
krach pour lui faire croire que sa fortune était très
gravement compromise et que sa présence immédiate
à Paris pouvait seule empêcher sa ruine de se con-
sommer. Il sera furieux après moi quand il saura la
vérité ; ce sont là en effet de ces choses qu'on ne par-
donne point à son meilleur ami. J'ai pourtant la con-

science de lui avoir rendu un véritable service. Très
certainement, dès qu'il sera arrivé à Paris, tu recevras
sa visite. Tu es prévenu : agis en conséquence, et, ton
amitié aidant, tâche de lui faire avaler la pilule. Ce ne
sera pas chose commode, j'en ai peur. Mais tu t'es tiré
de pas plus difficiles. Peut-être d'ailleurs que la satisfaction de se retrouver riche après s'être cru ruiné
pendant quelques jours adoucira l'amertume de son
ressentiment. Fais pour le mieux et tiens-moi au courant.

» Ton ami,

» HENRI DUMAS. »

La lettre lue depuis la première ligne jusqu'à la dernière, je la repiquai froidement sur la petite lame d'a-
cier ; puis je pris mon chapeau, et, traversant rapidement l'antichambre sans répondre aux protestations de
Landry qui m'assurait que « Monsieur » allait descendre, que « Monsieur » serait bien fâché, etc., je dégrin-
golai l'escalier, et, remontant dans ma voiture qui
m'attendait à la porte, je dis au cocher :

— Retournez où je vous ai pris. A la gare du Nord !

XII

J'étais dans une telle fureur que, si j'avais tenu Dumas en ce moment, je l'aurais étranglé froidement, de mes deux mains. J'avais été joué, berné, comme un enfant ! et par un homme qui se disait mon ami et qui croyait, en agissant ainsi, me rendre un service d'ami !

Ah ! que le diable emporte ces gens trop zélés, toujours prêts à vous sauver la vie quand on ne leur demande rien ! Et si je ne voulais pas, moi, qu'on me sauvât la vie ? Et si je préférais courir les risques de la situation ? Il n'y a pas d'amitié qui tienne : on n'a pas le droit de sauver, puisque sauver il y a, les gens malgré eux. En vérité, il était heureux pour Dumas que nous fussions séparés en ce moment par des milliers et des milliers de kilomètres ! La pensée que sans lui je serais encore à Moscou et que je verrais Picha me donnait des accès de rage folle, au point que les passants s'arrètaient sur le trottoir, stupéfaits des regards furibonds que je leur lançais sans m'en apercevoir.

Il ne fallut pas moins, pour me rendre un peu de sang-froid, que la voix du cocher m'avertissant que nous étions arrivés. Je courus droit au guichet où se délivraient les billets pour Cologne, Berlin, Saint-Pétersbourg et Moscou. Le guichet était fermé et un employé qui passait par là voulut bien m'apprendre qu'il n'y avait point de train pour l'Allemagne avant le soir.

C'était vrai, au fait ; j'avais oublié, dans le premier moment d'exaspération, que le train de Cologne partait à huit heures du soir.

Ce que j'avais également oublié, c'est qu'il me restait à peine d'argent et que la garde-robe de voyage, enfermée dans ma valise, avait grand besoin d'être renouvelée.

Dès lors et puisque rien ne pressait, je n'avais plus qu'un parti à prendre, c'était de rentrer chez moi, de remettre un peu d'ordre dans mes affaires et, si le cœur m'en disait, de me reposer un peu jusqu'à l'heure du train. Je m'y décidai, non sans quelque hésitation.

Chez moi, je trouvai un amas de lettres qui attendaient mon retour depuis quelque temps déjà. Je leur jetai en passant un regard d'indifférence dédaigneuse ; puis, après avoir donné l'ordre à mon domestique de me faire préparer un déjeuner quelconque, je m'enfermai dans ma chambre pour procéder à une toilette ntime dont mes quatre-vingt-dix heures de chemin de fer avaient rendu la nécessité absolument urgente. Cette petite cérémonie achevée et mon déjeuner expédié, je me retrouvai en face des lettres et des journaux empilés sur ma table.

N'ayant rien de mieux à faire, j'attaquai l'écrasant amoncellement d'une main courageuse ; mais, fatigué de corps et d'esprit comme je l'étais par les émotions

que j'avais traversées et mes deux nuits d'insomnie
les lignes d'écriture commencèrent bientôt à papil-
lonner devant mes yeux ; lettres et journaux me glis-
sèrent des mains et je finis par m'endormir d'un sommeil lourd et pénible, la tête au milieu de mon courrier inachevé.

Lorsque je rouvris les yeux, il faisait déjà nuit. Je
fus quelque temps d'abord avant de reconnaître où je
pouvais bien être. Puis, quand je fus revenu à moi, je
sonnai vivement mon domestique et lui demandai
quelle heure il était.

— Huit heures, me répondit-il.

Huit heures ! juste l'heure du train de Cologne ! Je ne
pouvais plus partir maintenant que le lendemain. Il
me fallait attendre et me ronger les poings vingt-quatre heures.

Ce dernier contre-temps m'acheva. Je remuai vingt
projets dans ma tête sans pouvoir m'arrêter à aucun.
Enfin, de rage et de lassitude, je me couchai, brisé,
anéanti moralement et physiquement. Au milieu de la
nuit je me réveillai, et cette fois il me fut impossible
de me rendormir.

Il est admis que la nuit porte conseil : je suppose
que c'est surtout quand on ne dort pas, et que le
calme relatif, le silence, l'obscurité qui vous entourent
vous permettent d'envisager froidement ce que le
grand jour, l'agitation de la vie, les allées et venues
de votre entourage ne vous laissent pas le temps de
peser à loisir. Tout ce qui s'était passé depuis quinze
jours se représenta devant moi avec une netteté extraordinaire. Mon arrivée à Moscou, ma première visite
à Strelna avec Dumas et le jeune Likhouschine, l'im-

pression que m'avait faite Picha dès le premier abord, puis mes longues soirées en tête-à-tête avec elle dans ce coin du jardin, et enfin le drame du dernier soir, je revis tout jusqu'au moindre détail. Puis, l'affreux tour que m'avait joué Dumas et les émotions fort désagréables qu'il m'avait causées me repassèrent dans l'esprit ; mais, chose bizarre, son intervention cruelle au milieu de mes aventures me paraissait maintenant moins injustifiable. De concession en concession, j'en arrivai à m'avouer qu'à son point de vue, en raisonnant froidement les choses, il avait pu se croire autorisé par notre vieille amitié à agir comme il avait agi. Dès lors un revirement se fit peu à peu dans mon esprit, les choses prirent un tout autre aspect, et jusqu'au matin un véritable chaos d'idées contradictoires se livra bataille sous mon crâne.

Mais à quoi bon en dire davantage ? On a déjà deviné que je ne partis pour Moscou ni le lendemain ni les jours suivants, et que je n'ai jamais revu Picha.

Et cependant, bien que six mois se soient écoulés depuis, la figure ardente de la Bohémienne me traverse l'esprit bien souvent ; et, en ce moment même où j'écris ces lignes, je regarde là, sur ma table, le couteau du Bohémien avec sa tache de rouille sur la lame, la tache que le sang de Picha y a laissée ; mes yeux se voilent, mon cœur tressaute dans ma poitrine à la briser, et je me sens des envies folles de tout quitter et de courir d'une seule traite à Moscou.

Jusqu'ici j'ai pu résister, mais non point sans de cruelles hésitations. Quant à l'avenir, je n'ose en répondre, et si vous apprenez quelque jour que je suis parti, ô mes amis qui lisez ceci, plaignez-moi si vous

voulez, blâmez-moi également, j'y consens ; mais,
pour Dieu ! laissez-moi à ma folie, car cette fois je m'y
plongerai si bien que, pour m'en faire sortir, il faudra
me tuer — et le Bohémien est toujours là-bas sans
doute.

JOURNÉE AU KREMLIN

I

« Warin !

— Vous ici, par quel hasard?

— Ah! par exemple, en voilà une rencontre ! »

Le fait est que se quitter un lundi soir sur le boulevard Poissonnière, en face Brébant, et se retrouver cinq jours après dans la salle à manger de l'hôtel Dussaux, *Kitaisky proiezd*, à Moscou, c'est là une chose qui n'arrive pas tous les jours, ni à tout le monde.

« Moi, je suis ici pour affaires; je fais le voyage deux ou trois fois par an, (continua Warin en appelant le garçon, dont le teint jaune, les yeux bridés sans cils ni sourcils, et les pommettes saillantes trahissaient l'origine tartare, en dépit de son habit noir et de sa cravate blanche; et en lui donnant l'ordre de transporter son couvert à la table voisine;) mais vous, comment se fait-il que vous ayez quitté aussi subitement votre femme et vos trois enfants, votre neveu, votre mère, votre bureau, madame Une telle et votre grande amie, mademoiselle Machin? Il y a quelque chose là-dessous,

hein? Une histoire de femme, heureux coquin! Non?
Bigre! Une mission diplomatique, alors? Le couronnement? Les nihilistes? C'est bon! Je ne vous demande
rien.

— Il n'y a pas un mot de tout cela, répondis-je en
riant; et, puisque vous tenez à le savoir, je suis venu
à Moscou tout simplement pour voir Moscou.

— Allons donc!

— Parfaitement!

— Et combien de temps comptez-vous rester ici?

— Mais jusqu'à ce soir 11 h. 32. Je suis arrivé ce
matin par Saint-Pétersbourg et je repars ce soir par
Varsovie. Ne pouvant disposer que de sept jours pleins,
j'ai calculé que je pouvais rester une vingtaine d'heures ici. C'est tout ce qu'il me faut, j'imagine, en ne
perdant point mon temps.

Ce que j'aurais pu ajouter, c'est que je venais bien
moins pour voir Moscou que pour réaliser un rêve qui
me poursuivait depuis longtemps.

Chacun porte ainsi, dans un repli de son cerveau, une
chimère qu'il caresse avec amour, mais dont il ne verra
jamais sans doute la réalisation. Celui-là rêve d'aller
voir le lever de l'aurore sur le Righi ou le coucher du
soleil dans le cirque de Gavarnie; celui-ci a juré de ne
pas mourir avant d'avoir vu la semaine sainte à Rome
ou le carnaval à Naples.

J'ai connu des peintres qui étaient toujours sur le
point de partir pour aller saluer les Vélasquez de Ma-
drid, les cartons d'Hampton-court au South-Kensington-
Muséum ou les Rembrandt de Munich. Et telle belle
personne de mes amies m'a déjà écrit cinq lettres, que
je conserve avec amour, où elle me demande mes com-

missions pour les Indes. Son itinéraire est tout tracé :
elle prend par Brindisi et le canal de Suez, touche à
Ceylan, à Madras et à Calcutta ; elle pousse une pointe
dans les provinces du Nord-Ouest jusqu'à Delhi, Kash-
mir et Lahore, redescend à Mirzapour, où elle prend
le *Nord-Western railway* jusqu'à Bombay, et s'embarque
pour revenir directement en Europe. Une autre charmante personne, à moins que ce ne soit la même, n'a
qu'une idée, ou plutôt elle en a trois, c'est d'aller
chasser l'ours blanc au pôle nord, le tigre dans les
Indes et le loup en Russie : en attendant, elle pêche de
jolis gardons sur les bords plus ou moins fleuris de la
Marne.

Je n'avais point l'imagination aussi vagabonde. Mon
rêve, à moi, c'était de voir le Kremlin par le clair de
lune. Un soir, dans un salon très connu, j'avais entendu la maîtresse de la maison parler de ce spectacle
comme de l'un des plus beaux qui se pussent voir, et
le peindre avec un tel feu, une passion si enthousiaste
et si contagieuse, qu'une envie folle de partir immédiatement pour Moscou m'avait saisi au collet. Si je
ne l'avais point fait, c'est que des impossibilités matérielles m'en avaient empêché. Mais l'idée ne m'avait
plus quitté : c'était une chose réglée pour moi, une
chose irrévocablement décidée une fois pour toutes : la
première semaine de liberté que j'aurais, je l'emploie-
rais à réaliser mon rêve.

La semaine de liberté s'étant enfin présentée, je m'é-
tais tenu parole. Sans consulter ni prévenir personne,
j'avais jeté à la hâte dans une valise un peu de linge
et deux vêtements de rechange, puis j'étais parti en
priant mon excellente femme de me garder le secret :

si je n'avais pas reculé devant la perspective des six
jours et des six nuits de voyage (aller et retour) en
sleeping, pour passer un peu moins de vingt-quatre
heures à Moscou, peut-être me serais-je montré moins
brave en face des *blagues* féroces de mes amis du boulevard ou du cercle.

C'est le même sentiment, la même peur d'être *blagué*
qui m'avaient empêché d'avouer tout simplement à Warin la véritable raison de mon invraisemblable départ.

Seulement, ce dont je me doutais pas, c'est qu'en
n'assignant point à mon voyage d'autre mobile que
celui de visiter la ville, je m'interdisais par là même
toute défense contre les velléités que Warin pouvait
avoir de s'offrir à moi comme guide.

C'est ce qui ne manqua point d'arriver. Or, j'avais
l'horreur la plus profonde pour ce tyran inévitable et
inexorable qu'on appelle un *cicerone*. Les garde-fous ne
m'ont jamais servi qu'à m'empêcher de voir le paysage
et j'ai toujours préféré courir le risque de m'égarer en
me promenant à l'aventure dans une ville que je ne
connaissais point, ou celui plus grave de passer à côté
de quelque chose d'intéressant sans le voir, plutôt que
de me laisser *cornaquer* de monument en monument,
et de recevoir mes impressions toutes faites de la main
d'un tiers, admirateur et professeur d'admiration dû-
ment breveté par les autorités municipales de l'endroit.

Or, de tous les ciceroni, le plus redoutable, le plus
féroce, le plus impitoyable, c'est le cicerone par complaisance, c'est l'ami qui fond sur vous comme sur une
proie et ne vous quitte point une minute depuis le
matin jusqu'au soir, sous prétexte de vous faire les

honneurs du pays. A celui-là, vous êtes absolument li-vré, vous lui appartenez, vous êtes sa chose. Impossible de vous en débarrasser sous un prétexte plausible; ou si, dans un moment d'impatience, il vous échappe le moindre mouvement pour essayer de secouer le joug devenu trop insupportable, alors c'est un ennemi mortel que vous vous assurez pour l'avenir.

Il est certain que Warin ne m'eût point pardonné, si j'eusse tenté de me dérober à sa débordante et despo-tique bonne volonté. Avec lui, je n'avais qu'une res-source, c'était de lasser sa patience et ses forces, de l'éreinter, de le surmener, de le mettre sur les dents, jusqu'à ce qu'il criât : grâce!

Et tout d'abord, je commençai par déclarer que je préférais de beaucoup visiter la ville à pied, que c'était la seule façon de bien voir, etc.; le pauvre Warin, qui n'est point des plus ingambes, essaya bien de me per-suader le contraire, mais j'insistai, et le malheureux dut s'exécuter sans pouvoir dissimuler une grimace fort éloquente.

II

Nous descendîmes d'abord la rue Nicholskaïa jusqu'à la Place Rouge, que nous traversâmes en diagonale pour entrer dans le Kremlin par la porte *Spassky* (ou du Sauveur), cette fameuse porte voûtée, sous laquelle on est tenu de passer la tête découverte.

Le Kremlin, qui se prononce tantôt *Kreml* et tantôt *Kremline,* n'est pas un palais proprement dit, ainsi qu'on le croit généralement. Comme l'Alhambra, c'est une agglomération de palais, d'églises et d'autres bâtiments séparés par des places, le tout occupant un espace considérable et entouré par une muraille crénelée, au-dessus de laquelle on aperçoit un fouillis de coupoles dorées, de clochetons bulbeux aux reflets métalliques, de tours, de flèches, de toits carrés, pointus, appartenant à tous les styles d'architecture connus, depuis le plus moderne et le plus banal, jusqu'aux styles hindou et chinois.

Nous visitâmes tout d'abord le nouveau palais impérial, un immense bâtiment à deux étages, sans le moindre intérêt artistique, et qui n'a de curieux que ses proportions colossales. Nous fîmes je ne sais combien de kilomètres rien qu'en traversant les immenses salles, lambrissées de marbre et parquetées de mosaïques de bois, du deuxième étage, celles de Saint-Georges, de Saint-Wladimir, de Saint-Alexandre Newski, du Trône ou de Saint-André, des Chevaliers-Gardes et de Catherine; chaque salle étant reconnaissable aux insignes de l'ordre créé par chacun de ces personnages historiques. Le premier étage est occupé par les appartements de l'empereur et de l'impératrice, remarquables surtout par la richesse de leurs tentures de soie de couleur claire.

En sortant du palais, Warin me fit remarquer le fameux escalier rouge, où le czar se montre au peuple le jour du couronnement; — c'est un petit escalier d'une vingtaine de marches, sans grand caractère, qui descend du palais dans la cour du *Granovitaïa Palata* ou palais anguleux.

Le palais du Belvédère (*Terema*), ou vieux palais, m'intéressa infiniment plus. On y arrive directement du Palais neuf par le petit jardin d'hiver, qui termine les appartements de l'impératrice. C'est un dédale d'escaliers en spirale, de chambres étroites et voûtées comme des cryptes d'oratoires couvertes du haut en bas de peintures byzantines, de vestibules, de couloirs, qui semblent creusés au hasard dans un bloc de pierre, tant ils s'enchevêtrent d'une façon bizarre.

L'ameublement des chambres a été conservé intact. prie-Dieu, bahuts en chêne sculpté, fauteuils de velours usé, banquettes taillées dans les embrasures des

fenêtres, pavés en mosaïque, tout a gardé son aspect primitif. C'est précisément cela qui donne à ce
vieux palais un caractère et un intérêt tout particuliers.

Bien que Warin fût loin de partager mon enthousiasme, il tint bon cependant, et, loin de témoigner la
moindre impatience, ce fut lui qui me proposa de
poursuivre le cours de nos explorations.

Après le *Terema*, nous visitâmes successivement une
dizaine au moins de vieilles églises, mélange de gothique de plusieurs époques, de byzantin, de style russe
(si tant est que la Russie ait un style à elle) et de
pseudo-grec : l'église du Sauveur dans la forêt (*Spass
na borou*), érigée il y a plus de sept cents ans ; la cathédrale de l'Assomption (*Ouspensky Sobor*), l'église pa-
triarcale, où a lieu le couronnement des czars de Russie ; la cathédrale de l'Annonciation (*Blagoretschensky
Sobor*), où les czars étaient autrefois baptisés et où
avait lieu également la cérémonie de leur mariage ;
la cathédrale de l'Archange Michel (*Arkhangelsky Sobor*), où sont renfermés les tombeaux des anciens
czars, la plus riche de toutes en ornements précieux ;
et je ne sais combien d'autres encore.

En sortant de la dernière, je regardai Warin qui ne
bronchait point ; c'était à croire qu'il avait percé à
jour mes calculs machiavéliques et que, se piquant
d'honneur, il s'était juré à son tour d'avoir raison de
moi par la lassitude et la satiété. Dieu sait, pourtant,
si toutes ces peintures archaïques sur fond d'or, si
toutes ces coupoles dorées, argentées, vert d'eau,
bleu, gris-perle disaient quelque chose à son imagination !

— Et maintenant, lui demandai-je, qu'est-ce qui nous reste à voir ?

— Oh ! nous ne sommes pas au bout, répondit-il avec le plus beau sang-froid ; nous n'avons pas vu le plus curieux, le Trésor.

III

Le trésor du Kremlin, ou trésor impérial, est une splendide collection d'objets d'art et d'objets historiques qui offre assez de ressemblance avec celle de la Tour de Londres. Cette collection, d'une valeur inappréciable, remplit à elle seule huit salles immenses du *Novaïa Oroujeïnaïa Palata* (ou nouvel arsenal). Jamais je n'avais vu pareille accumulation de richesses : habits de gala de czars et de czarines brodés de perles fines du haut en bas, couronnes impériales, sceptres, bâtons de commandement, épées, sabres, colliers, décorations, le tout en or massif avec incrustations d'émaux, de perles, de pierres précieuses de toute sorte et de toute taille, quelques-unes représentant des sommes considérables, comme l'énorme rubis sur lequel est enchâssée la croix de la couronne du czar Ivan Alexéevitch et qui ne coûta pas moins de 40,000 roubles du temps, ce qui représenterait aujourd'hui quatre ou cinq fois davantage.

Je n'ai qu'un respect très modéré, je l'avoue, pour toutes ces vieilles défroques de l'histoire ; la veste de matelot et les bottes de Pierre le Grand me laissèrent absolument froid, ainsi que la collection des habits de couronnement des empereurs et des impératrices; mais ce qui me toucha beaucoup plus, c'est l'intérêt artistique qu'offraient la plupart de ces objets de haute curiosité, ceux surtout qui remontaient à l'époque la plus reculée; la couronne des czars de Kazan, par exemple, dans le goût oriental, ornée de turquoises; et surtout la couronne ou bonnet du *Monomaque*, le plus ancien monument historique du Trésor. Cette couronne, envoyée de Byzance par l'empereur Constantin au grand prince Wladimir Monomaque, en 1116, est une œuvre d'un goût remarquable; les perles et les pierres précieuses, qui s'enlèvent sur le fond de filigrane, sont disposées avec une entente de l'ornementation bien étonnante pour l'époque.

J'ai pu constater du reste, non sans surprise, que la valeur artistique de ces objets était presque toujours en raison directe de leur ancienneté; les couronnes de l'empereur Nicolas et de l'empereur Alexandre II, par exemple, sont de la plus navrante banalité.

Mais ce qui dépasse tout, comme richesse et comme art à la fois, c'est la salle n° 3, où sont renfermées les vaisselles d'or et d'argent. Ce qu'il y a de merveilles étalées sur les dressoirs circulaires entourant les piliers de cette salle est inimaginable. C'est une profusion, un entassement de vases, de pots, d'aiguières, de flacons, de hanaps, de coupes, d'amphores, de plats d'or, d'argent et de vermeil de toutes les dimensions, affectant toutes les formes possibles, et plus admirables peut-être encore par le travail d'orfèvrerie que par leur valeur intrinsèque et celle de leurs incrustations.

Il y a là peut-être deux ou trois mille pièces hors ligne, dont chacune mériterait une description particulière et ferait la joie et l'envie d'un amateur. A notre époque où la vieille argenterie a pris une plus-value extraordinaire, il est impossible d'évaluer la somme des millions qui sont enfouis dans cette seule salle.

Citons encore, dans la salle n° 8, la grande voiture sculptée et ornée de peintures de Boucher, offerte à l'impératrice Élisabeth par le comte Razoumovsky en 1754; et, à titre de curiosité, deux lits de camp de l'empereur Napoléon Ier, pris au passage de la Bérésina.

J'oubliais de dire que, dans presque toutes les églises que nous avions visitées, nous avions trouvé, renfermées dans la sacristie, quantité de pièces d'orfévrerie religieuse, calices, plats, ostensoirs, patènes, croix, ornements d'église de la plus grande magnificence, et surtout des chasubles littéralement couvertes d'or, de perles et de pierres précieuses. Mais c'est surtout le Musée Synodal ou Musée des Popes, dans une dépendance de l'*Ouspensky Sobor*, je crois, qui contient, sous forme de mitres, de chasubles et d'étoles, des richesses fabuleuses. On voit là, accrochés simplement dans les vitrines qui font le tour de deux ou trois salles, des vêtements sacerdotaux tellement surchargés de perles fines que la trame d'or et de soie disparaît (il en est qui portent jusqu'à cinquante ou soixante kilos de broderies de perles), et l'on se demande comment les popes pouvaient les revêtir sans être écrasés sous le poids.

Une autre réflexion qui vous vient forcément à l'esprit, en face de cet entassement inouï d'objets de la plus haute valeur, c'est que les sommes énormes enfouies derrière toutes ces vitrines pourraient être employées à quelque usage plus utile pour l'amélioration du sort de ce grand peuple russe, si misérable et si ignorant.

— Savez-vous, me disait Warin, que si toutes ces perles fines qui sont enfilées là les unes au bout des autres avec cette profusion invraisemblable, et dont la moindre vaut peut-être cinq cents francs, étaient lancées sur la place toutes à la fois, le prix des perles, dans le monde entier, baisserait forcément et dans des proportions considérables?

En sa qualité d'homme dans les affaires, c'était surtout la valeur monnayable de toutes les merveilles que nous venions de voir qui l'avait frappé.

Cependant Warin continuait à faire bonne contenance et je commençais à craindre de ne pas voir arriver le bout de sa patience. Peut-être y mettait-il de l'amour-propre et ne voulait-il pas avoir l'air de renoncer le premier à cette course au clocher de la curiosité.

— Et le *Czar-Pouschka*, le roi des canons, que nous allions oublier! me dit-il en désignant du doigt une énorme pièce montée sur son affût, à l'angle d'une caserne, en tête d'une double rangée de pièces également d'un très fort calibre. C'est une des curiosités du Kremlin, que l'on ne manque jamais de montrer aux étrangers. Elle a été fondue, paraît-il, sous le czar Féodor Ivanovitch, au xvi⁰ siècle, et son calibre n'est pas moindre de 2,400 kilogrammes. Regardez toutes ces ciselures, puisque vous aimez ces choses-là; au milieu, c'est l'effigie de Féodor Ivanovitch.

— Et toutes ces pièces là-bas, rangées en chantier, comme de simples piles de bois, le long du mur de ce grand bâtiment, l'Arsenal, n'est-ce pas?

— Ah! pour ça, mon cher, si vous êtes chauvin, vous allez recevoir un coup. Ce sont les pièces de campagne perdues par l'armée de Napoléon, en 1812. Il n'y en a pas moins de 875, dont 365 françaises et le reste un peu de toutes les paroisses, ou, si vous préférez, de toutes les provenances, comme vous pouvez vous en assurer. Tenez, en voilà d'autrichiennes, de prussiennes, d'italiennes, de bavaroises, de hollandaises, d'espagnoles, de polonaises! C'est la réponse à notre terrasse des Invalides et ça doit nous remettre en mémoire cette vérité, digne de M. Prudhomme ou de son neveu, M. Cardinal, qu'il n'est point de gloire qui ne se paye, ni de victoire sans lendemain.

Sur cette réflexion philosophique, nous gagnâmes l'esplanade qui s'étend devant le Palais-Neuf. La vue qu'on a de là sur les quartiers de la rive droite et sur le cours de la Moskowa est véritablement splendide. C'est une mer de toits se multipliant à l'infini, et de laquelle émergent de tous côtés les coupoles dorées ou peinturlurées des quatre cents églises de Moscou.

L'été, quand les nombreux jardins publics et privés, qui sont répandus un peu partout, se couvrent de verdure, et que le soleil se reflète sur ces dômes dorés et sur les toits des maisons en fer peint de couleur verte, l'effet doit être absolument féerique.

Warin, blasé sans doute par une longue habitude, m'arracha à ma contemplation.

— Allons! me dit-il, puisque vous voulez tout voir, nous n'avons pas de temps à perdre. A moins, continua-t-il, que vous en ayez déjà assez et que...

— Assez! m'écriai-je avec une véritable indignation. Mais ma vie entière ne serait pas suffisante, j'en ai peur, pour me faire une idée complète de tout ce que renferme ce merveilleux Kremlin.

— Venez donc, me répondit Warin, sans témoigner la plus légère humeur; et, me montrant une grande tour octogone à trois étages, ceci vous représente, continua-t-il, la cour d'Ivan Veliki, le monument le plus élevé de Moscou. Il a 38 sagènes 1/2 (82 mètres) de haut, à partir du sol, car ses fondations descendent jusqu'au niveau du fond de la Moskwa, c'est-à-dire à près de quarante mètres de profondeur. La petite église qu'il surmonte est l'église de Saint-Jean-le-Climaque, et la tour plus petite, que vous voyez à côté et qui renferme toutes ces cloches, est la tour de l'Assomption.

La tour d'Ivan contient aussi des cloches, et des cloches énormes, comme vous pouvez en juger. Voici le *Medred* (l'Ours), à l'étage supérieur, qui pèse 450 *pouds* [1] et, à côté, le *Lebed* (ou le cygne), qui ne pèse guère moins. L'étage du milieu en renferme une autre qui pèse 200 *pouds*. Enfin, à l'étage supérieur, vous avez encore deux petites cloches fondues avec un fort alliage d'argent, ce qui leur donne un son clair tout à fait remarquable. Quand la veille de Pâques, à minuit, le bourdon de cette tour annonce la Résurrection, et que les deux mille cloches de la ville répondent aux cloches de la tour d'Ivan Veliki, mises en branle toutes à la fois, l'impression est véritablement extraordinaire, même pour moi, car j'ai mes heures de poésie tout comme un autre.

Quant à cette énorme cloche que vous voyez au pied

---

1. Le *poud* russe est de 16 kilogrammes.

de la tour, sur son socle de granit, on l'appelle la Reine
des cloches (*Czar Kolokol*). Il est probable, en effet, qu'elle
n'a point sa pareille dans le monde, car elle mesure
21 pieds environ de haut et pèse plus de 12,300 *pouds*,
quelque chose comme 200,000 kilogrammes. Ce poids
colossal fut même cause qu'un jour elle échappa aux
grappins qui la tenaient suspendue et vint s'enfoncer
profondément dans le sol. Ce fut toute une affaire pour
l'en retirer et la placer sur le socle où vous la voyez;
en outre, elle s'était rompue dans sa chute et le morceau
de bronze qui s'en était détaché a été placé au pied du
socle, pour qu'on pût avoir une idée de son épaisseur.

— Cette fois, continua Warin, c'est bien tout et je
crois que nous n'aurons point perdu notre journée.

— Certes! et c'est grâce à vous que j'aurai si bien
vu le Kremlin. Mais, dites-moi, il n'y a pas que le
Kremlin à Moscou. A moins que vous ne soyez trop
fatigué; car, c'est vrai, j'abuse de vous.....

— Moi, fatigué! se récria Warin. Mais pas du tout. Il
fait encore un peu clair et, si vous voulez en profiter,
nous pouvons encore aller visiter *Wassili Blagennoi*
avant dîner.

V

Nous sortons aussitôt du Kremlin par la porte
Nikolsky, et, traversant la Place Rouge dans toute sa
longueur, nous piquons droit sur l'étrange église, que
je connaissais déjà par ses photographies et par la
description enthousiaste qu'en a faite Théophile Gautier dans son *Voyage en Russie*. Impossible d'imaginer
quelque chose de plus fantastique que cet amas inco-
hérent de coupoles bulbeuses, tordues, contournées,
affectant les formes les plus inattendues : celle d'une
pomme de pin ou celle d'un ananas, voire celle d'un
oignon de tulipe ou d'un melon ; le tout, peinturluré
du haut en bas des couleurs les plus diverses et les plus
étrangement assemblées, en rouge, en bleu, en jaune,
en vert pomme.

C'est fou, c'est inouï, c'est l'œuvre d'un cerveau en
délire ; mais, malgré tout, ce n'est pas ennuyeux ni
commun ; et l'on comprend que l'imagination quelque
peu paradoxale et raffinée du poète d'*Émaux et Camées*
se soit engouée de cette chimérique, de cette impossible église, étrange, dit-il, comme l'architecture d'un

rêve, et qu'il ait poussé l'admiration fanatique jusqu'à trouver naturelle, flatteuse même, la cruauté d'Ivan le Terrible, faisant crever les yeux ou couper la tête de l'architecte pour l'empêcher d'en bâtir une autre plus belle. « Cette férocité en matière d'art, ajoutait gravement Théo avec son calme olympien, nous déplait moins que l'indifférence. Cet Ivan le Terrible était au fond un vrai artiste, un dilettante passionné ! »

Warin me raconta qu'à son passage par Moscou, Sarah Bernhardt s'était prise également d'une belle passion pour *Wassili Blagennoï*, et qu'elle voulait absolument l'acheter pour la placer, comme un bibelot, sur la cheminée de son atelier de la rue Fortuny, ou dans son chalet de Saint-Adresse.

— On eut beaucoup de peine à lui faire comprendre que la chose rencontrerait sans doute quelques difficultés d'exécution, ajouta-t-il du ton le plus sérieux. Et maintenant, si vous voulez, nous allons aller dîner.

— Comment ! déjà ? Et la maison des Romanoff ?

— Vous voulez aller voir la maison des Romanoff ? Allons voir la maison des Romanoff. C'est à côté, d'ailleurs, dans la rue Varvarka.

Ce qu'il y a surtout de curieux dans cette maison, ou plutôt dans ce petit palais, c'est qu'il a été restauré avec beaucoup de goût et un pieux et intelligent respect du passé, de sorte qu'en le visitant du haut en bas on peut se faire une idée exacte de la manière de vivre des anciens boyards. Le premier étage est le plus remarquable ; les cinq chambres qui le composent, avec leurs fenêtres à vitres en mica, leurs murs en bois peint de couleur brune, leurs vieilles images suspendues dans l'angle saint, leurs divers meubles et ob-

jets mobiliers du temps, fauteuils à dossier sculptés,
tables massives, pendule en forme de tour et montre
de poche en forme de croix, quelques vieux livres et
deux ou trois écritoires en cuivre, ont un caractère
d'antiquité et d'authenticité extrêmement intéressant.

On y remarque encore, entre autres souvenirs historiques de haut prix, le sceau en argent des boyards
Romanoff, le sceptre du czar Michel Féodorowitch,
premier czar de la famille aujourd'hui régnante, un
berceau, ainsi qu'une longue robe d'enfant ornée d'une
dentelle brodée d'or et d'argent et jusqu'à une petite
poupée d'un travail très curieux.

Une heure passée dans cette vieille demeure du
boyard Nikita Romanovitch et de son fils Fédor Niki-
tich, père du czar Michel Féodorovitch, en apprend ou
en fait deviner plus que bien des gros volumes sur les
mœurs, les habitudes, la façon de vivre des riches seigneurs russes à la fin du xvie siècle. Aussi, aurais-
je eu beaucoup de peine à m'en arracher si la nuit, arrivant brusquement bien qu'il ne fût point tard encore, ne nous en avait chassés.

— Cette fois, dis-je à Warin, je crois que nous pouvons aller manger votre dîner : nous l'avons largement gagné.

— Oh ! ces Parisiens du Boulevard ! répondit négli-
gemment Warin, ils ont les yeux plus grands qu'ils
n'ont les jarrets solides. Mais, voyons, où préférez-
vous dîner ? Voulez-vous, pour faire de la couleur locale, aller dîner au restaurant des chemises blanches ?
oui, n'est-ce pas ? Ah ! voici Lopascheff à côté, mais
nous serons mieux chez Patrikieff, place Voskrecens-
kaia. C'est près de la place du Grand-Théâtre, à un
petit quart d'heure. Nous pouvons très bien y aller à
pied.

Le restaurant, ou, pour employer le mot russe, le
traktir Patrikieff, ne manque pas d'originalité. Les garçons sont habillés non pas de chemises blanches, mais
de pantalons et de tuniques en casimir d'une blancheur éclatante, ce qui leur donne un faux air de garçons de hammam admirablement tenus.

Quant au dîner, que Warin eut bien soin de composer exclusivement de plats russes, j'avoue que, malgré les plus consciencieux efforts, je ne l'appréciai point comme il eût mérité de l'être. Au surplus, voici le menu, que j'ai rapporté avec soin et que je livre aux méditations de connaisseurs :

Zakouska [1]
Caviar frais, Saumon fumé
Tialaribitza fumé
Salade au hareng et mayonnaise

———

Selianka (potage) au sterlet frais, avec
gâteau au poisson
Petit cochon de lait au raifort
Côtelettes de poulet *Pojarski* aux
légumes frais
Gourievska-Kacha aux fruits de France.

Comme vins, du vin de Crimée, du bordeaux et, au dessert, du champagne ; puis le café, le kummel d'Ekau et d'Asslasch, etc., etc.

Un autre trait caractéristique du restaurant Patri- kieff et des *traktirs* moscovites du même genre, ce sont les immenses orgues mécaniques de Vienne, in- stallées généralement dans le salon du milieu, et qui déversent incessamment sur vous, pendant tout le temps de votre repas, des flots d'harmonie internatio- nale. En même temps que le menu du jour et la carte des vins, on vous apporte le répertoire de l'orgue, et vous pouvez commander, à votre choix, une valse de

———

1. La *zakouska* est une petite dinette préliminaire exclusi- vement composée de hors-d'œuvre (ou *zakouski*), qui se sert immédiatement avant chaque repas dont elle est la préface obligée.

Strauss, de Suppé ou de Métra, un morceau du *Pro-
phète* ou d'*Aïda*, voire les *Cloches de Corneville* ou la
marche du *Tannhauser*, voire aussi quelques airs d'o-
péra russe.

Naturellement je demandai la *Vie pour le tzar* de
Glinka, le *Rognieda* de Siéroff et le *Stenka* de Rubins-
tein. Maintenant, si j'ose avouer la vérité, toute la vérité, je dois dire que, bien que nous fussions un peu
trop près de la gigantesque boîte, ou plutôt de la gigantesque armoire à musique, le premier air m'amusa
assez, que le second me parut déjà moins drôle ; que,
quant au troisième, je l'écoutai d'une oreille distraite ;
que le quatrième commença à me porter sur les nerfs
et, qu'enfin, le cinquième allait me rendre tout à fait
enragé lorsque, notre petit verre de kummel expédié,
je pus entraîner mon compagnon de supplice loin de
cette galère vibrante, retentissante et ahurissante.

Il était neuf heures et demie, quand nous sortimes Warin et moi, du *traktir* Patrikieff. Le train de Varsovie ne partant qu'à onze heures trente-deux, j'avais encore du temps devant moi.

Seulement, il fallait me débarrasser à tout prix de Warin. Or, plus la journée s'avançait, plus Warin semblait s'attacher à moi.

J'essayai bien de le renvoyer, en protestant que j'abusais de son obligeance.

— Vous plaisantez, me répondit-il, je tiens à vous mettre en wagon. D'ailleurs, je n'ai rien à faire.

Je ne pouvais pourtant pas lui avouer maintenant, après le lui avoir caché toute la journée, le véritable but de mon voyage! Et puis, s'il eût connu la vérité, il eût voulu venir avec moi, et alors, adieu toute la poésie, toute la délicatesse de l'ineffable spectacle que j'étais venu chercher si loin! Plutôt que de le voir défloré par l'infernale *blague* de ce Parisien profane, je préférais cent fois renoncer à mon rêve.

Et cependant, c'était bien dur de laisser échapper, au

moment même où je n'avais qu'à étendre la main
pour le saisir, ce beau rêve tant caressé! Ces occasions-
là ne se représentent pas deux fois dans la vie d'un
homme. Justement le temps était superbe et la lune,
émergeant des nuages, enveloppait de sa douce et har-
monieuse clarté les nombreuses et lointaines coupoles,
éteignant ce que leurs tons diversement colorés pouvaient avoir d'un peu criard en plein jour.

Nous arrivâmes à l'hôtel Dussaux, sans que j'eusse
trouvé dans mon imagination une combinaison quelconque pour me rendre libre. Un instant, j'espérai que
Warin allait se raviser à la porte et qu'il ne mon-
terait pas avec moi. Mais ce n'était, hélas! qu'un
faux espoir ; il me suivit jusque dans ma chambre
et s'assit sur mon canapé avec l'intention évidente
de me tenir fidèle compagnie jusqu'à la dernière minute.

Par moments, il me prenait des rages froides et des
envies folles de lui sauter au cou et de l'étrangler. Il
avait l'air si tranquille, étendu, là, devant moi, sur le
canapé! Il semblait si convaincu que je devais me
trouver bien heureux d'avoir rencontré ainsi, à point
nommé, un ami complaisant et dévoué!

Il fallait en finir cependant, l'heure s'avançait; si je
tardais encore, il serait trop tard. Je m'approchai de
mon bourreau, décidé à tout pour recouvrer ma liberté, à lui crier à la figure qu'il m'obsédait, qu'il
m'opprimait depuis le matin, que j'en avais assez, que
j'étais à bout de patience, que j'entendais m'en retourner
seul au chemin de fer, quand et comme il me plairait,
que je n'avais pas besoin de son escorte, etc. S'il faisait mine de résister, je me jetais sur lui, je l'attachais

au pied de mon lit avec mes draps, et je le plantais là, se tordant comme une salamandre.

C'était de la folie pure, mais je sentais d'instant en instant ma tête se perdre un peu plus, à mesure que l'heure s'avançait, et la conscience de mes actes était sur le point de m'échapper.

Par bonheur pour Warin et pour moi-même, un dieu veillait sur ses jours. Au moment où j'allais m'élancer sur lui, il se leva, comme mû par une inspiration soudaine, et, me tendant les mains :

— Voulez-vous me permettre une petite indiscrétion? dit-il. Je ne connais rien d'insupportable comme les gens qui ont toujours quelques petites commissions à vous confier. Je commence par vous dire que, quant à moi, jamais je ne m'en charge, sous aucun prétexte. Aussi, si je vous en parle, c'est par acquit de conscience. Si cela vous importune le moins du monde, dites-le moi franchement. Vous le voyez, je vous mets bien à votre aise.

Une lueur d'espoir me traversa l'esprit, et je déclarai chaleureusement à cet excellent ami que j'étais à son absolue disposition.

— Voici ce dont il s'agit : J'ai une vieille amie à Paris, qui m'a sans doute oublié depuis quinze jours qu'elle ne m'a point vu, et au souvenir de laquelle je ne serais pas fâché de me rappeler. J'ai déniché au *Gostini Dvor* un petit rétable en cuivre émaillé admirablement conservé. Il est chez moi; si vous voulez vous charger de l'emporter, je cours le chercher et je reviens dans un instant, je ne vous demande que cinq minutes.

Et comme je m'empressais, sans pouvoir cacher ma joie débordante, de le rassurer, en protestant que je

serais trop heureux de me charger de sa commission,
que je lui devais bien cela, que c'était la moindre des
choses :

— Vrai? me dit-il. Il n'y a pas d'indiscrétion?

Je fus obligé de le pousser tout doucement jusqu'à
la porte par les épaules.

Quand il fut enfin sorti, je l'écoutai descendre l'escalier. Lorsque je n'entendis plus rien, je saisis ma valise
et descendis à mon tour. Je mis une poignée de roubles entre les mains du concierge pour esquiver les
lenteurs de la cérémonie des pourboires et gagner du
temps, puis je sautai dans un *drosky* qui stationnait
devant la porte de l'hôtel en criant à l'*isvostchik*: *Kreml!*

Il était dix heures et demie! J'étais sauvé! Enfin
j'allais donc saisir mon beau rêve étoilé; il était là,
devant moi, à quelques pas, je le tenais! Toutes mes
tribulations, mes angoisses de la journée, mes colères
froides, mes velléités meurtrières, j'oubliai tout en un
instant.

Quant à Warin, sa pensée ne m'arrêta pas une seconde. Que m'importait qu'il prît la chose bien ou mal?
Ne m'avait-il pas, d'ailleurs, assez longtemps, assez
cruellement torturé, pour que je fusse en droit de
prendre ma revanche?

Cependant le *drosky*, enlevé vivement par l'*isvostchik*,
arriva sur la Place Rouge, et, franchissant au grand
trot la Porte de Nikolsky, pénétra dans le Kremlin.

Stoi! dis-je à l'*isvostchik*; et, laissant ma valise dans
le *drosky*, je gagnai à pied l'angle de la grande
terrasse, d'où je devais avoir la vue d'ensemble la plus
complète sur les innombrables coupoles du Kremlin.

Arrivé là, je me retournai et, pour mieux voir, je ra-

7

battis le collet de ma pelisse et soulevai mon bonnet.

Fatalité! le ciel s'était couvert subitement de nuages épais et la lune avait complètement disparu. A peine distinguait-on vaguement sous le ciel d'un gris uniformément triste quelques silhouettes effacées.

Mon rêve, mon doux rêve s'évanouissait, hélas! dans le brouillard!

C'était bien simple, n'est-ce pas? Il n'y avait rien là d'extraordinaire! Eh bien! c'était la seule chose à quoi je n'eusse point pensé, et le coup m'atteignit comme un choc absolument imprévu. Je demeurai abasourdi contre le mur de la grande terrasse, les yeux fixés sur cette obscurité inopportune, absurde, qui noyait tout, et les formes et les couleurs, et ma chimère en même temps.

Le froid, qui piquait ferme, me tira au bout de quelque temps de ma stérile contemplation, et, remontant le collet de ma pelisse, je regagnai tristement mon *drosky* et me fis conduire à la gare.

Et voici comment, cette fois encore, ô ma belle amie, qui me reprochez toujours de donner à mes petits récits de la vie réelle des dénoûments tristes, voici comment ce rêve, que mon esprit avait été assez libre pour concevoir, ma main n'a pas été assez puissante pour le saisir.

Ce qui ne corrigera personne, d'ailleurs, moi-même moins encore qu'un autre, et n'empêchera point les rêveurs de rêver, et même d'intéresser — quelquefois — les gens raisonnables à leurs rêves.

CE QUE

MISS HUTCHINSON

ÉTAIT VENUE FAIRE A MOSCOU

I

— *Raboth Michka ! Raboth Michka ! Karosch , Karosch Michka, Karosch!*

En entendant ces paroles trop connues, je bondis en arrière, comme si, de la porte restée entr'ouverte du n° 7, quelque monstre infernal allait soudain se jeter sur moi pour me dévorer.

Ce n'était pas un monstre pourtant, dont la voix fort agréablement timbrée m'avait si brusquement arrêté au passage, au moment où je regagnais paisiblement ma chambre pour me mettre au lit ; ou, du moins, c'était un de ces jolis monstres aux yeux bleu-clair, qui savent admirablement vous déchirer le cœur de leurs griffes roses.

Mais, comment diable ! miss Hutchinson, que j'avais laissée à Pétersbourg huit jours auparavant, se trouvait-elle à Moscou sans que je le susse, et que venait-elle y faire ?

J'avais été présenté à miss Hutchinson par un pianiste danois, qui s'était lié intimement avec moi, et dont je ne peux plus me rappeler aujourd'hui, chose bizarre, que le prénom d'Axel. C'était un soir, dans le salon de lecture de l'Hôtel de l'Europe, place Michel. Je parcourais distraitement les colonnes insipides d'un *Temps*, vieux déjà de cinq ou six jours, lorsque miss Hutchinson, entrant dans le salon, vint prendre sur la table des journaux, le *Daily Telegraph*, le *New-York Hérald*, et le *Novoe Vremia*, (le *Nouveau Temps* de Pétersbourg,) et, munie de ces provisions plus ou moins spirituelles, s'en alla s'enfouir au fond d'un immense fauteuil de velours vert, à quelques pas de moi.

Mon ami Axel ayant fait son apparition sur ces entrefaites, je lui demandai à l'oreille quelle était cette dame.

— C'est miss Hutchinson, me dit-il. Voulez-vous que je vous présente?

Et, sans attendre ma réponse, il s'approcha du grand fauteuil vert, et me nomma sans plus de façon à miss Hutchinson, qui se borna du reste à incliner très légèrement sa tête gracieuse de mon côté, en jetant un regard distrait sur ma chétive personne.

Depuis ce soir-là, je la revis assez souvent dans ce même salon de lecture, où tous les voyageurs de l'Hôtel se rencontraient nécessairement une ou deux fois par jour. Je me contentais de la saluer cérémonieusement, quand je l'apercevais ; de loin en loin, nous échangions quelques banales formules de politesse, mais nos relations semblaient destinées à ne jamais franchir ce cercle de froide réserve, lorsqu'un incident fort inattendu vint leur imprimer brusquement un tout autre caractère.

Un soir que j'étais seul en face de mon *Temps*, miss Hutchinson entra, suivie de sa camériste, qui portait dans ses bras un petit chien blanc, sorte de griffon russe aux longs poils ébouriffés.

— La charmante petite bête, m'écriai-je avec cette lâcheté inconsciente, dont le plus grincheux gentleman ne saurait se départir en pareille occurrence.

Évidemment flattée de mon appréciation, et surtout de sa spontanéité, miss Hutchinson daigna m'informer que Michka (c'était le nom du chien en question) était d'une intelligence tout à fait exceptionnelle, et possédait les talents les plus variés. Non seulement, il avalait au commandement, avec une grâce parfaite, les morceaux de sucre posés en équilibre sur le bout de son museau rose, ce qui est l'A. B. C. du métier du chien savant ; non seulement il se tenait debout sur ses pattes de derrière aussi longtemps qu'on le désirait, et, dans cette attitude gracieuse, s'avançait sans hésiter vers la personne de la société qu'on lui désignait par son nom ; mais encore, et c'était là son triomphe ! il jouait du piano parfaitement. Quand je dis parfaitement, vous m'entendez bien. Enfin, voici ce que j'ai vu : on campait délicatement l'intéressant animal, les pattes de derrière sur le tabouret du piano et celles de devant sur les touches d'ivoire ; et alors, sur l'invitation plusieurs fois répétée de sa maîtresse, *Raboth, Raboth, Michka,* (c'est-à-dire en français, allons ! Michka, travaillons ! travaillons !) le virtuose improvisé, levant et laissant retomber tour à tour ses deux pattes de devant, comme un lapin mécanique, arrivait à produire une série de sons quelconques, immédiatement suivis d'une cascade de *Karosch, Michka,*

Karosch! (très bien ! Michka, très bien !) et de baisers sur le rose museau de l'artiste.

Naturellement la camériste, miss Betsie Hopkins, ou plus simplement Hopkins tout court, enchérissait sur l'enthousiasme de sa maîtresse, et naturellement aussi, pour me mettre à l'unisson, je dus pousser de véritables cris d'épileptique.

Je ne tardai pas à être cruellement puni de ma lâche complaisance, car si elle me valut instantanément mes grandes entrées dans la confiance et dans l'intimité de miss Hutchinson, en revanche il me fallut subir, à partir de ce moment-là, presque chaque jour et parfois même plusieurs fois par jour, une nouvelle représentation du phénomène à quatre pattes, et des *Karosch, Karosch, Michka !* de miss Hutchinson, et des pâmoisons d'Hopkins.

Pendant quelque temps je fis bonne contenance et résistai tant bien que mal à l'assaut périodique ; mais la patience humaine a des bornes et peu à peu mon agacement, mon énervement prirent de telles proportions que je vis le moment où j'allais devenir enragé et fondre sur l'infortuné Michka pour le déchirer à belles dents.

Eh ! mon Dieu ! me direz-vous, puisque ces rencontres vous étaient si désagréables, pourquoi vous y exposiez-vous ? Vous n'aviez qu'à vous assurer, avant d'entrer dans le salon de lecture, que miss Hutchinson n'y était point avec l'inséparable Hopkins et Michka le mélomane.

Sans doute, mais il faut que je vous fasse un aveu, qui vous expliquera bien des choses. Michka à part, miss Hutchinson était une personne fort agréable à regarder. Elle n'avait rien, mais là rien du tout, de l'Anglaise classique en voyage, que nous sommes habitués à voir dans nos journaux amusants, avec des dents longues d'une aune sortant disgracieusement au-dessous d'un nez rouge et pointu, des mains énormes gantées de mitaines et des pieds gigantesques grossièrement chaussés, le tout noyé dans les plis d'un vaste water-proof de teinte neutre et coiffé d'un chapeau rond à voile vert.

Bien au contraire, tout en elle était jeune, élégant, distingué. Blonde avec de jolis yeux d'un bleu clair, elle pouvait avoir vingt-deux ou vingt-trois ans, pas davantage. Sa taille, mince et bien prise, ressortait admirablement dans son fourreau de cachemire noir, discrètement relevé au col et aux poignets par la ligne blanche du linge. Ses cheveux, qu'elle avait fort beaux, étaient simplement relevés sur le dessus de la tête et rattachés par un modeste peigne d'argent, sans rubans ni fleurs. Soit que ce fût chez elle un goût particulier, soit qu'elle le trouvât plus commode, plus pratique au milieu de ses déplacements continuels, sa mise, comme sa personne, affectait un cachet de simplicité absolu, complet ; et, malgré cela, on sentait, sous cette simplicité, la fille de bonne maison et la femme riche. Si sa robe était tout unie, l'étoffe et la façon laissaient deviner clairement qu'elle venait de chez un faiseur en renom. Quant aux rares bijoux qu'elle portait aux oreilles et au cou, ils étaient d'un goût excellent et d'une grande valeur. Enfin, dans toute son attitude, dans sa démarche, dans sa façon de se présenter, d'entrer, de saluer, il y avait une aisance naturelle, une assurance qui ne pouvaient aller

qu'avec la conscience de sa personnalité et l'habitude
de ne jamais rencontrer devant elle que la considération et le respect.

Ce qu'on m'avait assuré, c'est qu'elle avait ses
grandes entrées dans les maisons les plus fermées,
notamment chez lady Thornton, à l'ambassade d'An-
gleterre. On l'avait vue également à la fameuse fête de
nuit, que le prince Demidoff avait donnée dans son
somptueux hôtel de la grande Moïka, en l'honneur de
madame A..., de passage à Saint-Pétersbourg.

Le dimanche enfin, le jour du ballet, et le mercredi,
qui est pour le *Balchoï Theater* ce que le vendredi est
pour l'Opéra chez nous, elle occupait toujours, en
compagnie de la respectable Hopkins, une loge de face
au Bel Étage, et j'avais pu constater moi-même, de
l'orchestre, que les uniformes les plus chamarrés se
disputaient l'honneur de lui faire visite, pendant les
entr'actes.

Qui elle était? je n'en savais rien et je n'avais pu
l'apprendre. Sur le tableau des voyageurs, dans le
vestibule de l'hôtel, il y avait simplement ces mots
inscrits en russe en face des numéros 17 et 24 : *Miss
Hutchinson et suite, venant de Londres.*

Interrogé discrètement par moi, le gérant de l'hôtel
n'avait rien pu ajouter à ce renseignement un peu
vague.

Cet inconnu, du reste, ne faisait qu'ajouter une auréole à la physionomie de miss Hutchinson, et la rendait plus piquante encore.

Peut-être bien, après tout, me serais-je rebuté assez
vite de ce petit mystère, si miss Hutchinson n'avait pas
été si jolie ! car il faut le dire, nous sommes ainsi faits,

nous autres Français (et m'est avis qu'à ce point de vue tous les les hommes sont un peu Français), que tout change immédiatement d'aspect pour nous, quand il y a une jolie femme dans l'affaire, alors même que nous savons parfaitement que nous n'avons rien à en attendre.

Pour ce qui est de miss Hutchinson et de moi, jamais, au grand jamais, elle ne s'était mise en frais de coquetterie pour m'attirer, ou me retenir auprès d'elle ; c'était moi, qui, de moi-même, sans presque m'en rendre compte, allais à elle inconsciemment, comme l'alouette au miroir : si bien que, lorsqu'un beau matin je m'aperçus du danger, il était déjà trop tard ; j'étais si bien enveloppé dans un réseau de petites habitudes quotidiennes, qu'il m'eût fallu, pour recouvrer ma liberté, une énergie au-dessus des forces humaines.

Une chose me rassura pourtant ; quelque occupé que je fusse de cette énigmatique personne, bon gré mal gré, je n'en devais pas moins être forcé de m'en séparer à bref délai ; car mon temps était compté, et le moment où je serais obligé de partir pour aller visiter l'exposition de Moscou approchait rapidement.

Fort heureusement, il ne dépendait pas de moi de remettre ce départ, car il fallait que je fusse de retour à Paris à jour fixe, après un court séjour dans la Ville Sainte. Cette nécessité inéluctable eut, il est vrai, pour résultat de m'ancrer un peu plus dans mon absurde passion. Du moment que le dénouement de l'aventure n'était plus que l'affaire d'une semaine au plus, ne pouvais-je point m'abandonner à cet entraînement, qui, après tout, ne devait point m'entraîner bien loin ?

7.

Les derniers jours que je passai à Saint-Pétersbourg se trouvèrent donc relativement adoucis, et je connus le soulagement d'un cœur qui suit sa pente sans lutter ni marchander avec lui-même.

Naturellement, le moment arrivé, le déchirement n'en fut pas moins cruel, et ma voix n'était guère assurée lorsque, certain soir, j'annonçai à miss Hutchinson que mon départ était fixé au lendemain.

— Ah! vous partez! me dit-elle avec son accent anglais très léger, qui sur ses lèvres était un charme de plus. Déjà! Allons! bon voyage et au revoir, n'est-ce pas? à Paris, ou à Londres, ou ailleurs!

II

On comprend maintenant ma stupéfaction, en retrouvant à Moscou, au moment où je m'y attendais
le moins, miss Hutchinson, que je croyais toujours à
Pétersbourg.

Sans réfléchir tout d'abord, instinctivement, mon
premier mouvement, en reconnaissant cette voix trop
connue, avait été de me sauver. Était-ce simplement
pour fuir la persécution de Michka, mon bourreau à
quatre pattes? Ou n'y avait-il point dans cette retraite
précipitée comme une crainte vague de retomber
sous le joug, auquel je m'étais arraché, Dieu sait au
prix de quelles angoisses? Je ne le sentais que trop : de
l'instant où je reverrais miss Hutchinson, je serais repris, repris immédiatement, repris tout entier. Tout ce
que j'avais pu faire jusque-là, et encore ça n'était pas
sans de cruelles résistances, avait été de me boucher
les oreilles à tout ce que les souvenirs de la dernière
quinzaine de mon séjour à Pétersbourg me murmu-
raient jour et nuit. Que de fois, l'avouerai-je? n'avais je
pas été sur le point de renier lâchement mes coura-

geux efforts de la semaine qui venait de se passer, et, oubliant tout, laissant tout, de reprendre le train de Pétersbourg pour revenir voir encore les yeux bleu-clair, dont le charme et la puissance ne m'étaient jamais apparu si dangereux, si attirants, si irrésistibles, que depuis que j'en étais séparé!

Et c'était au moment où, après de cruels déchirements, après une lutte véritablement héroïque avec moi-même, je croyais avoir enfin reconquis un peu de calme, que brusquement cette décevante sirène se retrouvait d'elle-même sur son chemin. C'était bien la peine, en vérité, de m'être imposé le supplice de renfoncer impitoya-blement les élans de mon cœur! Tout ce que j'avais gagné, à force d'énergie, de sages réflexions, de rai-sonnements sans répliques, j'étais menacé de le per-dre en une seconde, ou plutôt je tremblais de m'aper-cevoir que je l'avais déjà perdu. Oh! lâcheté d'un cœur qui ne s'appartient plus!

Je n'avais pas, bien entendu, la fatuité de m'ima-giner que je pouvais être personnellement pour quelque chose dans l'arrivée subite de miss Hutchinson à Moscou. Quelque bonne opinion que j'eusse de mes petits mé-rites, j'étais bien forcé de reconnaître que jamais rien dans sa façon d'être avec moi, de m'aborder, de me parler, ne m'avait autorisé à caresser des perspectives aussi extravagantes. Bien au contraire, la familiarité ouverte qu'elle m'avait toujours témoignée excluait absolument de nos relations ces sous-entendus mysté-rieux qui laissent le champ libre à l'imagination et à l'espérance. Pour elle, évidemment, je n'étais qu'un bon garçon, un camarade, un être quelconque, d'un sexe également quelconque, avec lequel on pouvait se permettre, sans aucun danger, certaines libertés ne tirant point à conséquences.

Mais alors, que diable! était-elle venue faire à Moscou? La semaine précédente, quand j'avais pris congé d'elle à l'hôtel de l'Europe, pourquoi ne m'avait-elle point dit qu'elle me suivrait, à si bref délai, dans la Ville Sainte? Quelles raisons avait-elle pu avoir de me cacher ses intentions? Aucune, assurément.

Toute la nuit, je remuai ces choses dans mon esprit, sautant d'une idée à une autre sans pouvoir me fixer à aucune; tantôt comprenant que, si je voulais résolument échapper à cet envahissement de tout mon être intime, je n'avais qu'une chose à faire, partir, partir tout de suite, sans avoir revu miss Hutchinson; tantôt aiblissant au contraire, et cherchant des raisons pour excuser ma faiblesse vis-à-vis de moi-même. Pouvais-je quitter Moscou en effet sans l'avoir visitée? sans avoir mis les pieds à l'Exposition, sans avoir vu le Kremlin, et Vassili Blagennoï, et la maison des Romanoff, et le reste? On n'a pas, deux fois dans la vie, l'occasion de faire un semblable voyage, et ne serait-il point insensé de n'en pas tirer tout le parti possible?

Bien que je n'eusse point fermé l'œil, et pour cause, je me levai le lendemain matin tout aussi indécis et tout aussi peu décidé à prendre un parti que la veille en me couchant.

Je sortis de bonne heure, comme si, en mettant le plus de distance possible entre moi et — l'ennemi, j'avais quelque chance de retrouver mon sang-froid; mais ce fut bien inutilement que je me perdis à plaisir dans les *pereouloks* les plus écartés du vieux Moscou et que me voyant, à un certain moment, à l'une des entrées

du *Gostini Dvor*, je parcourus successivement les *lignes*
les plus captivantes, celle des couteaux, celle des
orfèvres surtout avec ses étalages étincelants de croix
grecques et de saintes images : partout le souvenir de
miss Hutchinson et de ses yeux bleu-clair s'interposa
entre moi et ce que je regardais.

Enfin, vers les midi, il fallut bien rentrer pour déjeuner. En mettant le pied dans la cour vitrée, disposée
en jardin d'hiver, qui sert de salle à manger à l'hôtel,
j'en fis le tour des yeux, et ce ne fut point sans un certain soulagement que je constatai que miss Hutchinson
n'était pas encore descendue. Peut-être se faisait-elle
servir dans son appartement.

Un peu rasséréné par ce répit, je m'assis à une
table au fond de la salle, et commençai à déjeuner
assez tranquillement.

Hélas ! j'avais à peine avalé quelques bouchées que,
par la grande porte qui me faisait face, je vis entrer, de
son pas tranquille et assuré, miss Hutchinson en personne, flanquée de l'inévitable Hopkins, laquelle portait
Michka dans ses deux maigres bras.

Telle je l'avais laissée à Pétersbourg la semaine
précédente, telle je la retrouvai, correcte, élégante, et
infiniment séduisante dans sa robe noire, à peine
agrémentée de quelques bijoux.

Elle m'avait aperçu de son côté et se dirigeait vers
moi, sans la moindre surprise ni le plus léger embarras,
comme si elle m'avait quitté la veille.

Je me levai précipitamment, en feignant au contraire
un étonnement extrême.

— Vous ici, miss ? m'écriai-je. Et par quel hasard ?

— Ce n'est point un hasard, me répondit-elle. Il y

avait plus d'un an que je n'étais venue à Moscou et
j'ai profité de la première occasion qui s'est présentée
pour faire le voyage.

— Mais quand j'ai pris congé de vous l'autre jour,
miss, vous ne paraissiez pas y songer ?

— Je n'y songeais pas en effet.

— C'est depuis, alors...

— Oui, c'est depuis que j'ai appris certaines
choses...

— Certaines choses? Et ne peut-on pas savoir quelles
sont ces certaines choses?

— Ah! vous êtes curieux comme un... Français. Au
reste, prenez patience quelques jours, et le mystère
vous sera dévoilé.

— Le mystère! Vous m'intriguez considérablement,
miss.

— Tant pis pour vous. Comme compensation, s'il
vous reste encore quelque chose à voir à Moscou, je
puis vous offrir de visiter en ma compagnie ce qu'on
ne montre pas ordinairement aux étrangers et ce que
l'on me montrera à moi, sur la présentation de deux
ou trois petites lettres dont je suis munie.

— Je vous remercie et j'accepte, m'écriai-je, oubliant
toutes mes inquiétudes et mes appréhensions de la veille,
je n'ai rien vu encore, je me suis contenté de me pro-
mener dans les rues, à la piste des scènes de mœurs et
des curiosités typiques.

— Et l'exposition, qui semblait le principal but de
votre voyage?

— La vérité est que je n'y suis pas encore allé.

— Ah! je vous reconnais bien là tout entier. Alors,
il fallait que je vinsse à Moscou moi-même, pour vous

servir de cicerone? Quels singuliers voyageurs vous faites, vous autres hommes!

Tout en disant cela, miss Hutchinson s'était installée, avec Hopkins, à une petite table voisine de la mienne, et avait commandé son déjeuner au garçon.

Miss Hutchinson avait une façon à la fois expéditive et minutieuse, mais surtout gracieuse, d'avaler à la file, par petites gorgées, quatre ou cinq tasses de thé, en les accompagnant de tartines beurrées. Elle faisait cela méthodiquement, sans se presser, mais aussi sans perdre une minute, de sorte qu'en somme elle se trouva avoir fini de déjeuner que j'en étais encore à grignoter mon dessert.

Elle se leva aussitôt, sans m'attendre, et, regardant sa montre :

— La *troïka* sera devant la porte de l'hôtel dans dix minutes, me dit-elle. Je vous donne un quart d'heure, mais pas une seconde avec ; vous savez que les jours sont courts en cette saison, et qu'à quatre heures on n'y voit plus. Nous n'avons donc pas un instant à perdre.

Je me fis servir à la hâte une tasse de café, que j'avalai d'un trait au risque de me brûler; puis je montai bien vite dans ma chambre, pour revêtir ma pelisse et mon bonnet de castor.

III

Quand je descendis quelques minutes après, miss Hutchinson était déjà dans le vestibule, achevant de boutonner ses longs gants de Suède.

Elle était ravissante ainsi, emmitouflée dans sa pelisse de satin noir au collet de renard bleu, sa toque de loutre posée un peu de côté sur sa mignonne tête et, autour du cou, un de ces châles blancs d'Oldenbourg si légers qu'on les dirait tissés avec de la fumée. Et vous savez qu'ici ce n'est pas un mince mérite pour une femme que de paraître à son avantage sous cet amas de fourrure et de satin qui l'enveloppe des pieds à la tête, dissimulant, étouffant, enterrant tout ce qui différencie une femme jolie de celle qui ne l'est point. Ce difficile problème, miss Hutchinson l'avait résolu avec un bonheur complet : aussi la pensée que j'allais me trouver en tête-à-tête avec elle me fit monter soudain au cerveau une véritable griserie. En effet Hopkins et Michka, l'un portant l'autre, gardaient la maison, et c'était seul à seule avec miss Hutchinson que j'allais visiter la ville. Un homme moins épris que je l'étais n'y

eût pas résisté. Et cependant, s'il m'était resté assez
de sang-froid pour raisonner, l'aisance parfaite avec
laquelle cette singulière jeune fille m'avait proposé
une promenade en tête-à-tête eût dû me donner à réfléchir : évidemment cette absence complète d'inquiétude à mon endroit, toute flatteuse qu'elle fût, avait
bien son éloquence : il fallait qu'elle se jugeât plus que
suffisamment défendue contre d'inopportunes témé-
rités par la barrière toute morale qui devait me tenir
à distance.

Mais je ne voyais pas si loin, tout au bonheur de
sentir contre mon coude celui de la séduisante femme
qui avait pris soudain une si grande place dans ma
vie. Je ne demandais même pas où nous allions. J'aurais donné un de mes bras pour que les trois chevaux
de la *troïka* ne s'arrêtassent qu'à bonne distance de
tout être et de tout bruit humains. Et puis, qui sait?
j'aurais peut-être la bonne fortune qu'un accident quelconque, une rencontre fâcheuse, une complication imprévue vinssent me fournir l'occasion de me dévouer
pour miss Hutchinson, de l'emporter évanouie entre
mes bras, de la sauver...

On le voit, mon ivresse menaçait de tourner à la folie
pure, et, pour peu que cela durât, j'allais être bon à
enfermer.

Cependant, le garçon de place de l'hôtel était monté
à côté de l'*isvostchick;* et, sans prendre les ordres de
miss Hutchinson, comme si la chose eût été entendue
d'avance avec lui ou comme si elle lui eût laissé l'initiative et la responsabilité de l'itinéraire à suivre, il
avait dit ce seul mot à l'*isvostchick* :

— *Ouspensky !*

Puis la *troïka* était partie au galop en descendant la
rue *Nikolskaia*.

Cinq minutes après, nous débouchions sur la Place
Rouge que nous traversions en diagonale, dans la direction de la porte de *Spassky* (ou du Sauveur), la principale entrée du Kremlin.

Au moment où nous allions y arriver, le garçon de
place, se retournant vers miss Hutchinson, lui dit
quelques mots en russe ; et, celle-ci ayant répondu par
un signe de tête affirmatif, la *troïka* tourna à gauche
et vint s'arrêter devant le groupe de Minine et
Pajarsky, qui orne le centre de la place Rouge.

Au point de vue de l'art, ce groupe en bronze,
destiné à honorer la mémoire de deux héros de
l'histoire nationale de Russie (du bourgeois Minine
qui sacrifia toutes ses richesses pour la délivrance de
sa patrie et du prince Pajarsky qui marcha contre les
Polonais à la tête de tous les hommes valides de Moscou,
moujiks et boyards) n'est pas bien merveilleux [1]. Minine est représenté debout, montrant le Kremlin de la
main droite, et le Prince Pajarsky assis, la main droite
saisissant l'épée que lui tend Minine, la gauche appuyée
sur un bouclier orné de l'image du Saint-Suaire. Certes
les intentions de l'artiste étaient excellentes ; mais
quant à l'exécution, elle laisse quelque peu à désirer.

Aussi je ne saisissais pas très bien pourquoi miss
Hutchinson s'était fait arrêter devant ce bronze patriotique, lorsque le garçon de place, descendant de la
troïka, nous dit, en un français assez fantaisiste, et du
ton d'un homme qui récite une leçon :

1. Il est l'œuvre du sculpteur russe Martoss, et a été inauguré,
à la place qu'il occupe, en 1818, sous le règne d'Alexandre Ier.

— C'est ici que se fait la proclamation de l'Empereur, le matin des trois jours qui précèdent le couronnement. Le cortège se réunit à neuf heures au Kremlin, dans la cour de l'Arsenal, en face le Palais du Sénat. Il se compose d'un aide de camp général, général en chef, de deux aides de camp généraux, généraux majors, de deux grands maîtres des cérémonies, de deux hérauts d'armes, de quatre maîtres des cérémonies de la cour, de deux secrétaires du Sénat, tous à cheval sur des chevaux richement caparaçonnés. A neuf heures un quart, le cortège sort du Kremlin et vient se ranger devant le monument de Minine et Pajarsky. L'aide de camp général, général en chef, salue de son épée ; les hérauts d'armes lèvent leurs masses ; les trompettes sonnent l'appel ; et, en présence du peuple découvert, l'un des secrétaires du Sénat lit à haute voix la proclamation de l'Empereur. La lecture terminée, les hérauts d'armes en distribuent au peuple des exemplaires imprimés en langue slavonne ; les trompettes jouent l'hymne national ; puis, le cortège se divise en deux parties, dont chacune va parcourir une moitié de la ville et relire la proclamation sur chacune des principales places. La même cérémonie se renouvelle dans le même appareil le lendemain et le surlendemain, à la même heure.

On devine avec quelle mine ahurie j'écoutai ce long discours, dont je ne saisissais ni l'intérêt ni l'opportunité. A ma grande surprise, toutefois, miss Hutchinson n'avait pas donné la moindre marque d'impatience. Elle semblait même, à mesure que le garçon de place parlait, regarder avec attention le monument et ce qui l'entourait, comme si elle voulait se graver le tout dans la mémoire.

IV

Cependant notre homme avait repris sa place dans la *troïka*, et celle-ci, traversant alors en droite ligne la Place Rouge, fit son entrée dans le Kremlin en passant sous la voûte de la porte du *Spassky*, et vint s'arrêter devant la grille de la place d'*Ouspensky*, où miss Hutchinson et moi nous mîmes pied à terre.

Cette place, ou plutôt cette cour, d'*Ouspensky* est à peine plus grande, comme étendue, que la cour intérieure du Louvre ; en revanche, elle est beaucoup plus irrégulière. Elle comprend dans son périmètre les trois cathédrales de l'Assomption (*Ouspensky sobor*), de l'Annonciation (*Blagovetschensky sobor*) et de l'Archange Michel (*Arkhangelsky sobor*) ; et communique au palais Neuf impérial par un escalier de vingt-cinq marches environ appliqué contre le mur d'un grand bâtiment, ce qui lui enlève beaucoup de son caractère.

— L'escalier Rouge, nous dit le garçon de place en nous le montrant de la main. C'est par là que, le matin du couronnement, le cortège impérial sort du palais Neuf pour se rendre à la cathédrale de l'Assomption, au son des cloches des trois cent cinquante églises de Moscou. Quelques instants auparavant, un des archiprêtres avec la croix, assisté de deux diacres, est venu asperger d'eau bénite le chemin par où doivent passer l'Empereur et les princes de l'église orthodoxe. La Cour d'*Ouspensky* est remplie des députations russes de toutes armes et d'une foule de personnages et d'officiers supérieurs en grand uniforme. Les troupes font la haie sur le passage du cortège, qui se met en marche dans l'ordre suivant : S. M. l'Impératrice mère, sous un dais de drap d'or porté par seize officiers supérieurs, accompagnée des grands ducs, ses fils, et du grand duc cesarevitch, son petit-fils ; puis, derrière elle, les princes étrangers les dames et demoiselles d'honneur en costume national, précédées de maîtres de cérémonie, de gentilshommes de la chambre, de chambellans, etc ; puis viennent : un peloton de chevaliers-gardes, les pages de la chambre, deux maîtres de cérémonies, une députation des anciens des domaines de l'État, (un par chaque gouvernement), trois fonctionnaires délégués par les colons étrangers, une députation des anciens des paysans des apanages, des domaines du Palais et des domaines privés de l'Empereur ; une députation des anciens des corps de marchands de toutes les villes du gouvernement de l'empire, du royaume de Pologne et du grand duché de Finlande, une députation des marchands étrangers ; les principaux fonctionnaires de l'Empire de tout ordre et de tout genre, les sénateurs, les ministres, etc., suivis de deux grands maîtres des cérémonies du couronnement. Viennent enfin deux hérauts d'armes, vêtus de brocart d'or, avec la toque de velours écarlate

et la masse d'armes à la main, précédant les insignes
impériaux portés par de hauts fonctionnaires ; les
aides de camp de l'Empereur ; un peloton de chevaliers-
gardes ; un maréchal de la cour ; et, à quelques pas
derrière, sous un dais de drap d'or semé d'aigles,
S. M. l'Empereur, ayant à ses côtés S. M. l'Impératrice
et S. A. I. le grand duc, frère puîné de S. M. et suivi des
des dames et demoiselles d'honneur ; d'un peloton de
chevaliers-gardes ; du corps des marchands de Moscou
et d'un dernier peloton de chevaliers-gardes.

Pendant ce long discours, débité tout d'une traite
et sans la moindre hésitation, je regardais avec stupéfaction miss Hutchinson, qui n'en perdait point un
mot, tout en suivant des yeux le chemin que devait
prendre le cortège impérial depuis l'escalier Rouge
jusqu'à la cathédrale de l'Assomption. Quel intérêt pourrait-elle prendre à tous ces détails de l'étiquette officielle russe, voilà ce que je cherchais en vain
à comprendre. En tout cas, j'étais loin de compte et
mon beau rêve d'une promenade sentimentale en tête-
à-tête, de je ne sais quelles aventures affrontées en commun avec mon affriolante compagne, s'était évanoui de
lui-même en fumée. A peine miss Hutchinson semblait-
elle s'apercevoir de ma présence, tant elle était absorbée
par l'inexplicable attention qu'elle portait au discours
du garçon de place. Un seul espoir me restait, c'était
qu'une fois le maudit bavard arrivé enfin au bout de
son rouleau, mon heure viendrait sans doute, et qu'elle
me paierait largement toutes les compensations qui
m'étaient dues pour ma longue patience.

En attendant, je prévoyais bien qu'il me faudrait
avaler encore quelques nouveaux échantillons de l'é-

rudition de notre cicerone, car à peine avait-il cessé
de parler qu'il nous entraînait rapidement du côté de
la cathédrale de l'Assomption.

Cette cathédrale, (le mot de chapelle conviendrait
mieux, à ce qu'il semble, à ses proportions relativement modestes), peut passer pour le type de l'architecture gréco-orientale : c'est un édifice presque carré,
dont les grands murs blancs et nus, sans moulures ni
reliefs, s'élèvent tout droits avec une grande hardiesse ; il est surmonté d'une coupole centrale posée
sur un toit presque plat, dans le style asiatique, et
flanquée de quatre autres coupoles plus petites : ces
cinq coupoles byzantines, dont les flancs arrondis et
resplendissants d'or renvoient comme des miroirs l'i-
mage des monuments voisins, sont ce que cette église
présente de plus remarquable.

A l'intérieur, comme toutes les églises vouées au
culte chrétien grec, c'est un bâtiment à murs plats,
sans reliefs, habillé du haut en bas de peintures mu-
rales de style byzantin sur fond d'or. Les quatre énormes piliers qui soutiennent la coupole centrale sont
également historiés de personnages richement enlumi-
nés et étagés par zones. Toutes ces peintures sont
dans le style sévère de l'Athos, le seul adopté en
Russie.

En outre, la nef, et les quatre chapelles qui la flan-
quent à droite et à gauche, sont remplies de chasses
somptueusement ornées, et de saintes images en or
ou en argent, avec des colliers et des bracelets surchargés de pierreries d'une richesse fabuleuse, et les
têtes et les mains aux tons bistres p assant à travers
les découpures de l'orfévrerie.

Tout ce luxe barbare, d'un goût peu délicat, cause une impression inquiétante, mais grandiose en somme, surtout avec la demi-obscurité qui règne dans l'enceinte, et rappelle l'intérieur de Saint-Marc de Venise.

L'iconostase, c'est-à-dire la cloison percée de trois portes qui sépare le sanctuaire de l'église proprement dite, monte jusqu'aux voûtes : elle est entièrement recouverte d'images byzantines de grandeur naturelle disposées sur cinq étages successifs, le premier étage sur vermeil et les quatre autres sur cuivre doré très richement.

Tout à côté de l'iconostase, à gauche, on montre une image sainte ornée d'un énorme solitaire, qu'on évalue à plus de quatre-vingt mille roubles. C'est la fameuse image de la Vierge de Wladimir, peinte, suivant la tradition, par saint Luc l'Évangéliste. Elle est l'objet d'une immense vénération, et les Russes la regardent comme une sorte de *palladium*. On vous racontera, à Moscou, que sa seule exhibition suffit au temps jadis pour faire reculer les hordes farouches de Tamerlan. Quant au Tamerlan de 1812, qui sans doute ne se fût pas laissé arrêter à si bon compte, on jugea plus prudent de faire transporter l'inappréciable image en lieu sûr, à Wladimir.

Je regardais avec une curiosité passionnée ces richesses artistiques, dont la naïveté archaïque m'attirait et m'attachait infiniment plus que leur valeur intrinsèque, mais je dois à la vérité d'avouer que ma compagne témoignait beaucoup moins d'enthousiasme. Elle avait positivement l'air de ne pas être venue pour toutes ces vieilleries : mais alors pourquoi était-elle venue ?

8

Cela, je ne devais pas tarder à le savoir. Elle dit un
mot en effet au garçon de place, qui s'était attardé à
débattre je ne sais quel compte de *kopecks* avec une
sorte de sacristain qui nous avait ouvert la porte ; et,
ledit garçon, se rapprochant aussitôt de nous, reprit sa
démonstration en ces termes :

— A l'arrivée de leurs Majestés Impériales sur le
parvis de la cathédrale, le Métropolite de Moscou leur
adresse un discours, puis leur présente la croix à baiser, le Métropolite de Novogorod les asperge d'eau bénite. L'Empereur fait alors son entrée dans la caché-
trale et se dirige vers le trône impérial, où il monte et
où il demeure debout quelques instants.

» Le siège ordinaire des Empereurs est celui que vous
voyez ici, près de la porte du Nord ; à l'occasion du
sacre, on recouvre de velours cramoisi avec galons
et franges d'or, ses panneaux intérieurs tendus de
drap d'or ; au centre du dossier, les petites armes de
l'Empire. Ce siège en pierre que vous voyez de l'autre
côté, adossé contre le pilier, surmonté d'une croix et
recouvert d'un dais, c'est celui du Métropolite de Moscou.

» A l'occasion du sacre, on dresse au milieu de la nef,
entre les quatre piliers, un dais magnifique en velours
cramoisi orné de couronnes impériales et d'aigles
dorés, et, sous le dais, s'élève l'estrade du trône ten-
due de velours cramoisi et or : douze marches, séparées
par deux plates-formes, y donnent accès : au centre,
le trône du tsar Ivan III pour l'Empereur, et celui du
tsar Michel Féodorowitch pour l'Impératrice. A gauche
du trône est placée une table, sur laquelle on dépose
les insignes impériaux ; à droite, un siège impérial

sous un dais en velours, c'est le trône du tsar Alexis Michaëlovitch, pour l'Impératrice-Mère.

» Les membres du corps diplomatique prennent place sur des gradins dressés du côté gauche de l'estrade ; les grands ducs, les grandes duchesses et les autres membres de la famille impériale sur des gradins dressés du côté droit, et enfin, sur les gradins du fond, derrière le trône, les grands dignitaires de l'Empire.

» Lorsque l'Empereur a gravi les douze marches de l'estrade et s'est assis sur le trône, le Métropolite de Moscou gravit lentement l'estrade à son tour, et vient présenter à l'Empereur la profession de foi orthodoxe.

» L'Empereur la lit d'une voix ferme et haute, après quoi les Métropolites de Novogorod, de Kiew et de Pétersbourg lui présentent la sainte bannière de Russie et celle de Notre-Dame de Kiew ; il les fait ondoyer trois fois et les remet ensuite aux Métropolites. Puis il s'agenouille et les Métropolites posent sur ses épaules le manteau impérial. Le Métropolite de Moscou s'avance alors, impose les mains sur l'Empereur et récite sur lui les prières d'usage.

» Ces prières achevées, l'Empereur se relève, et, saisissant des deux mains la couronne, il la pose lui-même sur son front : puis, il prend place sur son trône, l'épée de Jean III à son côté et le sceptre dans la main droite.

» A ce moment, l'Impératrice se lève et vient s'agenouiller devant l'Empereur, qui porte la couronne impériale à son front sans l'y laisser reposer ; une autre couronne, plus petite, est ensuite placée sur la tête de l'Impératrice par les dames de la Cour, qui la couvrent également d'un manteau impérial en brocart d'or.

» Aussitôt, les voix du clergé et de trois cents choristes éclatent toutes à la fois sous les voûtes de la cathédrale ; le canon du Kremlin tire une salve de cent un coups, et les innombrables cloches des trois cent quatre-vingt-dix églises de Moscou font retentir les airs.

» Le clergé, suivi de tous les assistants, se forme en cortège, gravit les marches de l'estrade, défile devant l'Empereur et lui présente ses félicitations.

» Chacun ayant regagné sa place, l'Empereur s'agenouille, dit une prière ; puis, se relevant, il reste un moment debout seul, dominant toute l'assistance qui demeure le front courbé.

» Pendant ce temps,- la messe commence. Après le canon, les portes de l'iconostase, qui étaient restées fermées jusque-là, s'ouvrent et les deux Métropolites de Moscou et de Novogorod sortent du sanctuaire et s'avancent vers l'Empereur, pour lui annoncer que le moment du sacre est venu.

» Aussitôt l'Empereur descend du trône ; l'Impératrice le suit jusqu'à la porte de l'iconostase ; là elle s'arrête et l'Empereur pénètre seul dans le sanctuaire avec les deux Métropolites. On sait en effet que la religion orthodoxe interdit absolument aux femmes, quelles qu'elles soient, de passer le seuil du sanctuaire.

» Le Métropolite de Moscou, tenant en main le vase d'argent qui contient l'huile sainte dans laquelle on a plongé un morceau de la véritable couronne d'épines, y trempe le rameau d'or pour oindre le front, les paupières, les oreilles, les narines, les lèvres, la poitrine et la paume des mains de l'Empereur, en disant : « *Impressio Spiritûs Sancti* » (ceci est le sceau du Saint Esprit).

» Puis, le Métropolite de Novogorod essuie les traces de l'onction sainte. Autrefois, le cérémonial exigeait que, pendant sept jours, l'Empereur ne lavât ni n'essuyât aucune des parties qui avaient été ointes de l'huile sacrée.

» L'Impératrice s'approche ensuite jusqu'à la porte du sanctuaire, où elle reçoit à son tour, mais sur le front seulement, l'onction sainte.

» La cérémonie du sacre est alors achevée, mais tout n'est point fini. Le Métropolite de Moscou vient encore chercher l'Empereur et l'introduit de nouveau dans le sanctuaire, où il reçoit la communion sous les deux espèces. Puis l'Impératrice reçoit également la communion des mains du Métropolite de Moscou, mais toujours à la porte du sanctuaire. Après quoi la messe continue et se termine par le *Domine salvum* qu'entonne l'Archidiacre.

» L'Empereur se lève alors, ayant en tête la couronne impériale [1], et sur les épaules le manteau de brocart d'or doublé d'hermine, et, accompagné de l'Impératrice, il descend les marches du trône et se dirige vers la porte nord de la cathédrale pour aller se montrer au peuple assemblé. »

A ce moment, miss Hutchinson, qui avait écouté religieusement jusqu'alors le garçon de place, l'interrompit brusquement.

—Attendez, lui dit-elle, nous allons sortir nous-mêmes

---

1. La couronne impériale est toujours étincelante de brillants valant de cinq à six millions de roubles pour le moins (soit vingt-quatre millions de francs.) Après le couronnement, elle est déposée dans le trésor impérial, que l'on conserve au Kremlin dans le nouvel arsenal (*novaïa oronjeinaïa Palata*).

8.

et vous nous ferez suivre, tout en continuant vos explications, le chemin que suit le cortège impérial.

Je savais que la sacristie d'*Ouspensky* renfermait des vases sacrés et des ornements sacerdotaux d'un travail remarquable et de la plus grande richesse, et j'aurais bien désiré ne pas quitter cette église sans les avoir vus. Mais je n'osais point réclamer et je suivis à regret miss Hutchinson et le garçon de place.

Arrivé sur le parvis, celui-ci reprit son interminable démonstration :

« L'Empereur sort de la Cathédrale de l'Assomption sous le dais de velours cramoisi et or, et, quittant la cour d'*Ouspensky*, il va passer devant la tour d'Ivan Veliki, que voici, et devant le *Tsar Kolokol*, comme nous appelons cette gigantesque cloche de bronze que vous voyez sur son socle de granit, au pied de la tour.

» C'est là que la foule acclame l'Empereur et que celui-ci répond à ces acclamations en saluant.

» Puis, l'Empereur, toujours suivi de son cortège, revient sur ses pas, rentre dans la cour d'*Ouspensky*, et se dirige vers la porte de la cathédrale de l'Archange Michel. Celle-ci ! (continue le garçon de place, en nous indiquant de la main une autre église, moins importante que l'Assomption, mais surmontée, comme elle, de cinq coupoles byzantines [1].) L'Empereur et les princes de l'Église orthodoxe y entrent seuls et vont s'agenouiller devant l'iconostase et baiser les saintes images. Puis ils en sortent et vont accomplir la même cérémonie à cette autre cathédrale que vous voyez à

---

1. C'est dans l'église de l'Archange Michel (*Arkhangelsky sobor*) que sont renfermés les tombeaux des anciens tzars, de 1333 jusqu'en 1696.

gauche, l'Annonciation, où jadis avaient lieu le baptême et le mariage des tzars.

» Après quoi, le cortège regagne enfin le palais Neuf
impérial par l'escalier Rouge, que je vous ai montré
tout à l'heure. Toutefois, arrivé sur le palier de l'escalier, l'Empereur se retourne une dernière fois vers la
foule qu'il salue à plusieurs reprises, et qui lui répond
par ses acclamations, pendant que les cloches de la
ville sonnent à toute volée, que l'artillerie tire une nouvelle salve de cent un coups de canon et que l'hymne
national retentit de toutes parts. Puis l'Empereur rentre
dans le palais Neuf. La cérémonie du sacre est terminée, du moins en ce qui regarde le peuple : à partir
de ce moment l'Empereur est réellement le père des
Orthodoxes. »

V

— Voulez-vous maintenant, continua le garçon de
place en s'adressant à miss Hutchinson, que nous entrions au palais Neuf, pour voir la dernière partie de
la cérémonie ?

— Pas aujourd'hui ! répondit miss Hutchinson, à
qui je lançai, pour cette bonne‾parole, un long regard
chargé de reconnaissance : malheureusement, comme
elle me tournait le dos, ce respectueux et chaleureux
hommage fut entièrement perdu pour elle.

Enfin, pensai-je, nous voilà débarrassés de cet interminable et monotone ronronnement du garçon de
place, et je vais pouvoir savourer ces enivrantes émotions du tête-à-tête que j'avais rêvées.

Hélas ! au moment où je me berçais de ce fol espoir,
un mot de miss Hutchinson me fit retomber brusquement dans la plus triste réalité :

— A l'hôtel !

Ainsi, c'était fini. Cette promenade seul à seule dans
la *troïka*, sur laquelle mon imagination avait échafaudé
des montagnes d'espérances, s'était bornée simple-

ment à la contemplation d'une place, d'un escalier et d'une église, et cela en compagnie d'un tiers aussi encombrant qu'insupportablement bavard. J'étais horriblement vexé, d'autant plus qu'il me fallait faire bon visage à mauvaise fortune et que je ne pouvais point avouer que j'avais espéré autre chose.

— Eh bien, vous êtes heureux, me demanda miss Hutchinson, avec une naïveté qui me parut le comble de l'ironie, vous qui adorez toutes ces vieilleries, ces usages antiques, ces souvenirs d'un autre âge ?

— Oui, oui, parfaitement heureux, répondis-je en dissimulant une affreuse grimace. Mais savez-vous, miss, ce qui m'a le plus frappé ?

— Et qu'est-ce, s'il vous plaît ?

— Eh bien, c'est l'imperturbable mémoire de cet homme, qui nous a récité le cérémonial du couronnement, sans nous faire grâce du plus mince détail.

— Rien de moins étonnant au contraire, répondit miss Hutchinson sans paraître remarquer la légère pointe d'amertume qui perçait sous mes paroles. Ignorez-vous qu'aux yeux du peuple russe les formalités qui règlent le couronnement du czar-pape constituent tout un rite, dont le dernier homme du peuple sait tous les détails sur le bout du doigt ? Cela s'apprend et se transmet de père en fils comme un catéchisme. Toucher à ce rite serait commettre un sacrilège ; et l'Empereur lui-même, tout autocrate qu'il est, risquerait de passer pour un hérétique s'il s'avisait d'introduire le moindre changement dans l'ordre et la forme de ce grand acte politico-religieux.

— Ah ! c'est très particulier ! m'écriai-je avec un intérêt, qui sonnait quelque peu faux.

— Eh bien, puisque cela vous semble si curieux, demain, à la même heure, c'est-à-dire après déjeuner, le garçon de place viendra nous prendre pour nous mener au palais Neuf et nous terminer son explication de la cérémonie du couronnement. A demain donc ! Pour aujourd'hui, je vous rends votre liberté !

Et, me tendant la main, la maudite enchanteresse me planta là au milieu du vestibule de l'hôtel, sans attendre ma réponse, et disparut dans l'escalier qui menait à son appartement.

VI

Ah! bien non, par exemple! Recommencer demain
le joli métier que j'ai fait aujourd'hui! Jamais de la
vie! C'était à croire que décidément miss Hutchinson
se moquait de moi.

Au fait, pourquoi ne se moquerait-elle pas de moi,
en effet ? Il était impossible qu'elle ne se fût point
aperçue de l'impression qu'elle avait faite sur moi.
Une femme s'aperçoit toujours de ces choses-là, quelle
qu'elle soit. Sans doute, il lui avait paru plaisant,
après m'avoir incendié par les perspectives les plus
engageantes, de s'amuser de ma déconvenue et de me
sentir piaffer et trépigner d'impatience à ses côtés, pendant que ce bourreau de garçon de place nous déroulait d'affilée ses interminables explications. Ces coquettes anglaises sont vraiment extraordinaires. Une autre
femme n'eût point fait mine de remarquer les regards
enflammés que je lui décochais, surtout quand elle
avait le dos tourné, et fût passée ; à moins qu'elle
n'eût préféré couper de court en me faisant immédia-

tement comprendre que je perdais mon temps. Miss Hutchinson, au contraire, avec son air absolument détaché, sa façon de tenir les gens à distance tout en les attirant et les retenant auprès d'elle, avec sa désinvolture de grande dame qui ne recule devant aucune fantaisie, avec ce mélange savant de réserve et de laisser aller, miss Hutchinson, qui n'avait jamais aimé peut-être, mais qui très certainement avait déjà dû être aimée, miss Hutchinson avait trouvé le moyen de me jouer comme ne l'eût point fait la pire des coquettes.

En vérité, il eût fallu que j'eusse perdu toute conscience de mes actes pour me prêter plus longtemps à ce rôle ridicule. Il y allait de ma dignité, de mon honneur. Du reste, qu'aurais-je gagné à patienter encore ? Absolument rien. La mollesse même avec laquelle je me laissais aller dans les petits chemins où il plaisait au caprice de miss Hutchinson de me traîner à sa suite, comme un meuble, comme un animal domestique, comme Michka, n'était pas assurément pour lui faire respecter mon caractère. Qui sait, si en me montrant moins souple, en secouant quelque peu le joug indigne sous lequel je courbais le front si bénévolement, je n'aurais pas plus avancé mes affaires ! N'est-on pas trop porté souvent à faire fi de ce que l'on peut gagner, ou garder, sans se donner de peine ? Il fallait avoir le courage de ne pas lui céder, de ne pas obéir à ses moindres caprices, et alors peut-être serait-ce elle qui viendrait à moi. Allons ! voilà qui était décidé ! Elle verrait qu'après tout elle n'était point si toute-puissante que cela ; que, quand on le voulait bien, on pouvait s'arracher à son empire.

Je m'endormis sur ces bonnes résolutions, et je rêvai que, vaincue enfin par tant de fermeté, miss
Hutchinson venait m'offrir à genoux son cœur et sa
main.

VII

Et naturellement, bien avant l'heure convenue, j'é-
tais dans le vestibule de l'hôtel, impatient, fiévreux,
mécontent de tout le monde, honteux de moi-même,
et, par dessus tout, tremblant que miss Hutchinson ne
vînt pas. Ceux-là seuls s'en étonneront qui n'ont jamais aimé !

Oui, après avoir balancé toute la nuit et toute la
matinée pour décider si je ne me sauverais pas de
Moscou comme un voleur, sans même prendre congé
de miss Hutchinson, j'en étais arrivé à ne plus craindre qu'une chose ; à savoir que je ne sais quel obstacle,
un caprice, une fantaisie ne l'eussent engagée à revenir sur la résolution qu'elle avait manifestée la
veille.

Mais j'avais bien tort de m'inquiéter, quant à cela.
A midi juste, miss Hutchinson descendait de son appartement, de son même pas tranquille et décidé : en
m'apercevant, elle ne témoigna aucune surprise,
comme si elle n'avait point douté un seul instant que
je ne me trouvasse exactement au rendez-vous.

— Allons! dit-elle en me tendant la main, il est l'heure!

Deux minutes après, sans que j'eusse trouvé un mot à lui répondre, nous étions installés, comme la veille, côte à côte, dans la *troïka*.

— Au palais Neuf, n'est-ce pas? demanda le garçon de place.

Miss Hutchinson ayant fait un signe affirmatif, la *troïka* partit aussitôt dans la direction du Kremlin.

Quant à moi, je me creusais la tête pour chercher quel intérêt le palais Neuf pouvait bien inspirer à miss Hutchinson. C'est une grande bâtisse, toute neuve (elle ne date guère que d'une vingtaine d'années) qui domine et qui écrase toutes les autres constructions du Kremlin, avec lesquelles son style bâtard, qui tient à la fois du style mauresque et du style Renaissance, forme le plus déplorable contraste. Vue surtout de la Moskowa, sa grande façade, blanche, aux innombrables croisées surmontées d'une balustrade et d'une coupole dorées, jure singulièrement avec les couleurs voyantes et les formes étranges du palais anguleux (*Granovitaïa palata*), du nouvel arsenal (*novaïa Oroujeï naïa palata*) du palais du Belvédère (*Terema*), et des cathédrales qui l'entourent. La seule chose que ce palais ait, sinon d'intéressant, au moins de particulier, c'est la disposition des fenêtres du corps principal. Ce corps principal n'a que deux étages; mais le second étage a deux rangées de croisées superposées, de sorte qu'extérieurement on croit à un troisième étage.

Bien entendu, je jugeai fort inutile de faire part à miss Hutchinson de mes impressions personnelles, d'autant plus que je n'avais pas encore assez recouvré

mon sang-froid pour mesurer froidement mes paroles.
Ce fut donc à peu près dans un silence complet que
nous fîmes le trajet de l'hôtel au palais Neuf. La *troïka*
nous descendit sur la place impériale, petite cour fermée au sud par une grille en fonte qui sépare le palais
Neuf du nouvel arsenal.

Précédés du garçon de place, qui fut obligé de parlementer avec les gardiens du palais et de leur montrer les lettres de miss Hutchinson, nous forçâmes l'entrée, non sans difficulté (il paraît que des ordres
formels tout récents étaient arrivés de Pétersbourg et
qu'on ne laissait entrer personne), et, gravissant un
grand escalier en marbre gris de Finlande, nous pé-
nétrâmes dans un immense vestibule, orné de glaces
énormes (les plus grandes, nous dit-on, qui soient
dans aucun palais du monde) et de deux tableaux
dont l'un représente la bataille de Koulikovo. Il est
du peintre français Yvon, et n'en est pas meilleur du
reste.

Nous tournâmes ensuite à droite et nous nous trouvâmes dans une immense salle disposée en colonnades,
et dont le parquet était formé d'une mosaïque de
plus de vingt bois différents.

— La salle de Saint Georges, dit le garçon de place.
La plaque que vous voyez au plafond est celle de
l'ordre de Saint Georges ; les sièges sont également recouverts aux couleurs de l'ordre. Les lambris sont en
marbre blanc, avec décorations en or et émail. Cette salle
peut contenir trois mille personnes.

La seconde salle, celle de Saint Wladimir, où nous
entrâmes ensuite, n'était guère moins grande que la
première ; ses murs étaient revêtus de marbre rose et

ornés, ainsi que les sièges qui la garnissaient, des insignes de l'ordre de Saint Wladimir.

Puis nous traversâmes une troisième salle, également lambrissée de marbre rose avec décorations en or, et dont le plafond était constellé d'étoiles d'argent. C'était la salle de Saint Alexandre Newsky, et l'on voyait les insignes de l'ordre de ce nom sur le dossier des sièges, recouverts en velours ponceau.

Enfin, nous arrivâmes à une quatrième salle, la plus magnifique de toutes, la salle du Trône, ou de Saint André. Elle est supportée par des colonnes tétraédriques aux moulures dorées, ornées de la croix de saint André. Les murs sont également tendus d'une étoffe aux couleurs de l'ordre. Au fond s'élève le trône impérial, tout en or massif, à ce qu'il semble du moins. Il est supporté par une estrade de sept marches, au-dessus de laquelle on voit l'œil de Dieu, entouré d'une auréole. Le tout est surmonté d'un dais en velours cramoisi, soutenu par des petites colonnes ciselées.

— C'est dans cette salle, continua notre cicerone, que l'Empereur, aussitôt après son couronnement dans la cathédrale d'*Ouspensky*, vient prendre son premier repas et recevoir le corps diplomatique et les grands corps de l'État. Voici comment se passe cette dernière partie de la cérémonie :

» Aussitôt que Leurs Majestés sont entrées dans la salle du Trône, avec leur cortège, l'archi-maréchal s'avance et annonce que le banquet est prêt.

» L'Empereur et l'Impératrice montent alors les marches de l'estrade, sur laquelle est dressée une table de deux couverts.

» L'Empereur donne un ordre : l'archi-maréchal et le grand maréchal de la cour, suivis d'un certain nombre d'autres dignitaires, quittent la salle du Trône pour aller chercher les plats, qui sont apportés par des officiers supérieurs, précédés de l'archi-maréchal, et accompagnés de chaque côté par des officiers des chevaliers-gardes, l'épée nue à la main.

» Les plats apportés, l'Empereur ôte la couronne et le Métropolite bénit le festin. Un moment après, l'Empereur demande à boire et le corps diplomatique se retire à reculons.

» Aussitôt les chanteurs de la troupe italienne, en habits de cérémonie bleu et or, l'épée au côté, entonnent différents morceaux de musique.

Le repas terminé, Leurs Majestés se retirent dans leurs appartements.

» Pendant le banquet et tout le reste de la journée, la ville retentit d'acclamations de joie et de triomphe. Le soir le Kremlin, tous les monuments, les églises et la plupart des maisons particulières sont illuminés. »

— Et, demanda miss Hutchinson, où se trouvent les appartements de Leurs Majestés ?

— Au rez-de-chaussée du palais, au-dessous des grandes salles des fêtes que nous avons vues.

— Je voudrais les voir.

Hélas ! trois fois hélas ! les appartements privés offraient encore moins d'intérêt que la salle du Trône, et celles de Saint Alexandre Newsky, de Saint Wladimir et de Saint Georges. Tout cela était riche et somptueux, mais sans caractère. Partout le même cachet de banalité, de modernité, aussi bien dans la salle de réception de l'Impératrice, tapissée en soie blanche avec montures dorées que dans son cabinet tendu en rouge cramoisi, dans la chambre à coucher et les diverses autres pièces. Seul, le cabinet de travail de l'Empereur était orné de quelques peintures représentant l'entrée des Français à Moscou, leur retraite, la bataille de Borodino et celle de Smolensk. Chose assez curieuse, ce cabinet contenait également une statuette équestre de Napoléon. J'ai eu, du reste, plusieurs fois l'occasion de remarquer que la mémoire de l'homme de 1812 était entourée encore aujourd'hui à Moscou d'un prestige extraordinaire.

Des appartements de l'Impératrice, on pénètre dans un petit jardin d'hiver, rempli de plantes exotiques et coupé d'allées sablées ; et de là on passe dans le *Terema*, ou Palais du Belvédère.

Je savais que ce vieux palais avait conservé son aspect primitif et jusqu'à l'ameublement de certaines pièces, ameublement datant des fils et petits-fils du tzar Michel Féodorovitch ; aussi étais-je très curieux de le visiter, mais il faut croire que cela n'entrait pas dans les plans de miss Hutchinson, car elle repoussa si loin la proposition que je n'osai point insister.

Et, comme la veille, nous retournâmes directement à l'hôtel sans qu'aucune des prévisions délicieuses que j'avais caressées dans mon imagination se fût réalisée.

Toutefois, comme si elle eût voulu me consoler de cette nouvelle déconvenue, miss Hutchinson me dit en me quittant :

— Demain matin je vous apprendrai une nouvelle à laquelle vous ne vous attendez guère, je gage.

Les dernières paroles de miss Hutchinson me replongèrent brusquement dans toutes mes perplexités. J'avais beau me dire que les deux journées que je venais de passer en compagnie de cette énigmatique personne, en tête-à-tête ou à peu près avec elle, ne pouvaient me laisser aucun doute sur ce que j'avais à espérer : malgré tout, je me cramponnais à mes illusions.

Quelque humiliante pour mon amour-propre que fût l'inaltérable confiance que n'avait point cessé de me témoigner un seul instant l'enchanteresse, je ne pouvais point m'empêcher de songer qu'avec les femmes il faut ne compter sur rien, mais qu'il ne faut non plus jamais désespérer ; qu'on ne sait jamais ce qui se passe derrière l'indifférence apparente des natures les plus fermées. Ces glaces, si impénétrables, si impossibles à entamer, se fondent quelquefois brusquement, d'un seul coup, au moment où l'on s'y attend le moins. On en a vu de nombreux exemples.

Pourquoi, d'ailleurs, si elle avait été bien décidée à

me refuser tout encouragement, aurait-elle tenu à ce
que je l'accompagnasse, sachant que je l'aimais? Car
il était impossible qu'elle l'ignorât. Quand elle ne l'aurait
point lu dans mes yeux, chaque fois qu'ils se rencontraient avec les siens, le tressaillement involontaire
qui me secouait de la tête aux pieds, lorsque ma main
effleurait la sienne, ou que les cahots de la route
nous rapprochaient l'un de l'autre, eût suffi pour l'é-
difier à ce sujet.

Quant à moi, loin de calmer ma passion, ces angoisses énervantes, par lesquelles j'étais passé, n'avaient
fait que l'exaspérer. La familiarité, plus apparente
il est vrai, que réelle, dans laquelle nous avions vécu
pendant quarante-huit heures, le contact de ce corps
souple et charmant que je sentais à tout moment
contre le mien, sous la chaude couverture fourrée qui
nous enveloppait jusqu'au menton, tout cela m'avait
mis la fièvre dans le sang, et la contrainte continuelle
que j'avais dû m'imposer pour dissimuler mon trouble
à celle qui en était cause, l'avait naturellement redoublé.

Il m'avait fallu positivement, à plusieurs reprises,
un véritable courage pour résister à de sauvages
envies de me jeter brutalement sur ma glaciale compagne et de l'emporter comme une proie je ne sais
où, dans quelque coin perdu, loin des hommes et du
bruit, et des garçons de place, et des cathédrales du
Kremlin, et de la salle du Trône, et des appartements
privés de l'Empereur.

Dans cet état d'esprit, il était inévitable que le mystérieux adieu de miss Hutchinson me préoccupât
beaucoup plus que de raison. Quelle pouvait être cette

nouvelle inattendue, et qui devait m'étonner si fort?
Évidemment, ladite nouvelle n'était pas de nature à
m'être désagréable, car elle avait été annoncée en
souriant. Pourquoi ne serait-ce point, au contraire,
quelque chose d'heureux, d'inespéré? Que sais-je?
Peut-être l'annonce que certains obstacles, qui avaient
empêché jusqu'à ce jour miss Hutchinson de disposer
d'elle-même, étaient levés ; la mort d'un parent, l'issue
favorable d'un procès, à moins que ce ne fût, tout simplement, l'aveu d'une résolution décisive, prise après
de mûres réflexions, et tout en ma faveur, bien entendu. Oui, cette dernière perspective allait bien avec
la nature, à la fois réfléchie et décidée, de miss Hutchinson, telle que je l'avais pu deviner. C'était une
femme à ne pas se marchander, le jour où sa raison
et son penchant naturel la porteraient vers quelqu'un.
Sans doute elle avait voulu m'étudier ces deux jours-
ci, et voilà pourquoi elle avait choisi le prétexte de
cette visite, assez peu explicable autrement, d'*Ouspensky*
et du palais Neuf. Sans que je m'en doutasse le moins
du monde, elle avait voulu voir si je sortirais à mon
avantage de cette épreuve, si je saurais donner le pas
au respect qui lui était dû, sur la passion qu'elle était
censée ignorer. Eh bien, mais, cette épreuve, il me
semblait que je m'en étais tiré fort passablement,
quelque loin que je fusse, d'ailleurs, de supposer
l'immense intérêt qu'elle avait pour moi. Peut-être
même avait-il été préférable que je l'ignorasse, car
j'aurais sans doute alors joué mon rôle avec moins
de naturel et moins de conviction.

Une fois lancée sur cette pente, où mes sentiments
secrets ne me poussaient que trop, mon imagination

parcourut en quelques heures un chemin du diable.
On m'eût fait bien rire en vérité en me rappelant
cette enivrante réalité, que maintenant je touchais
presque du doigt, m'aurait apparu quelques heures
auparavant comme une rêverie extravagante. Une
seule chose me préoccupait, à savoir comment je ferais
pour attendre le moment où ma ravissante fiancée
m'annoncerait elle-même mon bonheur. Quant à la
façon dont je lui répondrais, je ne laissais point d'être
quelque peu embarrassé. Fallait-il recevoir la nouvelle
bénie avec la stupéfaction béate d'un homme qui se
voit tout d'un coup, malgré son indignité, en possession d'un bonheur inespéré? N'était-il pas, au contraire, plus habile et plus délicat, à la fois, de lui faire
croire que j'avais pressenti la chose de loin, tout en
tremblant que cet idéal, que je sentais par moments
si près de ma main, ne se décidât jamais à s'en approcher tout à fait? Les femmes ne détestent pas, dit-on,
avoir été devinées, après, bien entendu, qu'elles ont
consenti à se déclarer. Eh bien, non! Je lui dirais... la
vérité, tout simplement; mes angoisses, mes luttes
contre moi-même, mes désespoirs, mes résolutions su-
bites de partir au bout du monde sans la revoir, puis
mes lâchetés, mes retours de passion frénétiques, mes
fringales de me retrouver en face d'elle, mes rages
sourdes en la voyant si fort occupée de tout, sauf de
moi, et puis soudain l'immense joie dont je m'étais
senti inondé en voyant clair tout d'un coup dans ma
destinée.

Quant à savoir où se passerait cette scène de cinquième acte, si délicieuse et si capitale pour moi, c'é-
tait bien le cadet de mes soucis. Est-ce que le monde

existait maintenant pour moi? Est-ce qu'il y avait sur
terre d'autres gens qu'elle et moi? L'Empereur aurait
passé là, devant moi, avec tout son cortège, ses chevaliers-gardes, ses grands maréchaux de cour, et le
corps diplomatique, et l'Impératrice avec son escorte
de demoiselles d'honneur, qu'en face de toute cette
foule j'aurais crié mon amour à voix haute. Ah! elle
verrait bien que, si avec elle je m'étais montré timide
jusqu'à l'abdication de ma personnalité, je ne l'étais
guère pourtant à l'ordinaire!

Et cette nuit-là encore, j'avais trop de choses à penser et à remuer dans ma tête pour trouver le temps
de dormir.

Le lendemain matin il faisait à peine jour (il est vrai qu'à cette époque de l'année il ne fait guère jour avant neuf heures), que j'errais déjà dans les couloirs de l'hôtel. Je savais fort bien qu'à cette heure matinale je n'avais aucune chance de rencontrer miss Hutchinson, qui ne sortait jamais de chez elle avant midi ; mais il eût été au-dessus de mes forces de rester dans ma chambre. Comme un collégien à la veille de son premier rendez-vous, je me créais à moi-même des prétextes plus ou moins absurdes pour passer et repasser devant la porte de la bien-aimée. Il me semblait toujours qu'elle allait s'ouvrir, cette porte ; et, en même temps, je tremblais qu'elle ne s'ouvrît, et je ne m'en approchais qu'en étouffant le bruit de mes pas.

Au moment où, pour la dixième fois, je recommençais ma promenade d'halluciné, je m'arrêtai soudain, foudroyé par la stupéfaction. La porte de miss Hutchinson était restée fermée cependant, mais à l'autre bout du

couloir, je l'aperçus elle-même qui montait l'escalier, sa
pelisse sur les épaules et sa toque de loutre sur la tête,
comme si elle rentrait déjà! D'où pouvait-elle venir à
neuf heures et demie? Et que se passait-il? Loin de se
troubler, en m'apercevant, elle vint droit à moi et,
sans même remarquer mon état d'agitation, elle me dit
vivement :

— Je viens vous chercher. Je vous emmène. Dépêchez-
vous, montez vite à votre chambre et revenez plus
vite encore. Nous n'avons que juste le temps!

Ahuri, bouleversé, sans savoir le moins du monde
de quoi il s'agissait, je grimpai quatre à quatre les
marches qui conduisaient chez moi, et, m'étant les-
tement vêtu pour sortir, je redescendis aussitôt.

A la porte de l'hôtel, point de *troïka* cette fois.

— Nous allons à pied, dit miss Hutchinson. Aujour-
d'hui, il n'y aura guère moyen de circuler autrement
dans Moscou. Pour le chemin que nous avons à faire
d'ailleurs...!

— Et peut-on savoir où nous allons? me hasardai-
je à demander.

— Nous allons assister à l'entrée de l'Empereur dans
sa bonne ville de Moscou, tout simplement !

— L'Empereur à Moscou, ce n'est pas possible ! m'é-
criai-je.

— C'est si possible au contraire qu'il est depuis hier
soir au Palais de Pétroski avec l'Impératrice, le Tza-
révitch et le grand duc Georges, et qu'à midi précis
vous entendrez le canon du Kremlin annonçant qu'il
est entré en ville par la barrière Tverskaïa.

— Alors, c'est là la grande nouvelle que vous m'aviez

promise hier soir? demandai-je, le cœur saisi soudain
par un grand froid.

— Eh bien, est-ce que vous ne la trouvez pas assez
extraordinaire comme cela? me répondit-elle. En vérité, qu'est-ce donc qu'il vous fallait?

Je demeurai abasourdi, et ne trouvai pas un mot
à répliquer. Il y avait entre ce que j'avais osé rêver et
la réalité, un tel abîme et je retombais de si haut, que
je me crus assommé du coup. Que dire, d'ailleurs,
à cette femme qui me broyait le cœur si simplement,
avec une inconscience si parfaite et de grands yeux
distraits, où je croyais lire: Vous aviez donc espéré
autre chose?

Fort heureusement encore, (car dans le trouble où
j'étais il m'aurait été bien impossible de dissimuler mes
sentiments,) miss Hutchinson était tellement absorbée
par le grand événement auquel nous allions assister
tous les deux, qu'elle n'attachait qu'une importance
restreinte à tout le reste.

Du reste, la nouvelle s'était déjà répandue car de
tous côtés se manifestait une agitation extraordinaire.
Les gens s'abordaient dans les rues avec des cris de
joie, avec des exclamations, des grands bras jetés en
l'air, des apostrophes véhémentes. A mesure que nous
avancions, la foule devenait plus compacte ; il était
évident que toute la ville se rendait au-devant de son
souverain bien-aimé.

La Tverskaïa, que l'Empereur devait suivre dans toute
sa longueur pour se rendre au Kremlin, était déjà presque complètement envahie, et ce ne fut pas sans quelque
peine que nous trouvâmes à nous caser, à l'angle de
la place Tverskaïa et du boulevard Tverskoy.

Notre poste d'observation était bien choisi d'ailleurs,
car non seulement de là nous pouvions voir arriver
l'Empereur, de loin, mais nous avions devant nous le
large espace de la place Tverskaïa, sur lequel le cortège
pouvait se développer tout à son aise. Un industrieux
moujik ayant eu l'idée d'improviser derrière nous une
estrade mobile, je m'empressai d'y installer mis Hutchinson et de m'y asseoir moi-même à côté d'elle. Nous
nous trouvâmes ainsi dominer toute la foule réunie
autour de nous et qui formait déjà à elle seule un spectacle des plus curieux.

C'étaient, pour la plupart, des gens du peuple, des
moujiks, accourus avec leurs femmes et leurs enfants de
tous les quartiers de la ville, des faubourgs et même
des environs immédiats.

La première chose qui me frappa dans cette immense
agglomération, c'était la différence caractéristique
qu'elle présentait avec nos masses populaires un jour
de fête ; autant la foule française est remuante, turbu-
lente même, d'une vivacité dont rien ne peut arrêter les
élans, autant la foule russe est silencieuse, recueillie,
respectueuse ; elle attend paisiblement, sans mani-
fester d'impatience, avec quelque chose de religieux
dans l'attitude.

Une autre remarque que je fis encore, et que d'ailleurs j'avais eu déjà l'occasion de faire, c'est que dans
cette foule, presque exclusivement composée, comme je
l'ai dit, de gens de la classe inférieure il n'y avait pas
un seul homme estropié, point de bancals, de bossus, de
borgnes même. Non seulement le *moujik* est bien fait,
mais sa figure, souvent belle malgré les traits saillants
et le nez écrasé du Kalmouk qu'elle a conservés, est

rarement sans caractère; jamais elle n'est plate et sans
expression ; la barbe longue, les cheveux également
longs, séparés au milieu de la tête, viennent ajouter
encore à cette physionomie presque toujours agréable.
Le *moujik* est blond généralement, et, malgré son habitude de porter le bonnet fourré une grande partie de
l'année, il est bien rarement chauve.

La plupart de ceux qui nous entouraient portaient
la chemise, ou plutôt la tunique légère, de cotonnade
rouge, boutonnée au cou sur le côté, serrée à la taille
et retombant sur le pantalon large et bouffant arrêté
au haut de la botte. Quelques-uns, au lieu de la botte
avaient des *lapki*, c'est-à-dire des chaussures faites d'é-
corce de bouleau et nouées autour de la jambe par des
bandelettes de même sorte. Malgré la saison, plusieurs
avaient déjà endossé par-dessus leur chemise, la *touloupe* de peau de mouton. Comme coiffure la calotte de
ficelles doublée d'étoupes, ou le bonnet fourré, ou encore le petit chapeau écrasé, bas de forme, avec un
fond large et des bords imperceptibles. Par ci par là,
dans la foule, quelques cochers, facilement reconnais-
sables à leur élégance relative et au caftan qu'ils portent été comme hiver, c'est-à-dire à cette longue robe
de drap bleu, plissée à la taille de plis innombrables
et serrée par une ceinture de couleur tranchante, rouge
presque toujours.

Quant aux femmes, presque aussi nombreuses que
les hommes dans cette foule bariolée, elles étaient à
la fois moins agréables à voir comme visage et moins
pittoresques comme costume. La plupart avaient la tête
nue, ou enveloppée d'un foulard noué sous le cou.
Quelques-unes portaient cependant le *pavoïnik* ou le *ka-*

kochnik, coiffure nationale de la femme russe que les nourrices sont presques seules aujourd'hui à porter dans les villes; les demoiselles d'honneur la portent également avec le reste de l'ancien costume national dans les occasions solennelles : c'est une espèce de large diadème d'étoffe, brodé d'or ou d'argent, haut de forme, et qui encadre fort gracieusement un joli visage. En fait de vêtement original, elles n'avaient guère que la *duschagraïka*, espèce de caraco long, serré et plissé à la taille, bordé d'une ganse d'or ou de fourrure, dont le nom aimable signifie littéralement : « chaufferette de l'âme. » Quelques-unes portaient aussi, comme les hommes, la touloupe de peau de mouton et les bottes de cuir ou de feutre.

Enfin, je dois ajouter que, si toute cette foule était assez curieuse à voir, elle semblait en revanche manquer un peu de propreté, car il s'en dégageait un parfum très particulier, mais très peu agréable, et qui rappelait vaguement celui du cuir de Russie.

— Tenez ! me dit tout d'un coup miss Hutchinson en me montrant du doigt, au premier rang derrière le double cordon de soldats qui formaient la haie de chaque côté de la champée, deux femmes, ou plutôt deux jeunes filles fort modestement vêtues à l'européenne et qui tranchaient sur la foule par la simplicité affectée de toute leur personne et la raideur de leur attitude. Frêles, malingres, assez laides et surtout assez disgracieuses, avec leurs minces waterproofs de couleur effacée, leurs cheveux coupés courts sous leurs petits chapeaux ronds sans plumes, leurs lunettes sur leur nez pointu, elles avaient l'air de garçonnets habillés en filles, ou encore de coureuses de cachets anglaises ou allemandes.

— Des femmes *nighilistes* [1] me souffla miss Hutchinson à l'oreille!

— Bah! m'écriai-je en regardant avidement ces quelques spécimens d'une race, encore mal comprise ou mal connue, bien qu'elle n'ait déjà que trop fait parler d'elle. Et des nihilistes hommes, n'en voyez-vous pas?

— Si fait, répliqua miss Hutchinson. Tenez, là-bas, contre le mur de cette maison basse à toit peint en vert, ces trois individus en redingote, qui ont la barbe courte ou rasée tout à fait, et des chapeaux de haute forme.

— Vous êtes sûre? on dirait des commis de magasin ou des étudiants râpés.

A ce moment, le canon du Kremlin retentit, et les cloches se mirent à tinter de tous côtés, annonçant *urbi et orbi*, comme disent les reporters qui ne sont pas fâchés de faire savoir qu'ils ont été au collège, que le Père des Orthodoxes venait de franchir le seuil de Moscou la Sainte.

Un frémissement courut aussitôt dans la foule, toutes les têtes d'un même mouvement se tournèrent dans la direction de la Place d'*Okhotny Riad*. Malgré l'attitude relativement paisible de cette masse peu démonstrative par nature, on sentait que ces innombrables *moujiks* étaient animés à l'égard de leur souverain d'un dévouement aveugle, d'un amour, d'une adoration poussés jusqu'au fanatisme le plus excessif. Évidemment, quelqu'un qui se serait permis la plus légère marque d'hostilité, la plaisanterie la plus inno-

1. L'*h* de l'alphabet russe se prononçant comme notre *g*, nihiliste se prononce nighiliste à Moscou comme à Pétersbourg.

cente au milieu de cette foule chauffée à blanc, eût
été écharpé en un rien de temps. Si réellement un certain nombre de nihilistes, hommes ou femmes, étaient
présents, ils devaient comprendre que le moment eût
été mal choisi de procéder à quelqu'une de leurs petites expériences de pyrotechnie scientifico-politique.

Ah! voici une voiture, une victoria, qui s'avance à
toutes brides, au milieu de la chaussée. Debout au
milieu de la voiture, et les deux mains appuyées devant lui sur le siège du cocher, un homme en uniforme, avec de grandes moustaches, et jetant des regards rapides à droite et à gauche comme pour s'assurer qu'aucun danger ne menace les précieux jours qui
lui sont confiés.

— Kazlow ! me dit miss Hutchinson.

— Le général Kazlow, le grand-maître de la police
de Pétersbourg ?

Miss Hutchinson me fait signe que oui.

Derrière le général Kazlow, et du même train que
lui, douze gendarmes à cheval sur deux de front ;
puis, immédiatement après, un peloton de Cosaques
de la garde tout en rouge, et un peloton de Cosaques
de la mer Noire, rouges aussi, avec des ornements
d'argent, montés sur leurs petits chevaux indomptés
des steppes.

Et enfin, dans un grand landau découvert, l'Empereur, l'Impératrice, et en face d'eux, sur la banquette
de devant, deux hommes en grand uniforme chamarré de décorations :

— Le grand duc Wladimir, dit miss Hutchinson, et
le prince Nikita de Montenegro.

Alexandre III porte l'uniforme d'aide de camp gé-

néral : casque de cuir au panache blanc, tunique
vert foncé, avec le grand cordon bleu de Saint-André en
sautoir. Il passe si vite que c'est à peine si j'ai le temps
d'apercevoir un homme de haute taille, portant toute
sa barbe, et qui respirait la force et la santé ; l'Impératrice, en revanche, me parut frêle et maigre, et fort
pâle.

Tous deux semblaient ravis des acclamations enthou-
siastes qui saluaient leur passage. On voyait que c'était
une joie qu'ils n'avaient point savourée depuis
longtemps et dont ils n'avaient pas encore eu l'occasion de se blaser ; car c'était la première fois, depuis
son avénement, qu'Alexandre III, non seulement fai
sait le voyage de Moscou, mais encore se montrait à
son peuple.

Cependant le landau impérial avait disparu depuis
longtemps, suivi de deux autres voitures, d'un groupe
de généraux et d'officiers supérieurs à cheval, et d'un
peloton de Cosaques de la garde qui fermait la marche.

Bientôt, une nouvelle salve d'artillerie annonça que
Leurs Majestés, après avoir baisé les saintes images
et les reliques dans la cathédrale de l'Assomption, puis
dans celles de l'Annonciation et de l'Archange Michel,
venaient de faire leur entrée dans le palais Neuf impérial du Kremlin.

La foule se dispersa lentement, sans tumulte. Je ne
pouvais point me lasser de la regarder, cette foule,
si différente des nôtres, et qui avait conservé jusque
dans le paroxysme de l'enthousiasme le plus outré une
sorte de calme pieux. Ce mélange de fanatisme et de
tranquillité était vraiment quelque chose de curieux.

Puis nous rentrâmes à l'hôtel, miss Hutchinson et moi, à pied bien entendu ; car aucune voiture ne pouvait encore circuler dans les rues.

Tout d'un coup une idée me traversa l'esprit. L'arrivée inopinée de l'Empereur à Moscou devait avoir une raison, et cette raison ne pouvait être que le couronnement, dont on avait parlé tant de fois et qui avait toujours été ajourné jusqu'alors pour une raison ou pour une autre. Cela expliquait en outre pourquoi miss Hutchinson avait tenu à se faire montrer en détail tous les endroits où devaient se passer les différents actes dont se composait cette solennelle cérémonie.

Et moi qui avais pu croire un instant que j'étais pour quelque chose dans toutes ses allées et venues ! Ah ! que je le sentais loin maintenant, mon pauvre rêve, évanoui, évaporé dans les airs ainsi qu'une menue fumée. Comme on glisse vite, pourtant, sur ces pentes trompeuses et attirantes, alors même que l'on s'imagine être dépourvu de toute fatuité !

Cependant cette idée m'avait tellement frappé que je ne pus m'empêcher de questionner miss Hutchinson, qui devait être fixée à ce sujet, car elle me paraissait diantrement au courant de tout ce qui se passait dans les sphères officielles russes.

Elle ne me répondit toutefois que par un geste vague, qui pourrait tout laisser croire sans rien affirmer, puis elle me dit :

— En tout cas, demain matin, nous aurons une revue au *Khodinskoë pole*. Tenez-vous prêt pour neuf heures précises. Vassili viendra nous prendre avec le grand *drojky*.

X

La plaine de Khodinskoë (*Khodinskoë pole*), où devait
avoir lieu la revue annoncée, est un immense champ
de manœuvres et de courses, situé dans les environs
immédiats de Moscou, à deux verstes de la barrière
de Tverskaïa. Il s'étend au sud-ouest du parc de
Petrowsky sur une longueur de cinq verstes. A l'une
de ses extrémités est le camp, où campent les troupes de Moscou, pendant l'été, bien entendu.

Le palais de Petrowsky, où l'Empereur était descendu
l'avant-veille, en arrivant de Pétersbourg, se voit sur
la droite, au milieu d'une cour entourée de murailles
crénelées et flanquées de tourelles. C'est un grand édifice, dans le goût mauresque, composé d'un seul étage
avec rez-de-chaussée et orné d'un péristyle supportant
une élégante vérandah. Il est surmonté d'un dôme
percé de fenêtres.

C'est dans le palais de Petrowsky que se réfugia
Napoléon, pendant l'incendie de Moscou. Quand il le
quitta pour commencer sa fameuse et lamentable retraite, les maraudeurs qui suivaient la grande armée

y mirent le feu. Ce n'est qu'en 1840 que le palais actuel a été reconstruit de toutes pièces sur l'emplacement de l'ancien.

Quand nous arrivâmes dans notre *drojky*, miss Hutchinson et moi, à l'entrée de l'immense plaine, nous aperçûmes les troupes qui allaient être passées en revue rangées en bataille en avant du camp, dont les tentes blanches se détachaient au loin sur le feuillage vert foncé des arbres.

Bien que cette revue eût dû être brusquement improvisée, par suite de la précipitation avec laquelle s'était fait le voyage de l'Empereur, et qu'elle ne comprît nécessairement que les troupes de la garnison de Moscou, elle n'en avait pas moins fort bon air, et valait maintes revues plus longuement et plus pompeusement préparées.

Ce fut le défilé, surtout, qui m'intéressa, en me permettant de voir de près la magnifique tenue des troupes, la richesse et la variété de leurs uniformes, et surtout la façon admirable dont la cavalerie et l'artillerie étaient montées. Je remarquai surtout les grenadiers à cheval de la garde, les hussards, les dragons, les lanciers, les Tcherkesses (ou Circassiens) avec le gorgeret, la cotte de mailles et le casque pointu en acier, l'arc et le carquois derrière le dos ; les Lesghiens et les Cosaques rouges de la mer Noire ; les tirailleurs à pied de la famille impériale, (l'un des plus beaux corps de l'armée russe) qui portent le costume national, le cafetan noir à ornements d'or et ne descendant que jusqu'au genou, la ceinture rouge et le bonnet de peau noire, à fond de drap.

Le coup d'œil de tous ces uniformes chamarrés, de

ces costumes étranges et somptueux, et de ce fouillis
de fusils, de lances, de sabres et de cuirasses étincelants au soleil, était tout à fait charmant.

Après le défilé, qui se fit au pas devant l'Empereur,
entouré d'un brillant état-major, la revue se termina,
comme toutes les revues russes, par le *march-march*,
brillante manœuvre de cavalerie qui s'exécute de la
façon que voici : à un signal donné, toute la cavalerie, rangée sur une ligne de plus d'un kilomètre, part
à fond de train pour venir s'arrêter brusquement à
quelques mètres de l'Empereur en le saluant de hour-
rahs retentissants. Rien de plus saisissant que de voir
ces énormes masses s'ébranler, puis enfin s'arrêter au
commandement, comme un seul homme ou comme
un seul cavalier, en face du souverain.

En revenant du *Khodinskoë pole*, nous pûmes jouir,
grâce au beau temps qu'il faisait et à la transparence
de l'atmosphère, d'une vue admirable sur Moscou. A
mesure que nous nous en approchions, le panorama
de la ville (un spectacle dont je ne puis me lasser, depuis mon arrivée dans la cité sainte!) s'étalait de plus
en plus nettement à nos yeux avec ses maisons blanches aux toits verts, ses centaines de tours d'église et
de couvents, les unes aiguës comme des minarets, les
autres aplaties en dômes ou se gonflant en boules, et
ses nombreux jardins qui coupent les grandes lignes
des maisons et donnent à l'ensemble une gaîté, un
charme tout à fait réjouissants à voir.

C'est en vain que depuis quelques années on semble
avoir cherché à donner à Moscou un aspect plus euro-
péen : les tramways qui sillonnent maintenant les grandes voies, les voitures de forme plus moderne que l'on

commence à voir circuler à côté de l'antique et national *drojky*, et surtout les récentes constructions en pierres et en briques qui s'élèvent un peu partout ne laissent pas de ramener la ville, par endroits surtout, à l'apparence banale que présentent la plupart des capitales ; mais les vieux quartiers, avec leurs étranges bâtisses, n'en conservent pas moins leur physionomie de cité asiatique, qui fait penser à ce que pouvaient être, au temps de leur prospérité, Samarkand et les autres grandes villes de la domination des empereurs tartares.

Un des traits les plus caractéristiques de Moscou, dans les vieux quartiers s'entend, ce sont les couleurs vives et parfois même un peu criardes qui éclatent sur les maisons ordinaires comme sur les monuments; ici des pignons, là des façades entières badigeonnées en rouge ou en jaune d'ocre, ou en brun. Quant aux dômes, grands ou petits, des cathédrales, des églises, des chapelles de couvent, tous ne sont pas dorés, il en est d'argentés, d'autres qui sont peints en vert tendre ou en bleu d'azur.

Naturellement, comme tous les gens sous le coup d'une vive impression, je ne pouvais point m'imaginer que j'étais seul à l'éprouver ; mais quelques mots que murmura ma compagne, en haussant doucement les épaules, me ramenèrent brusquement à la réalité.

Peut-être pense-t-elle, me dis-je, qu'au lieu de perdre mon temps à regarder des toits de maisons, je pourrais mieux l'employer en m'occupant un peu plus d'elle.

Et tout aussitôt, tournant mon esprit vers des idées plus riantes, je m'apprêtai déjà à enfourcher de nouveau

le fantastique dada, qui savait m'entraîner si vite et
si follement au doux pays des rêves, lorsque entr'ou-
vrant ses lèvres, miss Hutchinson me dit :

— L'Empereur avait l'air radieux. Avez-vous vu ?

Puis, elle ajouta, un peu plus bas, et, comme si elle
se parlait à elle-même :

— Pourvu que cela dure !

— Ah ! Eh bien ? continuai-je, et le couronnement ?
savez-vous quand il a lieu, vous qui savez tout, miss ?

— Vous y tenez, à votre couronnement ? Tant pis pour
vous, vous en serez pour vos frais de curiosité, aujour-
d'hui du moins. Mais, dites-moi, en quittant le *Khodinskoë
pole*, vous n'avez pas remarqué ces gigantesques bâtisses que nous avons laissées à gauche, et dont le
soleil précisément faisait miroiter les toitures vitrées ?

— Ma foi, j'avoue que je n'y ai guère pris garde.

— Je croyais pourtant que la raison de votre
départ, un peu précipité entre nous, de Pétersbourg,
c'était le désir d'aller visiter l'Exposition nationale de
Moscou.

— Alors, c'est le Palais de l'Exposition que nous avons
vu au *Khodinskoë pole* ? demandai-je d'une voix assez
mal assurée, sans relever certain mot de mon incom-
préhensible compagne.

— Parfaitement et si vous voulez, bien que vous
sembliez, maintenant, un peu moins pressé de vous
édifier sur les progrès de l'industrie nationale russe,
nous irons ensemble demain visiter l'Exposition.

J'acceptai, naturellement, avec empressement cette
nouvelle proposition, et, jusqu'à notre retour à l'hôtel,
je n'échangeai plus avec ma compagne que des paroles
banales, tout en me torturant l'esprit pour arriver à

découvrir s'il n'y avait point, dans les quelques mots qui lui étaient échappés à propos de la précipitation de mon départ de Pétersbourg, autre chose qu'une parole dite en l'air, sans attention ni préméditation.

XI

Vous souvenez-vous de notre Exposition universelle de 1867, dans le Champ de Mars ? Celle de Moscou la rappelle en plus petit naturellement, pour la disposition générale. Elle forme un grand cercle ondulé, évidé à l'intérieur et percé de huit galeries ayant chacune une façade couronnée des armes de Russie. Outre le bâtiment principal, elle comporte, comme la nôtre naguère, un assez grand nombre d'annexes de tout genre sous forme de pavillons détachés, de kiosques, de chalets avec jardins, restaurants, cafés, salles de théâtre ou de concert, machines et machineries de tout genre, et jusqu'à un moulin à vent.

On commence à être blasé sur toutes ces magnificences, pour les avoir déjà vues un peu partout ; aussi ne m'y arrêtai-je guère en passant. Ce qui au contraire m'inspirait une curiosité très vive, c'étaient les progrès de l'industrie nationale russe qu'on m'avait dit être remarquables, et que j'étais bien aise de constater par un examen détaillé.

Chose bizarre, les salles étaient absolument vides de

10.

visiteurs ; seuls, les exposants se tenaient debout devant leurs étalages. Nous eûmes nous-mêmes à parlementer longtemps avant d'être admis à pénétrer à l'intérieur. Il fallut que miss Hutchinson tirât de la mignonne poche de sa robe, certaine lettre qui devait contenir des choses extraordinaires, ou bien être signée d'un nom fort redouté, car chaque fois qu'elle y avait recours en dernier appel, toutes les barrières s'abaissaient aussitôt devant nous comme par enchantement. C'est égal, cette façon d'accueillir les visiteurs me parut au moins singulière, et je pensai à part moi que si c'était tous les jours ainsi que les choses se passaient, les recettes ne seraient plus extravagantes à la clôture de l'Exposition.

Cependant, personne n'ayant l'air de s'en étonner, miss Hutchinson moins que personne, je finis par faire comme tout le monde.

Par exemple, miss Hutchinson avait une façon à elle de visiter les Expositions. A peine entrée dans une galerie, elle piquait droit devant elle et m'entraînait sans me laisser le temps de regarder les objets exposés. Nous parcourûmes ainsi, au pas de course comme des gens qui cherchent surtout dans cette sorte de promenades artistiques un exercice hygiénique, un chiffre incalculable de galeries concentriques ou excentriques, latérales ou longitudinales, mais immenses à coup sûr, et qui le paraissaient davantage encore avec l'absence de tout visiteur.

Arrivée enfin à l'entrée de la section des Beaux-Arts, miss Hutchinson s'arrêta brusquement.

— Ah ! pensai-je, elle aime la peinture. Voilà pourquoi elle a si rapidement passé devant tout le reste.

Puis, je me hâtai de la rejoindre, car j'étais resté un

peu en arrière, en face d'un étalage dont le caractère exclusivement moscovite m'avait très vivement
attiré.

Mais je m'aperçus tout de suite que ce n'était point
pour admirer les tableaux accrochés contre les parois
des salles que ma compagne avait porté à ses yeux un
très élégant lorgnon retenu par une chaîne d'or. Elle
ne quittait pas des yeux un groupe assez compacte de
visiteurs, en contemplation devant ce grand tableau
mélodramatique du peintre polonais, Siemiradzki, que
je me souvenais avoir déjà vu au Champ de Mars en
1867, et qui représente *les Torches vivantes de Néron*.

— L'Empereur avec la Famille Impériale! me dit
tout bas miss Hutchinson sans détourner les yeux.

En effet, au milieu du groupe je reconnus Alexandre III,
et, à côté de lui, l'Impératrice. Deux jeunes garçons en
tenue de matelots des équipages de la garde les accompagnaient : le grand duc Césarewitch et son frère
le grand duc Georges Alexandrovitch, à ce que m'assura
ma compagne, qui me nomma ensuite : le grand duc
Wladimir, puis le comte Vorontsow-Daschkow, ministre de la Cour, l'aide de camp général Richter, chef de
la Maison militaire de S. M., l'aide de camp général
Tchérévine, les colonels Schérémetiew et Martynow,
aides de camp de S. M., mademoiselle Ozerow, demoiselle d'honneur de S. M. l'Impératrice, le général
Kazlow, grand maître de la police, le prince Wladimir
Dolgoroukow, gouverneur général de Moscou, le maire
de Moscou, et enfin M. Guiwartowski, commissaire
général de l'Exposition.

Nous nous rapprochâmes quelque peu du groupe,
sans que personne nous fît d'observations, et je pus à

diverses reprises, voir en plein et bien étudier la physionomie d'Alexandre III.

C'est un homme de haute taille, de stature presque colossale et d'apparence encore jeune ; il porte toute sa barbe qui est d'un blond un peu vif, tirant sur le roux. Le caractère de la physionomie est plutôt allemand que russe, ce qui n'est pas extraordinaire, sa mère et sa grand'mère ayant été toutes deux des princesses allemandes. Il avait l'air souriant et causait fort allègrement soit avec ses enfants et les personnes de son entourage, soit avec les exposants, dont il écoutait les observations et acceptait les petits cadeaux avec la plus grande courtoisie.

Quant à l'Impératrice, autant son auguste époux semblait regorger de force et de santé, autant elle paraissait elle-même maladive et souffreteuse. Grande et mince, le visage pâle et amaigri, elle n'était pas encore, sans doute, suffisamment relevée de ses dernières couches. Peut-être, aussi, n'était-elle que médiocrement rassurée sur les dangers que pouvait courir l'Empereur, malgré la précaution qu'on avait prise de fermer les portes de l'Exposition au public pour ce jour-là, et de ne point annoncer à l'avance la visite impériale. N'eût-il pas suffi que dans cette foule d'exposants qui s'effaçaient, les yeux à terre, sur le passage du souverain de toutes les Russies, il se trouvât un seul homme mal intentionné pour que tout fût à redouter ?

Nous traversâmes ainsi successivement, sans perdre de vue l'Empereur et son entourage, les diverses salles de peinture et de sculpture ; puis la section de l'Art industriel et de l'Enseignement ; puis la section d'Agriculture, où l'Empereur s'attarda longuement, ques-

tionnant lui-même et félicitant les exposants ; puis la
section d'orfévrerie, dont il admira beaucoup également la richesse et l'élégance.

C'est un art véritablement original, en effet, et qui
se rapproche parfois de l'art persan et de l'art arabe
des belles époques, que l'orfévrerie russe, dont les
principaux centres sont à Moscou même. Il est difficile d'imaginer des ciselures, des gravures et des niel-
les, qui soient d'un goût plus élégant, d'un aspect à
la fois plus riche et plus sobre. Je me rappelle aussi,
avec admiration, des damasquinures de toute beauté,
des émaux étonnants de couleur et de relief, et surtout
certains bijoux asiatiques formés d'une sorte de filigrane et qui étaient des merveilles de délicatesse et
de légèreté.

La galerie du travail, où l'on tissa les portraits de
l'Empereur et de l'Impératrice sous leurs propres yeux,
et où l'on frappa également devant eux des médailles
commémoratives de l'Exposition à leur effigie, retin-
rent aussi quelque temps les augustes visiteurs.

Le groupe, consacré au travail domestique, c'est-à-
dire au travail que font les paysans chez eux [1], était
surtout d'un extrême intérêt. Je me souviens notamment des châles de laine d'Orenbourg, aussi chauds
qu'impalpables ; des broderies de Riazan et d'Olonetz ;
des fourrures d'Arkhangel, des cuirs brodés de Tver,
etc.

Nous sortîmes ensuite du bâtiment principal, tou-

1. Quand je dis les paysans, ce sont les paysannes que je
devrais dire, car la vérité est que le paysan russe passe généralement les longs mois d'hiver à dormir sur son large
poêle, le jour aussi bien que la nuit ; la femme seule s'occupe.

jours en suivant l'Empereur à courte distance, et nous nous arrêtâmes devant la salle de concert, où les Tsiganes attaquèrent immédiatement l'hymne national russe.

Puis les jeunes grands ducs s'amusèrent à regarder le petit chemin de fer, mû par l'électricité, qui circulait dans les allées sinueuses du Parc et s'arrêtait à volonté en face des diverses exhibitions particulières, semées au milieu des arbres et de la prairie gazonnée.

Ce ne fut que lorsque le cortège impérial eut définitivement quitté l'enceinte de l'Exposition, que nous nous décidâmes enfin à faire comme lui et à remonter dans notre *drojky* pour revenir en ville.

XII

— Allons! dit miss Hutchinson, une fois que le *drojky*
roula sur la grande chaussée de Petrowski, voilà qui
me réconcilie avec la police russe!

— Avec la police! m'écriai-je en sursautant.

— Oui, c'est la première fois que je la vois agir
d'une façon à peu près raisonnable, c'est-à-dire d'une
main impitoyable et invisible en même temps.

— Le fait est qu'on ne l'a point vue.

— Oh! je ne parle pas seulement pour aujourd'hui:
je parle de toutes les mesures de prudence et de précaution qui ont été prises à l'occasion de ce voyage.
La première indiquée, dès que le départ a été décidé,
c'était évidemment de garder le secret le plus absolu,
afin que les nihilistes, pris au dépourvu, n'eussent
pas le temps de se retourner. Il y avait bien quelque
danger à trahir, par ce mystère même, les inquiétudes
qui assiégeaient l'entourage impérial; on risquait d'af-
faiblir considérablement le prestige de la monarchie;
mais la partie que l'on jouait était si grosse qu'il n'y
avait pas à hésiter. C'est un véritable duel à mort que

le parti du bouleversement social a déclaré au prin-
cipe autocratique, et dans un duel à mort on se dé-
fend comme on peut. Quand la souveraineté de l'État
est mise pour ainsi dire en état de siège par une
bande de conspirateurs et d'assassins, on n'a plus le
choix des moyens, on prend ceux qui se présentent.
Avant tout, il fallait donc assurer la sécurité du voyage.
On annonça officieusement qu'un dîner, suivi d'une
grande réception, aurait lieu à Péterhof certain jour;
et, le soir de ce même jour, le train impérial courait à
toute vapeur vers Moscou, où il arrivait le lendemain
matin sans accident. Depuis ce moment, les trains entre Moscou et Pétersbourg ont été suspendus; les dépêches télégraphiques ne circulent plus, sauf, bien
entendu, pour le service de l'État, enfin toute com-
munication est coupée entre les chefs des révolutionnaires et ceux de leurs adhérents qui pouvaient
se trouver à Moscou.

— Oh! ici l'Empereur est tellement populaire que
le peuple tout entier lui eût fait un rempart de son
corps!

— Cela n'empêche pas qu'on a prudemment agi en
déroutant les conspirateurs d'ici ou d'ailleurs par la
précipitation et l'imprévu du voyage. On ne s'en est
pas tenu là, du reste, on a pris toutes les précautions
utiles, en les dissimulant habilement sous la pompe
militaire; on s'est arrangé surtout pour éviter, autant
que possible, d'exposer l'Empereur à se trouver en contact avec le public. Ajoutez à cela que, depuis quelque
temps déjà, on avait eu soin de signifier à toutes les
personnes suspectes (on m'a parlé de dix mille personnes) d'avoir à quitter Moscou dans les vingt-quatre

heures, sous peine d'un internement rigoureux. Enfin,
la double haie de soldats à travers laquelle nous avons
vu passer le cortège dans la Tverskaïa, était composée
de soldats venus de toutes les provinces, et parmi
lesquels on avait fait, au dernier moment, un triage
sérieux.

— A l'Exposition, du moins, il semble qu'on se soit
quelque peu départi de ces minutieuses précautions.

— Pas tant que vous croyez. N'avez-vous pas deviné que la moitié des exposants, qui se tenaient debout sur le passage du cortège impérial, étaient des
gens de la police, chargés de surveiller avec soin tous
ceux qui approchaient de l'Empereur ? Si un intrus
avait réussi à se glisser je ne sais comment dans l'enceinte de l'Exposition, en déjouant toute espèce de sur-
veillance, et à arriver jusqu'auprès de l'Empereur, il
aurait été immédiatement appréhendé. Seulement, ces
gens sont d'une audace et d'une habileté si infernales
qu'avant d'être remarqué, l'intrus en question aurait
peut-être eu déjà le temps de faire son coup.

— C'est donc pour cela que l'Impératrice était si
pâle ?

— Peut-être bien. Et cependant, l'Impératrice est un
esprit lucide et énergique ; et ceux qui se figurent que
c'est à son influence personnelle, à ses alarmes d'é-
pouse et de mère, qu'il faut attribuer la circonspection
dont s'entoure l'Empereur se trompent absolument :
elle a au contraire constamment fait preuve de la
plus grande résolution et mis en œuvre toute son influence pour décider l'Empereur à sortir de l'isolement
où il se tient loin de son peuple, et qui le déshonore
aux yeux de celui-ci. Elle a démontré à Alexandre III

11

qu'il peut encore plus facilement échapper aux conspirateurs de la rue qu'à ceux de sa famille; et qu'il fallait couper court, avant tout, aux manœuvres plus ou moins souterraines de certain grand duc, désireux de jouer au chef de la branche cadette...

— Le grand duc Constantin, n'est-ce pas?

— Parfaitement... et ne pas laisser s'établir le bruit que celui-ci fait courir dans un but facile à comprendre, à savoir que l'Empereur est incapable de gouverner. Aussi a t-elle toujours poussé au couronnement, qu'elle s'émeut de voir ajourner indéfiniment, et comme princesse, et comme mère; car elle sait que, sans cette cérémonie, l'autocrate de toutes les Russies manque du prestige dont les institutions de l'Empire et les traditions du monde slave ont entouré sa personne. Elle insiste même, avec la plus grande énergie, sur la nécessité de ne négliger aucune de ces formalités consacrées par l'usage des siècles, et auxquelles le peuple russe ajoute une importance en harmonie avec sa double foi politique et religieuse. Et, notez qu'en faisant cela non seulement elle violente le caractère de l'Empereur, dont le propre est l'irrésolution, mais qu'elle a encore à lutter avec presque tout son entourage. Tolstoï, cependant, a fait de grands efforts de son côté pour décider son souverain à jouer cette grosse partie, au risque de le mécontenter et d'exposer ainsi son propre crédit et sa propre situation. Mais tous les autres, Delianof surtout, ont travaillé et travaillent encore dans l'autre sens. Enfin le prince Dolgoroukow, gouverneur de Moscou, est absolument opposé au couronnement.

-- Alors, il n'aura pas lieu? Vous savez qu'en ville

tout le monde y croit, et que, dès qu'on a vu arriver
l'Empereur, on n'a point pensé qu'il venait pour autre chose?

— Oui, je sais. Katkof a dit lui-même devant moi :
« Il arrive à Moscou en héritier légitime de ses ancêtres,
il s'en ira comme l'oint du Seigneur. » Ce qui n'empêche pas que rien n'est encore décidé aujourd'hui. La
raison qu'on a donnée du voyage, c'est que l'Empereur voulait, en visitant l'Exposition de Moscou, ma-
nifester la sympathie et l'intérêt qu'il portait à cette
tentative d'émancipation industrielle et artistique, exclusivement nationale. Il n'est pas défendu de supposer,
toutefois, qu'on a voulu tâter le terrain avant de prendre un parti ; et qu'on s'est réservé d'en décider sur
les lieux mêmes, d'après l'attitude de la population et
suivant que les rapports de la police seraient, ou non,
satisfaisants.

— Mais un couronnement ne s'improvise pas du jour
au lendemain.

— Non, mais vous avez vu par vous-mêmes que,
malgré les dénégations officieuses, tout est disposé
secrètement depuis déjà longtemps et qu'il suffirait de
quelques jours pour achever les derniers préparatifs.
Peut-être la cérémonie n'aurait-elle pas toute la majesté,
toute la magnificence qui entourent ordinairement le
couronnement des Empereurs, surtout à cause de
l'absence des représentants des cours étrangères, mais
enfin elle pourrait être célébrée tout de même avec un
éclat suffisant. L'essentiel, d'ailleurs, c'est qu'elle le
soit strictement selon les lois inviolables de la tradition,
sous peine de perdre son caractère sacré, et sa puissance mystique sur l'imagination de la foule. Un sacre

mystérieux, célébré clandestinement, sans manifeste
préalable, sans la pompe et le cérémonial usités
en pareil cas, n'aurait aucune valeur aux yeux du
peuple russe, et ne pourrait signifier autre chose que
la reconnaissance officielle du nihilisme.

— Oh ces nihilistes ! Toujours ces nihilistes !

— C'est qu'ils sont toujours là en effet, dans tout,
derrière tout ; et qu'il faut toujours compter avec eux.
S'ils ne donnent pas signe de vie depuis quelque temps,
c'est peut-être qu'ils veulent inspirer en haut lieu une
confiance trompeuse, mais ne croyez pas qu'ils aient
désarmé ; aussi comprend-on les angoisses et les appréhensions de l'Empereur et de sa famille. Ces angoisses semblent un peu calmées depuis quelque temps,
mais voici pourquoi. Le général Iguatief, dans le but
de faire montre de sa vigilance et de persuader qu'il
était l'homme indispensable, entretenait constamment
l'Empereur des nihilistes et de leurs attentats. Le
comte Tolstoï suit le système contraire, si bien que,
n'en entendant plus parler, l'Empereur peut espérer
que le mal est moins accentué que précédemment. La
vérité est que le danger est toujours aussi menaçant ;
si les placards révolutionnaires, si les journaux clandes-
tins ont fait moins de tapage ces derniers temps, demain peut-être cette sorte de trêve peut cesser.

— Vous paraissez on ne peut plus au courant de la
question, ne pus-je m'empêcher d'interrompre.

— Ah! c'est que je les suis depuis longtemps, ces
nihilistes. Et tenez, puisque nous voici arrivés à l'hôtel, montez chez moi, je veux vous faire voir quelque
chose qui est en ma possession, et vous raconter comment j'ai pu me le procurer.

XIII

Miss Hutchinson occupait à l'hôtel un appartement composé d'une antichambre, d'un petit salon, et de deux chambres pour elle et miss Hopkins. Avec une liberté d'allures toute britannique, qui ne laissa point de caresser agréablement ma douce folie, bien que je ne pusse plus guère avoir d'illusions sur la nature des sentiments de ma jolie compagne à mon égard, elle me fit entrer chez elle, et me laissa dans le petit salon avec la fidèle Hopkins et Michka, pendant qu'elle passait dans sa chambre pour se défaire.

Quelques minutes après, elle reparaissait, et, me montrant un mouchoir assez ordinaire qu'elle tenait à la main :

— Voici ce dont je vous parlais, me dit-elle, c'est le mouchoir de Sophie Perowsky, qui lui servit à faire le signal convenu avec Ryssakoff et à Elnikoff, pour les avertir qu'Alexandre II revenait du palais Michel par le quai du canal Catherine.

Et, comme j'ouvrais de grands yeux, comprenant vaguement de quoi elle voulait parler :

— Au fait, continua-t-elle, vous n'étiez pas à Pétersbourg, au moment de l'attentat du 1/13 mars 1881, et
vous ne pouvez pas savoir comment les choses se sont
passées en réalité. J'arrivais seulement de Londres, moi,
et je n'étais pas présente non plus à l'assassinat, mais
j'ai parfaitement entendu l'explosion de la rue Millionaïa, où j'étais en visite ; j'ai couru immédiatement,
comme tout le monde, pour savoir ce qui était arrivé ;
j'ai vu rentrer le pauvre Empereur déjà plus qu'à
demi-mort au palais d'Hiver : puis j'ai visité le théâtre
du crime, encore tout couvert de sang et de débris de
vêtements, d'armes brisées, d'éclats de bois et d'un
panier de viande de boucherie. J'ai assisté ensuite au
procès et j'ai même obtenu de visiter les accusés dans
leur prison. Aussi je puis vous parler savamment de
tout cela. Je les ai vus de près, ces redoutables nighilistes, j'ai causé avec eux, et je puis vous dire que la
plupart sont de simples fruits secs des Universités, surtout des facultés de médecine et de pharmacie, des
élèves des Instituts technologiques et des mines, et de
ceux enfin qui ont manqué leurs examens dans les
gymnases et dans les séminaires. Quant aux femmes,
ce sont généralement des filles laides et émancipées.
Ils n'en sont pas moins, les uns et les autres, des gens
terriblement dangereux, car ils ont l'effrayante luci-
dité des fous qui mettent tout en œuvre pour arriver à
leurs fins. Chez eux, le régicide est une idée fixe, une
obsession. Menaces, échecs, supplices, rien ne les en
détourne ; ils n'ont que cela en vue, ils ne pensent qu'à
cela. Après la série de tentatives avortées en novem-
bre 1879 sur le passage du train impérial près d'Odessa,
près d'Alexandrowsk, sur la Ligne Lozow-Sébastopol,

et enfin près de Moscou, le *Comité exécutif* forma un groupe de *technologues*, chargé de rechercher les meilleurs moyens d'atteindre au résultat désiré. Les Technologues proposèrent plusieurs procédés ; le Comité s'arrêta aux bombes métalliques, dont l'usage lui parut plus pratique et l'effet plus sûr. Le terrible engin ne devait que trop bien réussir en effet et du premier coup. Le jour fixé pour cette nouvelle tentative fut le dimanche 1/13 mars 1881. Le Comité exécutif savait que tous les dimanches l'Empereur, après avoir assisté à la parade (qu'on appelle en russe le *razwod*) dans le manège Michel, avait l'habitude d'aller prendre une tasse de café au palais Michel, chez la grande duchesse Catherine, sa cousine, puis qu'il rentrait directement au palais d'Hiver par la petite Sadovaïa et la Perspective. Le Comité prit ses mesures en conséquence : une mine fut creusée dans le sous-sol de la boutique de fromages du nommé Kobozoff, au n° 56[8] de la petite Sadovaïa : cette mine était de force, si elle éclatait à point, à pulvériser la voiture impériale de telle façon qu'on n'eût pu retrouver aucun vestige des victimes de la catastrophe : aussi les assassins s'étaient-ils associés au nombre de onze, pour creuser cette mine, tandis qu'ordinairement ils ne se mettaient guère que quatre, trois hommes et une femme, pour les besognes de ce genre.

» Cependant, bien que le chemin habituel de l'Empereur pour rentrer au palais d'Hiver fût la petite Sadovaïa et la Perspective, il fallait prévoir le cas où il reviendrait, soit par le quai du canal Catherine, soit par la rue Michel. Des individus furent donc apostés, au nombre d'une dizaine, dit-on, avec des bombes explosibles, le long du canal Catherine, et d'autres dans la rue Michel. Enfin, une femme, Sophie Perowsky, fut chargée d'attendre à l'angle de la rue des Ingénieurs et du quai du canal Catherine, et, aussitôt qu'elle verrait la voiture impériale arriver dans la direction du quai, de donner le signal convenu, en agitant son mouchoir.

» Vous le voyez, tout était prévu, et quelque chemin qu'eût pris l'Empereur, il n'aurait pas échappé à son sort, selon toute probabilité.

» Mais arrivons à la catastrophe. On a remarqué que ce jour-là l'Empereur paraissait tout particulièrement en belle santé et en belle humeur. La grande duchesse Catherine en fut frappée, et lui en fit même compliment. Il portait l'uniforme du bataillon des sapeurs de la garde et était sorti dans une voiture fermée à deux places avec son cocher ordinaire, Frol Serguéïew, à côté duquel était monté le sous-officier de cosaques Matchnew; six Cosaques à cheval formaient l'escorte.

» Vers une heure trois quarts, la voiture sortit du palais Michel, prit la rue des Ingénieurs et tourna ensuite à droite, par le quai du canal Catherine

» Vous connaissez le quai du canal Catherine; à l'exception de la maison où siège la deuxième section de la chancellerie particulière de l'Empereur, et des bâtiments de service, il ne présente sur toute sa longueur jusqu'au pont du théâtre, c'est-à-dire sur cinq cent soixante-dix pas à peu près, d'un côté qu'un long mur longeant le jardin Michel, et de l'autre côté la grille qui sert de parapet au canal.

» Le premier nighiliste aposté sur ce point était un jeune homme de petite taille, à longs cheveux châtains, vêtu, comme un commis de petite boutique, d'un paletot de demi-saison en gros drap, et coiffé d'un bon-

net de loutre : il s'appelait Nicolas Ivanow Ryssakoff,
et était bourgeois de Tikhvine.

» Dès que Ryssakoff eut aperçu le signal de Sophie
Perowsky, il se porta au-devant de la voiture qui arrivait au grand trot; quand elle fut à sa hauteur, avec
un sang-froid et une précision extraordinaires, il lança
la bombe qu'il tenait à la main et qui avait la forme
et la couleur d'une boule de neige, de façon à ce
qu'elle vînt tomber tout contre la voiture : elle éclata
aussitôt, en soulevant la caisse de la voiture qui fut à
moitié crevée, toutes les glaces brisées et l'arrière mis
en pièces; en même temps, le sous-officier Matchnew
était jeté en bas du siège, un Cosaque de l'escorte était
tué, ainsi qu'un petit garçon boucher qui portait un
panier de viande sur la tête.

» Le cocher, Frol Serguéïew, malgré le délabrement
de la voiture, voulait continuer quand même jusqu'au
palais, fidèle, en cela, aux habitudes instinctives des
cochers russes qui ont la manie de vouloir à toute
force vous ramener à la maison, quelque avarie qu'ait
reçue leur voiture : ne lui restât-il qu'une roue et un
morceau de timon, qu'il vous en ferait la proposition.

» Mais l'Empereur ordonna lui-même à son cocher
d'arrêter, et descendant de la voiture, il s'approcha des
victimes et de l'assassin, que le capitaine Koch et quelques matelots entouraient : « Je suis sauvé, dit-il, mais
» ceux-là ! » et il montrait le Cosaque et le garçon
boucher étendus sanglants sur la neige.

» Puis il retourna du côté de sa voiture, précédé
par le colonel Dvorjitsky, maître de police et suivi de
deux Cosaques.

» A ce moment, un jeune homme de vingt-huit ans

11.

environ [1] aux traits expressifs, aux cheveux blonds foncés et frisés, à la barbe coupée ras, attendait, debout contre la grille du canal. En voyant l'Empereur s'approcher, il lança à ses pieds une seconde bombe qui fit explosion en soulevant un épais nuage de fumée. Quand cette fumée fut dissipée, on aperçut l'Empereur renversé sur le ventre, le visage ensanglanté, sans manteau ni coiffure, se soutenant sur les coudes en travers du parapet du quai, assez élevé à cet endroit, les pieds broyés et ruisselants de sang.

» — *Pomoghitie*, (aidez-moi!) trouve-t-il encore la force de dire. On s'empresse autour de lui, on le ramasse, on le couche sur les genoux de deux matelots assis eux-mêmes en travers du traîneau du colonel Dvoritsjky et qui le soutiennent avec les plus grandes précautions.

» — *Choloduo!* » (J'ai froid!) dit encore le malheureux Empereur, et, comme le grand duc Michel, accouru depuis un instant, lui demande :

« — Sacha, qu'avez-vous? »

» L'Empereur ne l'entend pas sans doute, car il ne répond point, et dit seulement :

« — *Nakroite* » (Couvrez-moi!)

» Un matelot s'avance et met son mouchoir sur le visage ensanglanté du souverain ; puis, le mouchoir étant tombé, quelqu'un le couvre avec un casque. Le comte

---

1. On l'appelait Michel Ivanowitch Elnikoff et Kotik; mais l'on croit que son nom était Grynewetsky et qu'il était fils d'un prêtre. Grièvement blessé lui-même par l'explosion, il reprit connaissance à l'Hôpital des Ecuries où on l'avait transporté, mais il expira presque aussitôt en refusant de dire son nom.

Hendrikoff, lieutenant au régiment des Chevaliers-Gardes, trouvant le casque trop lourd, l'enlève et le remplace par sa propre casquette.

» Le capitaine Novikoff suggère l'idée de transporter l'Empereur au plus près, dans la première maison venue, et de lui faire un pansement. Mais l'Empereur, qui n'a pas encore perdu tout sentiment, l'entend, fait un signe négatif et trouve encore la force de prononcer ce mot : « *Domoj!* » (A la maison!)

» Le funèbre cortège continue alors sa marche sans s'interrompre et ne tarde point à arriver au palais d'Hiver. C'est alors que je le croisai en sortant de la rue Millionaïa : je n'oublierai jamais le spectacle émouvant, cet autocrate de toutes les Russies, de ce maître absolu et tout-puissant de tant de millions d'hommes gisant défiguré, sanglant, par le fait de deux jeunes assassins de vingt et de vingt-huit ans!

» Une réflexion qui me frappa l'esprit, en visitant le théâtre de la catastrophe, c'est que si, aussitôt après l'explosion de la première bombe, un officier quelconque avait eu l'idée de donner l'ordre aux matelots qui se trouvaient là, rangés contre le mur, et aux soldats qui passaient, d'entourer et de faire évacuer le quai du canal Catherine, la seconde explosion n'aurait pu se produire et peut-être l'Empereur eût-il été sauvé. Mais tout le monde perdit la tête et aucun ordre ne fut donné.

» Du reste, il faut bien le dire, Alexandre II ne sut jamais se faire garder. Avec sa simple escorte de six Cosaques, si rapidement que la voiture filât, il était fort mal défendu contre un attentat quelconque. En outre, dans cette voiture fermée, suivie de l'escorte, il avait plutôt l'air d'un prisonnier qu'on ramène à sa prison que d'un empereur qui parcourt les rues de sa capitule. Napoléon III était bien plus habile : quand il sortait, ce n'était point avec six hommes, mais avec un escadron tout entier de cent-gardes ou de guides, qui entourait sa voiture, sous prétexte de lui former une garde d'honneur, mais en réalité pour tenir à distance les gens mal intentionnés ; aussi n'avait-il même pas besoin de sortir dans une voiture fermée.

» Et maintenant voulez-vous savoir comment le mouchoir de Sophie Perowsky est arrivé entre mes mains ? C'est toute une histoire. Mais je m'aperçois qu'il est tard. Je vous rends votre liberté pour aujourd'hui. La suite à demain, comme vous dites, vous autres Français, au bas de vos feuilletons.

XIV

Il était dit que, jusqu'au dernier moment, miss Hutchinson m'étonnerait et me déconcerterait par sa singulière façon de tenir ses engagements.

Le lendemain matin, au lieu de l'histoire de Sophie Perowsky et de son mouchoir, savez-vous par quels mots stupéfiants elle m'accueillit, lorsque nous nous rencontrâmes à l'entrée de la salle à manger ?

— Ah ! vous arrivez bien, j'allais vous faire prier de descendre pour venir me faire vos adieux.

— Mes adieux ! m'écriai-je, mais je ne pars pas !

— C'est moi qui pars, je retourne à Pétersbourg par le train de huit heures.

— Mais le couronnement n'a donc plus lieu ?

— Il paraît que non. L'Empereur est reparti hier soir pour Gatchina avec la même précipitation, le même mystère qu'il en était arrivé, il y a trois jours.

— Mais ne sembliez-vous pas croire vous-même hier...

— Moi ! Je ne croyais rien du tout. Je connais trop bien la mobilité, l'instabilité de l'esprit de l'Empereur, le manque absolu de décision qui le caractérise. Alexandre III était né pour être le modèle d'un citoyen irréprochable, non le guide d'un grand peuple. Depuis un an qu'il est sur le trône, combien de fois n'a-t-il pas déjà changé d'opinion et de conduite?

— Mais alors, si ce n'est pas pour le couronnement, (osai-je demander avec une hardiesse qui m'étonna moi-même,) pourquoi êtes-vous venue à Moscou, si vous me permettez cette indiscrète question?

— Pourquoi je suis venue à Moscou? répondit miss Hutchinson en riant, vous ne le devinez pas? Cherchez bien.

Je sentis que je devenais très rouge et que je devais avoir l'air stupide. Que voulez-vous? Il faut n'avoir jamais été amoureux d'une jolie femme qui se moquait de vous, pour ne pas savoir qu'en dépit de toute raison et de tout raisonnement on garde toujours au fond du cœur je ne sais quel espoir. Vingt fois plutôt qu'une, pendant ces trois journées que je venais de passer en sa compagnie, miss Hutchinson m'avait libéralement fourni l'occasion de me convaincre que je ne serais jamais pour elle qu'un compagnon de rencontre et d'occasion. Et malgré tout, avec un mot, avec un sourire, elle me bouleversait, elle me retournait tout entier, quitte à me planter là brusquement, sans même s'apercevoir de l'état pitoyable où elle me laissait.

Ce fut ce qui arriva cette fois encore. Après s'être amusée quelque secondes de mon embarras, elle rompit les chiens tout d'un coup et me dit :

— En attendant que vous ayez deviné, puis-je vous demander de m'accompagner encore cette après-midi?

J'ai plusieurs acquisitions à faire en ville avant de
partir, notamment chez Ortschinikoff, pont des Maréchaux; mais je ne vous retiendrai pas trop longtemps.

Je m'empressai naturellement, de me mettre à sa
disposition et, une heure après, je me retrouvais encore avec elle dans le *drojky* de Vassili, courant les
magasins et les boutiques, me reprochant par moments de n'avoir pas su secouer enfin ce joug humi-
liant, et par d'autres moments au contraire me gour-
mandant pour me décider à mettre à profit ces dernières heures, à me déclarer catégoriquement et à voir
enfin le fond de cette nature capricieuse et indéchiffrable. Mais le moyen d'avoir cinq minutes d'entretien
suivi, au milieu du va-et-vient des commis de magasins, des marchandages, etc. Chez Ortschinikoff nous
demeurâmes plus d'une heure admirant cette charmante orfévrerie moscovite, dont j'avais déjà pu apercevoir à la volée quelques jolis échantillons aux vitrines
de l'Exposition. Miss Hutchinson acheta pour ses amies
de Londres un certain nombre de cuillers d'or et d'argent, délicieusement émaillées de bleu azur, et de vert
lumière, et quelques autres menus objets d'un travail
délicat et original. Je fis aussi quelques acquisitions
pour mon compte, entraîné par l'exemple, et nous re-
vînmes à l'hôtel, les bras et les poches encombrés de
richesses, mais sans que j'eusse trouvé l'occasion, ni
le courage il faut bien l'avouer, de m'ouvrir délibéré-
ment à ma terrible partenaire.

Mais tout n'était pas perdu. En la reconduisant à la
gare, j'aurais encore le temps de lui parler, et la perspective de notre prochaine séparation me donnerait
sans doute l'audace d'en finir.

Hélas! j'avais compté sans mon hôte, c'est-à-dire sans miss Hopkins et sans Michka qui nous accompagnèrent cette fois dans la voiture de l'hôtel, et dont la présence suffit pour éteindre immédiatement le beau feu dont j'avais fait provision.

A la gare, je dus m'occuper avec miss Hutchinson de ses billets et de l'enregistrement de ses bagages, pendant que miss Hopkins veillait sur les jours précieux de Michka.

Au moment où, après avoir installé ces dames dans leur compartiment du grand wagon-lit, je serrais d'une main quelque peu tremblante la main de miss Hutchinson :

— Ah! dit-elle, étourdie que je suis, j'ai oublié de vous raconter l'histoire du mouchoir de Sophie Perowsky.

Puis, le train ayant commencé à s'ébranler, elle eut encore le temps — et la cruauté — de se pencher à la portière du wagon, et de me demander :

— Eh bien, avez-vous enfin deviné pourquoi j'étais venue à Moscou?

X V

Pourquoi elle était venue à Moscou ? Mais non, je n'avais pas deviné du tout.

Ce que je ne savais que trop, c'est que ce n'était point à cause de moi.

Ce ne pouvait pas non plus être pour le couronnement, puisque, à la façon dont elle semblait être informée de toutes choses, elle devait savoir par avance que ledit couronnement n'aurait pas lieu.

Tout d'un coup, un éclair me traversa l'esprit. Eh ! pardieu ! oui, je le savais maintenant, ce qui l'avait attirée à Moscou, à la suite de l'Empereur, et ce qui maintenant la faisait rentrer, derrière lui, à Saint-Pétersbourg. Comment ne l'avais-je pas deviné tout de suite ? Cela crevait les yeux. Ces souvenirs si précis qu'elle avait conservés de l'assassinat d'Alexandre II et cette complaisance avec laquelle elle m'en avait fait le récit, jusque dans les moindres détails ; cette passion qu'elle semblait mettre à suivre les nighilistes, comme elle disait, dans leurs moindres agissements ; cette constance à s'attacher aux pas de l'Empereur, à se trouver continuellement sur son passage, pendant le cours de son séjour à Moscou, tout cela n'était que trop clair. Miss Hutchinson était venue à Moscou, non pas pour voir couronner l'Empereur, mais pour le voir sauter.

Et, résumant dans un mot toute la rancune que m'avait laissée au cœur la cruelle façon dont elle s'était jouée de moi, inconsciemment peut-être, j'ajoutai, avec un sourire quelque peu forcé :

— Allons! le fameux Anglais de la légende, qui suivit dix ans le dompteur Van Amburgh pour le voir dévorer, devait être — une Anglaise.

DEUXIÈME PARTIE

—

SAINT-PÉTERSBOURG

UNE RÉHABILITATION

NÉCESSAIRE

I

Une des choses qui m'étonnent le plus à Saint-Pétersbourg, ce n'est pas de m'y voir, c'est au contraire
de n'y point voir plus de Français, attirés comme moi
par la seule curiosité d'étudier un pays et un peuple
aussi différents de notre peuple et de notre pays.

Si encore le voyage était difficile ou même fort coû-
teux! Mais point; le chemin de fer vous prend à Paris,
gare du Nord, un lundi soir, par exemple, à huit
heures, et trois jours après, le jeudi, à six heures du
soir il vous descend à Saint-Pétersbourg, gare de Varsovie. Ajoutez que, sur presque tout le parcours, les
voitures sont tellement confortables que ces soixante-
dix heures de chemin de fer ne pèsent pas plus sur
vos épaules, à votre débarquement sur le pavé pointu
de la Perspective Vosnessensky, que les cinq heures
de l'express de Paris à Trouville.

Enfin, avec trois cents et quelques francs (mettons
quatre cents francs, si vous usez de ces raffinements de

voyageur corrompu par la civilisation, tels que le sleeping français, le coupé-lit-toilette belge, la voiture jaune à dormir allemande et le grand wagon-lit russe,) vous arriverez au bout de votre dépense, qui n'a rien d'absolument ruineux, comme vous voyez.

Cette répugnance à faire le voyage de Russie est d'autant plus inexplicable que les romans de Tourgueneff, de madame Gréville et d'autres encore, ainsi que le succès au théâtre des *Danicheff* et de *Michel Strogoff*, semblent avoir mis chez nous les mœurs russes à la mode.

Comment donc se fait-il qu'il ne soit point de pays sur lequel nous ayons moins de notions précises? Nous en sommes à l'*Histoire de Russie* du marquis de Custine, pour ce qui est de l'histoire, et, pour la description des hommes et des choses, des choses surtout, au *Voyage en Russie* de Théophile Gautier, un merveilleux voyage du reste, d'une exactitude photographique, mais qui remonte en somme à quelque vingt-cinq ans. Je ne parle point, bien entendu, des gros ouvrages spéciaux enfouis au fond des bibliothèques et dans lesquels l'écrivain peut aller faire des fouilles ; je parle des publications appartenant à la littérature courante, de celles qui s'adressent au grand public et que le simple curieux peut seul emporter avec lui dans son sac de voyage. Croiriez-vous qu'il m'a été impossible de trouver à Paris un guide en français pour la Russie ? Le guide *Murray*, que je dus prendre à défaut d'autres, est d'une insuffisance déplorable, principalement en ce qui concerne Saint-Pétersbourg et Moscou.

— Eh bien, et les *Impressions de voyage en Russie* d'Alexandre Dumas? me dit mon ami Charles P. avec qui je me promenais hier sur le vaste trottoir de la Perspective Newski, et qui mieux que personne était à même de comprendre mes doléances, puisqu'il habitait Pétersbourg depuis plus de trente ans.

— Oh Dumas ! répondis-je, Dumas ne compte pas ! Dumas est un fantaisiste, qui avait l'admirable talent de donner la vie à tout ce qu'il touchait, la vie ou du moins l'illusion de la vie. Personne ne l'apprécie, personne ne l'aime, personne ne l'admire plus que moi, mais personne en même temps n'est plus convaincu que ce qu'il a écrit est sorti tout uniment de son imagination, un domaine assez vaste, il est vrai, pour satisfaire aux appétits des plus difficiles. J'ai dévoré, comme tout le monde, ses amusantes *Impressions de voyage en Russie,* mais j'ai toujours pensé qu'elles avaient été écrites à Saint-Germain, ou dans cette fantastique habitation de Monte-Cristo.

— Mais c'est une erreur absolue ! se récria Charles P.

— Je vous répète qu'elles sont pleines d'esprit, d'entrain et de gaieté, qu'elles sont piquantes, amusantes et vivantes, vivantes surtout ; quant à être vraies, ou même vraisemblables, c'est une autre affaire.

— Eh bien, voyez où vous entraîne votre parti pris d'incrédulité ; si l'ouvrage de Dumas a un mérite, c'est précisément sa sincérité. Je vous accorde qu'il y a beaucoup de bavardage dans ces quatre volumes de 350 à 400 pages, mais c'est le bavardage d'un homme qui ne garde rien pour lui, et qui dit tout ce qu'il voit sans en rien oublier, qui recueille au passage toutes sortes d'histoires, de légendes, d'anecdotes, pour les servir à ses lecteurs arrangées, transformées, revues et augmen-

tées à sa guise. Mais voilà tout; ces histoires, ces légendes, il ne les invente pas, il les a entendues, il a
vu les lieux qui leur ont servi de théâtre; s'il n'en a
point connu les héros, il a tout au moins rencontré
leurs descendants. Maintenant, pourquoi, au lieu de raconter purement et simplement ces histoires, naïves ou
effrayantes, pourquoi les a-t-il dramatisées, poétisées?
ce n'est pas seulement pour tirer à la ligne, c'est aussi,
c'est surtout parce qu'il était romancier et auteur dramatique, et qu'à mesure qu'il écrivait, les faits s'arran-
geaient d'eux-mêmes sous sa plume, habituée à se jouer
au milieu des trames les plus compliquées. C'est l'histoire de tous les hommes d'imagination qui ont écrit
leurs Mémoires ou leurs impressions de voyage.

— Enfin, vous voulez me faire croire qu'Alexandre
Dumas est parti un beau jour, ou plutôt un beau soir,
pour la Russie, avec ses amis le comte et la comtesse
Kouchelef, comme il le raconte dans son premier
chapitre, avec sa verve gouailleuse et bon enfant?

— Parfaitement.

— Allons donc! vous voyez, aujourd'hui que l'on
peut aller si facilement de Paris à Pétersbourg, combien
peu de gens profitent de ces facilités, et vous voulez
me persuader qu'à cette époque-là, c'est-à-dire il y a
plus de vingt-cinq ans, alors que les chemins de fer
russes n'existaient pas pour ainsi dire et qu'il fallait
aller s'embarquer à Stettin pour gagner Saint-Pétersbourg par la Baltique, vous voulez me persuader
que ce grand *blagueur* de Dumas s'est bel et bien laissé
entraîner dans ce voyage fantastique, sans autre raison que celle de servir de garçon d'honneur à un ami
qui devait se marier sur les bords de la Néva?

— Et qui vous dit que ce n'est pas précisément ce
côté fantastique, insensé, de l'aventure qui l'ait tenté ?
En tout cas, ce que je puis vous affirmer, c'est qu'il est
bien venu à Saint-Pétersbourg, que je l'y ai vu, de mes
yeux vu, et que même je ne l'ai guère quitté pendant
toute la durée de son séjour ici.

— Alors, c'est bien vrai ? vous parlez sérieusement ?

— Très sérieusement. Mon frère était un de ses amis
les plus intimes, et je le connaissais moi-même quelque
peu. Aussi, dès que j'avais appris son arrivée, étais-je
accouru me mettre à sa disposition. Du reste, si vous
voulez monter chez moi (c'est tout à côté), je vous mon-
trerai des lettres qu'il m'a écrites depuis son départ, et notamment pendant le cours de son voyage
au Caucase. Si ces preuves palpables ne vous suffisent
point, saint Thomas que vous êtes, c'est que vous aurez
le doute et l'incrédulité bien profondément chevillés
dans l'esprit.

Un quart d'heure après, nous étions installés dans le cabinet de Charles P., au deuxième étage d'une belle maison de la *Gorokhovaia* (ou rue aux Pois), à l'angle de la grande *Morskaia*.

Mon ami me tendit une boîte pleine de ces cigarettes russes, effilées et minces, qu'on appelle là-bas des *papyros*, frotta une allumette sur le dos de la boîte et me l'offrit.

— Je vous disais tout à l'heure, reprit-il, que je connaissais quelque peu Dumas. Voici comment j'avais fait sa connaissance. Lorsque je m'étais décidé à accepter la position qu'on m'offrait à Saint-Pétersbourg, je n'avais pas voulu quitter Paris, la France et les miens pour un temps qui pouvait se prolonger, et qui s'est prolongé en effet, comme vous le voyez, au delà même de mes prévisions, sans aller embrasser mon frère, alors réfugié en Belgique, à la suite du coup d'État, en 1852. Je trouvai mon frère à Bruxelles; il n'était pas encore installé, ne sachant pas s'il se fixerait définitivement à Bruxelles ou s'il irait s'établir en Suisse ; et, en attendant, il avait accepté l'hospitalité chez Dumas, toujours heureux d'obliger ses amis.

» Dumas me reçut moi-même avec une cordiale accolade, et voulut absolument me garder quelques semaines dans une charmante petite chambre gothique, que George Sand venait de laisser libre, après un séjour d'un mois.

» Ces quelques semaines-là, je les passai presque tout entières dans le cabinet de mon frère, contigu à celui de Dumas, car le Musée de Bruxelles, l'Hôtel de ville, la Maison du roi, les autres maisons curieuses de la Grand'Place et le Manneken Piss m'intéressaient infiniment moins que l'intimité et la conversation de ce merveilleux esprit, toujours si alerte et si vivant. Je ne me lassais pas de voir fonctionner toute la journée cette espèce de machine à vapeur intelligente, d'en étudier, pour ainsi dire, le mécanisme et les ressorts ; et d'admirer la puissance prodigieuse de cet esprit que rien ne lassait ni n'épuisait, et la force non moins extraordinaire de ce corps gigantesque qui se prêtait à toutes les exigences de la pensée, sans jamais lui refuser son concours.

» Dès cinq heures du matin, il s'installait dans son cabinet de travail, devant une grande tablette en sapin ; et là, vêtu simplement d'un pantalon et d'une chemise, il laissait courir sa plume sur de grandes feuilles de papier azuré avec une rapidité qu'on sentait au service d'une imagination plus rapide encore, ne s'arrêtant guère que le temps de prendre ses repas et poussant parfois son travail très avant dans la nuit. Chose non moins étonnante, nous pouvions rester à

causer avec lui, mon frère ou moi, sans que cela parût
le déranger le moins du monde. Il nous répondait,
sans s'interrompre d'écrire, avec une présence d'esprit imperturbable. Parfois, il nous consultait l'un
ou l'autre, sur la marche à suivre dans certaines
scènes de ses romans, ce qui provoquait souvent
entre nous des discussions extrêmement amusantes.
Je me souviens qu'il m'accorda la vie de quelques
personnages innocents qu'il avait impitoyablement
condamnés et qu'il voulut bien épargner à ma considération, n'ayant rien à refuser, disait-il, à son hôte.

» Je l'ai vu mener de front une foule d'ouvrages à la
fois, passant tour à tour d'un roman à ses Mémoires
et de ses Mémoires à un drame ou à une comédie. Il
se hâtait, nous disait-il, d'oublier le plus vite possible
ce qu'il venait de faire, pour ne point être assailli par
ses souvenirs dans l'œuvre nouvelle qu'il méditait. Il
y parvenait si bien parfois qu'un jour que je lui
récitais, pour lui faire voir que je connaissais mes
auteurs, une tirade de sa Christine, il la critiqua comme
si c'eût été l'œuvre d'un autre.

» Une fois la plume en main, jamais il ne s'arrêtait
pour méditer son sujet, combiner son plan ; jamais il
ne revenait sur une phrase écrite. A moins qu'il ne
s'agît d'une œuvre capitale, il se relisait bien rarement. S'occupait-il d'une pièce destinée à un théâtre
secondaire, il abattait ponctuellement son acte par
jour, et, au bout de cinq jours, la pièce était faite. Te-
nait-il au contraire un sujet qui lui promettait une
œuvre importante, il disparaissait de la maison pendant quelques jours pour se soustraire à toute dis-
traction.

« Je suis comme la poule, me disait-il, je cherche un
» endroit pour couver. »

» Il se réfugiait le plus souvent dans quelque bourg
des environs, où personne ne le connaissait. Là, après
avoir composé sa pièce avec une rapidité fiévreuse, il
la recopiait lui-même, la bouleversant à mesure, et, au
bout d'une huitaine, il revenait avec l'œuvre complètement achevée sous son bras.

» Entre autres merveilleux dons naturels, il avait
celui de laisser sommeiller, la nuit, toutes ses facultés
matérielles, et de tenir à demi éveillées celles de l'imagination, qui fonctionnaient dans une espèce de rêve,
pendant que le corps reposait.

» J'ai vu le plan d'une pièce sur la *Jeunesse de
Louis XIV*, dont la première idée lui était venue devant moi, à table, dans un repas où il présidait la noce
de son domestique, avec sa fille et ses amis. Il avait
combiné le plan en quittant le bal, à une heure du
matin, avant de s'endormir, et l'avait écrit le lendemain dès l'aube, en une demi-heure ; puis, il était allé
achever les cinq actes dans la solitude, à Nivelles. Six
jours après, sa pièce faite et parfaite, il prenait le train
de Paris pour aller la porter au Théâtre-Français :

« Faites bombance ! nous écrivait-il quelques jours
plus tard. Je suis reçu par le Comité ! »

» Sa fille Marie ne se le fit pas répéter deux fois, elle
convoqua le ban et l'arrière-ban de ses amis de
Bruxelles, et nous allâmes, au nombre de quinze, faire
ripaille sur le champ de bataille de Waterloo. Je me
souviens même qu'en revenant de cette joyeuse
équipée nous oubliâmes de déclarer à la barrière quelques bouteilles non consommées que nous

12.

rapportions en ville, ce qui nous valut une amende d'une centaine de francs ; il est vrai que ce fut ce pauvre Dumas qui la paya.

» Pour comble de malheur, une lettre nous arrivait le lendemain, qui renversait le pot aux roses. La censure avait cru trouver dans la pièce des allusions au mariage impérial, qui n'en permettaient pas la représentation, et le directeur du Théâtre-Français, qui avait déjà distribué les rôles et commandé les costumes, était venu récriminer auprès de Dumas.

« Ne vous fâchez pas, lui avait répondu celui-ci, je » m'en vais vous donner quelque chose où les mêmes » costumes serviront. »

» Cinq jours après, en effet, le merveilleux improvisateur apportait à Arsène Houssaye une *Jeunesse de Richelieu*, dans laquelle, si mes souvenirs sont bien exacts, on voyait Richelieu reparaître à la Cour de France après avoir passé un certain temps en Allemagne où il avait dû se réfugier à la suite de la conspiration de Cellamare ; mais il n'y retrouvait plus les mœurs faciles de la Régence que le cardinal Fleury avait remplacées par des habitudes austères et dévotes, et s'efforçait, tout le long de la pièce, de ramener le bon temps des petits soupers et de la galanterie sans vergogne.

» Cette fois, ce fut la liberté d'allures, un peu excessive par instants il faut bien l'avouer, du brillant duc qui effaroucha la censure. Nouveau refus d'autorisation, nouveaux cris d'Arsène Houssaye, auxquels Dumas répond encore tranquillement en lui promettant une autre pièce devant se jouer dans les mêmes décors et avec les mêmes costumes. Il avait déjà le titre: *La Jeunesse de Lauzun.*

» Hélas ! la *Jeunesse de Lauzun* n'eut pas meilleur sort que la *Jeunesse de Louis XIV* et la *Jeunesse de Richelieu.* Toutefois, ce ne fut pas la censure qui l'arrêta, elle fut refusée par le Comité.

» Toujours est-il qu'en moins de vingt jours le fécond et laborieux écrivain avait inventé, composé, écrit trois grandes pièces en cinq actes.

» Un autre talent original de Dumas, que la familiarité de la vie en commun que je menai avec lui pendant ces quelques semaines, me permit de constater et d'admirer, c'est son talent culinaire ; car vous vous souvenez qu'il était beaucoup plus fier de sa supériorité en matière de cuisine que de sa grande valeur littéraire. Que de fois ne me suis-je pas donné le plaisir d'aller contempler l'auteur de *Monte-Cristo* devant ses fourneaux, dans le feu d'une double composition, écrivant d'une main sur la table de service, tout en surveillant de l'œil un court bouillon ; prodiguant le sel dans l'œuvre d'esprit, et n'en mettant que la dose voulue dans l'œuvre culinaire, et faisant parfois sauter en même temps une omelette et la cervelle de son héros !

» Le dîner prêt, Dumas sonnait lui-même la clochette, pour appeler à la salle à manger les convives du jour, c'est-à-dire les célébrités de passage à Bruxelles qui s'empressaient de rendre visite à l'aimable homme de génie. Quelques chefs-d'œuvre dignes de Vatel qu'il eût composés, il touchait rarement, d'ailleurs, à plus de deux plats, et il les arrosait seulement d'eau rougie, avec une sobriété que je n'ai jamais vue se démentir ; car il n'était, à vrai dire, ni gourmand, ni gourmet, ni buveur. Il ne fumait pas davantage, comme vous savez. Cependant, ici, à Saint-Pétersbourg, je le surpris un jour en train de savourer la fumée d'un *papyros*.

» — Eh quoi ! m'écriai-je stupéfait ; vous fumez, vous qui me disiez jadis qu'une bouffée de tabac vous donnait la colique et vous purgeait !

» — Eh ! mon Dieu ! me répondit-il. Tout le monde fume autour de moi. J'ai dû m'y mettre moi-même pour ne plus en être gêné.

» Les convives étaient loin de se plaindre, bien entendu, d'une tempérance qui lui laissait la liberté d'employer le reste du repas à les égayer par de spirituelles saillies et de piquantes anecdotes.

» Naturellement, la conversation roulait le plus souvent sur la littérature. Dumas se jugeait lui-même avec une inoffensive vanité qui désarmait les plus sceptiques. Quant à ses rivaux, il ne leur ménageait pas toujours les épigrammes ni les coups de boutoir. Il est vrai que ses procédés de critique n'étaient pas à la portée de tout le monde ; car ils consistaient assez souvent à refaire à sa manière les plans des œuvres qu'il attaquait et à improviser, séance tenante, les scènes qu'il aurait voulu substituer à celles qui lui semblaient mauvaises.

» Il avait parfois, aussi, la plaisanterie vive et mordante, quoiqu'il fût excellent au fond. Un jour, un couple provincial, qui répondait au nom de Bombelle et qu'il connaissait à peine, étant venu assaillir son salon pendant une demi-heure, pour l'assommer de cancans insipides et de bavardages sans aucun intérêt : « Pourquoi donc, s'écria-t-il, aussitôt que ses ennuyeux » visiteurs furent sortis, pourquoi donc ces gens-là » s'appellent-ils Bombelle ? Le mari n'est pas bon, la » femme n'est pas belle ! »

» Il y aurait eu profit à le faire escorter de quelques

sténographes chargés de recueillir ce qu'il disait ; car ce qu'il disait valait très souvent ce qu'il écrivait. Sa manière de se reposer consistait à faire de l'esprit de vive voix, au lieu d'en écrire. A table, où sa verve pétillait bien avant le champagne du dessert, il ne laissait pas tarir la conversation plus que les verres de ses convives ; au salon, où l'on passait ensuite, et où les heures s'écoulaient rapidement à chanter, à rire, à composer des scènes comiques (surtout les jours où Henry Monnier était de la fête), l'aimable et joyeux amphitryon s'entendait à merveille à tenir tout son monde en joie jusqu'au milieu de la nuit. Puis, quand sonnait minuit, il était rare que Dumas ne proposât point à ses convives un petit souper fin, qu'il improvisait et confectionnait lui-même. Après quoi, chacun s'étant retiré bien repu d'esprit et de corps, l'infatigable écrivain prenait sa lampe, regagnait son cabinet de travail et se remettait à l'ouvrage, parfois jusqu'à deux heures du matin.

» Cette incroyable puissance pour le travail était certainement une des facultés les plus extraordinaires de cet homme qui en avait tant d'autres et de si rares.

» Ces quelques semaines, comme bien vous pensez, s'étaient écoulées trop rapidement à mon sens, mais elles m'avaient laissé dans l'esprit et dans le cœur un souvenir que rien n'avait pu effacer.

» Aussi fût-ce avec une véritable joie que j'appris que Dumas allait venir à Saint-Pétersbourg. J'attendis son arrivée avec impatience, et, dès le lendemain, je me présentai à la campagne du comte Kouchelef, avec qui il était venu directement de Paris et chez qui il était descendu.

» Cette campagne, qui porte le nom historique de Bezborodko, est située en face du couvent de Smolna à huit verstes de Saint-Pétersbourg.

» Je l'aperçus de loin qui se promenait en nombreuse compagnie dans les allées du parc, et le reconnus tout de suite. Il m'aperçut aussi de son côté, et, laissant là tout son monde, il courut au-devant de moi, en criant à plein gosier, avec son bon gros rire :

» — Tiens ! Le voilà, lui, l'ami ! »

»Il m'embrassa avec effusion et me présenta au comte

et à la comtesse Kouchelef comme le frère de son
meilleur ami. Il ne tarissait point d'éloges sur le compte
de mon frère, disant que c'était l'homme le plus consciencieux et le plus honnête qu'il eût connu.

» — Je suis certain, ajoutait-il, que c'est lui et moi qui
travaillons le plus sur le globe terrestre. Si je l'avais
connu quinze ans plus tôt, j'aurais aujourd'hui un
million à moi. »

» Il me présenta également à deux de ses amis qui
étaient venus avec lui de Paris et qui devaient l'accompagner dans son voyage au Caucase ; le peintre Moynet, connu surtout pour les charmants décors qu'il
avait donnés à l'Opéra-Comique, [1] et qui devait illus-
trer le livre que Dumas avait l'intention d'écrire sur la
Russie sous ce titre : *de Paris à Astrakan* [2]. Son autre
compagnon, auquel il paraissait fort attaché, était un
jeune et aimable gentilhomme, très riche, qu'on appelait le vicomte de Sancillon.

» Je me mis à la disposition de ces Messieurs et de
Dumas, pour leur servir de guide dans la ville et aux
environs.

» Malheureusement, nous étions en été, c'est-à-dire à
une époque où la haute société russe est à la campagne, ou à l'étranger. La ville était déserte, la cour
absente, et la colonie française elle-même, qui aurait
tué volontiers le veau gras pour faire fête à son illustre
compatriote, était tout entière en villégiature ou en
voyage pour ses affaires. Les théâtres étaient fermés et

---

1. C'est ce même Moynet qui publia en 1875, chez Hachette,
un volume intitulé : *L'envers du Théâtre*.

2. Ce livre parut en effet: mais sans illustrations, sous ce
titre : *Impressions de voyage en Russie et le Caucase*.

Pétersbourg avait des airs de Pompéi funèbre, que l'entrain et la bonne humeur inaltérables de Dumas et de ses compagnons de voyage avaient parfois certaine peine à égayer.

» Les quelques littérateurs russes, qui se trouvaient encore à Saint-Pétersbourg, s'empressèrent de faire visite à leur glorieux confrère d'Occident : l'un d'eux, Grégorovitch, ne tarda pas à devenir son compagnon et son commensal de tous les jours.

» C'est ce même Grégorovitch que je vous ai présenté l'autre jour, et avec qui nous avons visité l'école de dessin industriel de Pétersbourg, qu'il dirige avec tant de zèle et tant de succès. Grâce à cette école, qui est une entreprise absolument particulière (chose rare en ce pays !) vous verrez avant peu de temps les fabricants russes s'affranchir de l'étranger, qui ne leur envoyait généralement que des modèles démodés, et se fournir de dessins industriels originaux sans avoir à sortir de leur pays. L'Exposition nationale qui vient de se tenir à Moscou, a été un triomphe pour Grégorovitch et pour son école, car l'une des choses qui y ont été le plus remarquées, c'est la section de l'Art industriel et de l'Enseignement, et notamment les travaux des élèves des deux écoles de dessin industriel de Pétersbourg et de Moscou, dessins d'ornement, peintures sur porcelaine, gravures sur bois, bois sculpté, émaux sur cuivre d'une grande finesse et d'une grande perfection : quelques-uns de ces travaux sont de véritables chefs-d'œuvre. C'est encore Grégorovitch, l'infatigable Grégorovitch, qui est l'organisateur de cette Exposition artistique permanente de Saint-Pétersbourg, que nous avons visitée et admirée ensemble, et qui ouvre la voie aux artistes et aux industriels de ce pays.

» Mais, au moment où Dumas arrivait à Moscou, Grégorovitch ne s'occupait encore que de journalisme et de littérature ; ses *Robolovi* (c'est-à-dire *les Pêcheurs*) et cinq ou six autres romans non moins populaires lui avaient acquis auprès de la jeune génération russe une grande notoriété et une grande faveur, qu'il partageait avec Tourgueneff et Tolstoï.

» Grégorovitch parlait français comme un Parisien, et Dumas eut l'idée d'utiliser sa complaisance et sa connaissance de notre langue en se faisant dicter par lui, chaque jour, la traduction de quelques pages de la *Maison de glace*, un des romans les plus intéressants de la littérature russe. Au milieu de nos promenades, sur une table de café, sur un banc, et presque sur la borne, l'obligeant Grégorovitch nous bégayait son mot à mot, que Dumas rédigeait prestement en bon français ; puis, la traduction complétée ainsi en courant, Dumas l'envoyait le soir même, chapitre par chapitre, à son journal de Paris, le *Monte-Cristo*, qui la publiait quelques jours après.

» Je me souviens d'une excursion que nous fîmes tous les quatre, Dumas, Moynet, Grégorovitch et moi, à Péterhof et à certains endroits historiques des environs. Après avoir marché toute la journée, nous étions allés prendre gîte dans une auberge du bourg d'Oranienbaum, en nous berçant de l'espoir légitime de nous livrer aux délices d'un long repos bien mérité. Mais à peine avions-nous ingurgité quelques verres de thé bouillant, et dévoré quelques tartines de pain de seigle maigrement enduites d'une couche de caviar pas trop frais, que Dumas tira de son sac ses livres, son papier avec de l'encre et des plumes, et nous dûmes nous atteler à la besogne pendant presque toute la nuit.

— Allons ! Moynet, s'écria-t-il de sa grosse voix d'o-
» gre bon enfant, c'est le vrai moment de mettre vos
» esquisses au net ! Vous, Grégorovitch, vous allez
» exercer votre belle voix sur le quatrième chapitre
» de la *Maison de glace;* je suis tout à vous. Vous,
» mon petit P., vous allez me faire, sur mon carnet,
» une jolie petite table des matières des impressions
» que j'ai eues aujourd'hui. »

» Et chacun de se mettre à la besogne, entraîné par la bonne humeur contagieuse de ce diable d'homme. Tout au plus pouvions-nous, d'heure en heure, aller ébaucher un léger somme sur nos lits improvisés. La voix du maître nous réveillait bientôt, et sa verve joyeuse nous faisait oublier la fatigue.

« Mais quand donc se repose-t-il ? nous demandions-nous. Un Hercule deviendrait poitrinaire à ce régime. »

» Je vous ai dit que Saint-Pétersbourg était presque désert en ce moment; cependant l'arrivée de Dumas avait soulevé une vive curiosité parmi les quelques habitants qui restaient.

» Un jour qu'il se promenait avec moi dans une allée du Jardin d'Été, on le reconnut et chacun se précipita pour le voir plus à l'aise; une dame, qui passait à côté de lui, lui demanda à lui-même pour quoi l'on courait ainsi.

» C'est Dumas qu'on montre ! » lui répondit-il avec le plus beau sang-froid du monde.

» Et la dame de courir plus fort que tous les autres, pour aller le chercher plus loin.

» Il n'usait, du reste, d'aucune coquetterie pour satisfaire cette curiosité; car il était toujours assez négligé
dans son extérieur, et produisait assez volontiers en
public une barbe de trois jours; il se dandinait, en
outre, en marchant, d'une jambe sur l'autre, comme
un gros éléphant qui se promène.

» Ajoutez à cela qu'il nous était arrivé, la joue droite
ornée d'un furoncle, qui donnait à son teint l'éclat
vermeil d'une engelure en pleine maturité.

» Dans ses *Impressions de voyage en Russie* il plai-
sante lui-même de ce furoncle, avec sa jovialité
ordinaire.

« Le docteur Roudriavtzel, dit-il, n'a pas d'autre
» malade que moi dans ce moment-ci. Il me soigne
» d'un furoncle gros comme un œuf de pigeon, qui
» a eu l'ingénieuse idée de s'épanouir sur la pom-
» mette de ma joue droite. Le docteur prétend que,
» grâce à ses soins, j'en serai quitte pour une cicatrice
» dans le genre de celle du duc de Guise. Dieu l'en-
» tende ! j'ai eu peur un instant qu'on ne fût obligé de
» couper la tête pour sauver le reste du corps ! »

» Un jour que Dumas m'avait demandé de venir le rejoindre chez le comte Kouchelef, il me prit à l'écart, et, me montrant un jeune homme qui se tenait assis non loin de nous.

» — Savez-vous qui c'est? me dit-il.

» Je regardai la personne en question et vis un jeune homme de taille moyenne, assez mince de corps, qui paraissait vingt-trois à vingt-quatre ans. Il avait le teint blanc, légèrement nuancé de rose, avec quelques taches de rousseur. Ses cheveux et sa moustache étaient d'un blond tirant sur le roux, les yeux bleu clair, les sourcils à peine accusés, le nez petit et retroussé, les lèvres un peu pâles et un peu minces et les dents belles. Les mains blanches, féminines, étaient très soignées et chargées de bagues. Il était mis assez élégamment et portait un bonnet écossais, avec une agrafe d'argent représentant un bras armé d'une épée courte et entourée de cette devise : *Vincere aut mori*.

» — Si vous voulez que je vous parle net, épondis-je

à Dumas, votre homme me fait l'effet d'un commis marchand anglais.

» — C'est le fameux Hume, reprit Dumas, le célèbre évocateur des *Esprits*; c'est pour assister à sa noce et lui servir de garçon d'honneur que je me suis laissé entraîner jusqu'ici par le comte et la comtesse. Plus je vis avec cet homme, moins je comprends que nous nous soyons occupés, en France, plus de deux jours d'un pareil crétin; aussi, vais-je le laisser le plus tôt possible déguster sa lune de miel, pour continuer mes excursions vers le Caucase. »

» Je regardai de nouveau, avec plus d'attention cettefois, l'homme étrange assis à deux pas de nous, influencé malgré moi par tout ce que j'avais entendu raconter de lui. Mais j'eus beau l'examiner à fond, je ne lui trouvai décidément rien d'extraordinaire.

» Malgré cela, je pus me convaincre quelques jours après que la présence du célèbre spirite à Pétersbourg excitait presque autant de curiosité que celle de Dumas lui-même.

» Et même, le grand duc Constantin étant venu passer quelques jours dans son palais du Quai anglais, il ne pensa pas à se faire présenter le grand romancier, mais il fit demander deux fois Hume.

» Il est vrai que Dumas assurait que le Grand Duc avait reçu de Napoléon III une lettre où celui-ci lui disait :

« Vous avez chez vous le fameux Hume; ne le lais-
» sez pas partir sans qu'il vous ait donné séance;
» c'est on ne peut plus curieux. »

» — Et pourtant, ajoutait Dumas, je ne m'explique pas comment Hume a pu continuer à être en odeur de sainteté auprès de l'Empereur depuis certain soir où celui-ci exigea que le spirite fît apparaître l'ombre de Louis-Philippe, dont il voulait connaître les sentiments à son égard ; et où cette ombre auguste, mais assez mal apprise, résuma son opinion dans une commotion électrique qui ressemblait à s'y méprendre à un grand coup de pied derrière le ventre !

» Du reste, Hume prétendait avoir perdu tout son pouvoir magique, depuis qu'il recherchait la main de la sœur de la comtesse Kouchelef.

» Une fois seulement, depuis son arrivée à Pétersbourg, sa mystérieuse puissance avait semblé vouloir lui revenir, quoiqu'il eût tout fait pour l'abdiquer et la répudier. Voici à quelle occasion.

» Je ne sais pas si Dumas n'a pas raconté la chose dans ses *Impressions de voyage en Russie*, je n'ai pas l'ouvrage sous la main. En tout cas, ce que je vais vous raconter, je ne le tiens pas de lui, mais bien du héros, ou plutôt de la victime, de l'aventure, un jeune musicien italien, nommé Melillotti, qui professait la musique au château.

» La chambre occupée par ce jeune musicien était voisine de celle occupée par Hume.

» Un soir qu'il lisait dans son lit, il entendit, vers minuit, trois coups frappés dans la muraille de son alcôve. Il écoutait pour voir si le bruit se renouvellerait, lorsqu'il vit Hume entrer en chemise dans sa chambre lui demandant s'il avait besoin de quelque chose.

« — Je n'ai besoin de rien, répondit l'Italien.

» — Pourquoi alors avez-vous frappé ?

» — J'ai entendu trois coups dans la muraille, mais ce n'est pas moi qui ai frappé.

» — Jurez-le moi sur votre honneur.

» — Je le jure!

» — Oh! mon Dieu! je vois bien alors que malheureusement c'est mon pouvoir qui revient! s'écria en pâlissant l'évocateur des Esprits. Je croyais pourtant bien en avoir fini avec lui!

» Et il s'enfuit dans sa chambre, où l'Italien le suivit plein de stupeur.

» Hume se recoucha en gémissant. Melillotti, qui se tenait au pied de son lit, en le pressant de s'expliquer, s'écria tout à coup qu'il sentait sous la plante de ses pieds deux doigts qui semblaient sortir du parquet et poussaient sa chair de bas en haut. Puis deux mains, disait-il, passaient leurs doigts caressants sur sa jambe.

» — C'est encore mon pouvoir! s'écria Hume. N'avez-vous pas perdu quelqu'un de votre famille tout récemment?

» — Oui, ma tante est morte, il y a quelque temps.

» — C'est elle qui veut venir à nous, dit Hume; je vais évoquer son esprit dans ce guéridon, et elle va venir vous trouver d'elle-même.

» Aussitôt, il donna l'ordre au guéridon d'avancer; celui-ci roula vers l'Italien, sans aucune impulsion visible, et s'arrêta tout près de lui; puis il s'éleva, sans point d'appui apparent, à une hauteur de six pouces, et retomba immobile sur le parquet.

« —Depuis combien de temps êtes-vous morte? demanda Hume.

» Le guéridon frappa neuf coups.

» —Il y a en effet neuf mois qu'elle est morte! dit le jeune Italien tout bouleversé.

» Quelques coups se firent entendre à la fenêtre, à ce

moment. Hume alors, violemment agité, s'alla cacher sous les draps, en criant à l'Italien de s'en aller et de ne rien dire à personne de ce qu'il avait vu.

» Voilà ce que j'ai entendu raconter moi-même par ce jeune musicien dans la chambre de Dumas, et avec une conviction si naïve qu'à l'heure qu'il est je ne sais encore qu'en penser.

» Quant à Dumas, malgré ses vives instances, son mystérieux compagnon de voyage n'avait pas voulu opérer devant lui.

» — Je n'ai jamais vu chez Hume, assurait-il, *d'esprit* d'aucune sorte.

V

» La maison, ou plutôt la villa, Bezborodko, où le
comte et la comtesse Kouchelef avaient offert l'hospitalité à Dumas, est une demeure véritablement sei-
gneuriale, qui occupe un espace considérable; le parc
n'a pas moins de trois lieues de tour.

» La maison elle-même est bâtie entre deux jardins;
elle se compose d'un corps de logis principal, flanqué
de deux ailes circulaires.

» L'appartement de Dumas était au rez-de-chaussée
de l'aile droite et comprenait une antichambre, un petit salon, une salle de billard et deux chambres à coucher, dont l'une était occupée par Dumas lui-même et
l'autre par le peintre Moynet.

» Malgré l'allure princière de cette installation, et malgré la nombreuse domesticité affectée au service de la
maison, Dumas y manquait à peu près complètement
du confortable le plus élémentaire.

» Il faut d'abord que vous sachiez que, malgré le très
grand nombre de domestiques de toute catégorie qui

grouillent chez eux, les Russes sont généralement très
mal servis.

» Lorsque Dumas et ses nobles hôtes firent leur entrée à Bezborodko, à leur arrivée à Pétersbourg, ils
trouvèrent toute la domesticité en grande livrée, qui
les attendait rangée sur les marches du balcon, depuis le majordome jusqu'à la femme de cuisine et au
moujik à chemise rouge et à longue barbe. Dumas en
compta plus de quatre-vingts.

» Cinq ou six de ces domestiques furent attachés à
la personne de l'écrivain, qui s'en trouva plus embarrassé, à vrai dire, que satisfait. C'étaient des serfs assez
incomplètement décrassés, auxquels il avait bien de
la peine à assigner une occupation utile.

» A tout hasard, il attacha le premier à la surveil-
lance de ses pardessus ; il ne tarda pas à s'apercevoir
que le drôle négligeait l'ensemble en nettoyant presque
exclusivement les poches, et deux ou trois fois il le
surprit pleurant son esclavage dans ses mouchoirs.

« Le second, me disait Dumas, me tire les bottes le
» soir et quelques carottes dans la journée. Le troi-
» sième fait mon lit, mais celui-là au moins y met
» beaucoup du sien, c'est-à-dire, une assez jolie collec-
» tion de puces qui tiennent d'habitude garnison sur
» ma peau. Le quatrième bat mes habits avec une ar-
» deur, dont l'habitude de recevoir la verge peut lui
» toutes les finesses. Quant au cinquième, il est char-
» gé m'avertir aux heures de repas. Mais je suis
» devenu si fier de me voir entouré de tant de
» valets que, pour me sauver des dangers de l'orgueil,
» je veux charger un sixième laquais de venir, comme
» l'esclave antique, me tous rappeler les matins, que
» *je ne suis qu'un homme.* »

» Telle est, du reste, l'insouciance du caractère russe, que, malgré la vive affection que le comte et la comtesse Kouchelef portaient à leur hôte illustre, et malgré la joie et la fierté qu'ils avaient de le posséder, la pensée ne leur était point venue de dire aux trois ou quatre intendants de leur riche domaine de veiller à ce que rien ne lui manquât.

» Aussi, laissait-on passer des vingtaines de jours sans s'occuper de cirer ses chaussures. Un matin que nous avions couché dans un hôtel, à la campagne, trouvant ses bottines cirées en se levant, il les embrassa en s'écriant :

» — O mes pauvres bottines, qu'il y a longtemps qu'elles n'avaient vu clair !

» En revanche, les grands nettoyages se faisaient avec une rapidité et un luxe de serviteurs tout à fait extraordinaires.

» La stupéfaction de Dumas fut extrême la première fois qu'il entendit, vers les sept heures du matin, le pas d'une troupe s'approchant de sa chambre à pas comptés comme une patrouille, puis, lorsqu'il vit la porte s'ouvrir et douze hommes en chemise rouge faire irruption chez lui, armés chacun d'une brosse à cirer le parquet. C'étaient les *moujiks* qui venaient frotter l'appartement. Ils se mirent à l'œuvre tous les douze à la fois, les uns debout, les autres à quatre pattes, sans s'occuper de Dumas qui dut se réfugier sur une chaise comme on se réfugie sur un rocher pour fuir les vagues furieuses, puis sauter de place en place avec sa chaise, suivant que l'invasion le poursuivait. Au bout de cinq minutes, il est vrai, le parquet était luisant comme un miroir, mais la chambre sentait si fort le

cuir de Russie, ou le *moujik*, que Dumas fut obligé
d'ouvrir les fenêtres et de brûler du vinaigre de Bully.

» L'ameublement de l'appartement occupé par
notre voyageur n'était pas non plus très confortable.
Son lit, notamment, était fort mauvais et Dumas
dormait mal.

» Il n'y a peut-être pas de pays, d'ailleurs, où l'on
soit plus mal couché qu'en Russie, même dans les
plus riches demeures.

» Il est admis ici qu'un maître de maison n'a pas
même à s'occuper de faire dresser à ses hôtes de
passage un lit avec couchette, sommier, matelas,
draps, traversin, oreiller, couverture. C'est à eux à trouver la manière dont ils passeront la nuit. Au moment
de se coucher, ils entrent dans la chambre qui leur est
destinée, jettent un coup d'œil autour d'eux, cherchant
non pas un lit — ils n'ont même pas l'idée, sachant
qu'ils n'en trouveraient pas — mais un sopha, un canapé, un banc. Que le meuble soit rembourré ou non,
peu leur importe. S'il n'y a ni sopha, ni canapé, ni
banc, ils avisent un coin quelconque de la chambre,
demandent au domestique un manteau, une pelisse,
un paletot, la première chose venue, renversent une
chaise, du dossier de laquelle ils se font un oreiller, se
couchent sur le parquet, tirent à eux la couverture
improvisée et en voilà pour jusqu'au lendemain
matin, où ils se lèvent aussi frais et aussi reposés que
s'ils avaient couché sur le meilleur sommier élastique.

» Dans les hôtels, surtout dans les hôtels de l'intérieur, c'est encore bien pis. Il nous arriva, à Dumas et
à moi, de nous arrêter un soir dans une petite ville
située à quelque quarante verstes de Pétersbourg. Fati-

par nos quatre ou cinq heures de *tarentasse*, nous demandâmes le premier hôtel de la ville, avec l'espoir
de nous y reposer confortablement. D'une voix una-
nime ou nous indiqua l'*Hôtel de l'Europe*. Deux chambres magnifiquement meublées, ornées de lustres, de
girandoles et de tableaux à cadres dorés, nous firent
d'abord présager, en effet, une luxueuse hospitalité.
Mais hélas ! nous ne fûmes pas longs à nous apercevoir qu'on a bien tort de placer le bonheur sous les
lambris dorés ! On débuta par nous donner une seule
chandelle de suif, à la lueur de laquelle nous pûmes
voir que nous n'aurions à notre disposition qu'un matelas sans draps, sur un bois de lit, et une table de
nuit non garnie. Nous cassâmes deux cordons de sonnette avant d'obtenir qu'on vînt s'occuper de nous.
Au bout d'un quart d'heure, nous vîmes apparaître, par la porte entr'ouverte, un *moujik* avec un
nez énorme, à qui nous demandâmes une carafe d'eau
et une cuvette ; mais il trouva sans doute nos exigences si insolites qu'il disparut sans nous répondre. De
désespoir, nous nous jetâmes sur nos matelas respec-
tifs et je ronflais déjà depuis quelques heures sur le
mien, quand le « vil insecte des nuits » vint me tirer
d'un songe, dans lequel je commençais à me laver
avec des serviettes imaginaires et un pain de savon
fantastique. La cuvette ne fit son entrée chez nous que
le lendemain, vers midi, attendu, nous dit-on, qu'elle
était en main depuis la veille, dans d'autres numéros !
Quant aux serviettes, elles brillaient par leur absence.
A l'heure du thé, on nous accorda une seule petite
cuiller pour nous deux ; et, au dîner, nous appelâmes
en vain de tous nos vœux une cuiller à potage, qui

resta sourde à nos prières. Dumas, qui prétendait pos-séder quelques notions de chimie, m'affirma que le vin avait été fait avec des morceaux de vieux secrétaires en acajou concassés. Malgré le peu d'atten-tion qu'il apportait d'ordinaire à ces menus détails, ces lacunes du service finirent par l'exaspérer; et, pour sauver l'honneur de l'hospitalité russe, je dus l'in-former que tous les accessoires, dont nous regret-tions si amèrement l'absence, étaient d'ordinaire apportés par les voyageurs. Après tout, peut-être étions-nous trop exigeants. Chaque chambre ne coûtait que trois roubles (douze francs) par jour. Les cadres étaient parfaitement dorés, la façade de l'hôtel était supérieurement badigeonnée et portait sur son enseigne en grandes et belles lettres françai-ses : *Hôtel de l'Europe*. Nous ne pouvions tout avoir. Nous n'en conclûmes pas moins que, dans la province comme dans la capitale, le *badigeon* était l'emblème de la Russie, et que sa devise était : tout pour l'œil !

» Ce dont Dumas prenait son parti moins facile-ment que de ces petites incommodités, c'était l'insi-pide cuisine russe, dont on l'abreuvait à plaisir sous prétexte de cou-leur locale; aussi aimait-il à faire de fréquentes échappées en ville, pour aller se réga-ler à sonaise dans les restaurants français.

» Ce grand enfant adorait aussi faire montre de ses talents culinaires dans les maisons aristocratiques où il allait. J'avais été un jour invité avec lui à déjeuner chez un artiste français, en compagnie d'un certain nombre de grandes et belles dames qui mouraient d'envie de faire sa connaissance. Quelle ne fut pas la stupéfaction de ces belles dames lorsque, l'heure du déjeuner ayant sonné, on répondit à leurs impatientes réclamations que Dumas était à la cuisine, en train de confectionner le menu. Ce fut alors à qui se précipiterait, parmi ces élégantes sylphides dont pas une peut-être n'avait jamais pénétré dans ces prosaïques endroits, pour contempler le plus littéraire des cuisiniers dans le feu de la besogne ; et il fallait voir Dumas, en bras de chemise, distribuant les madrigaux à ces dames rangées le long des murs, tout en hachant ses fines herbes.

» Une autre fois je l'accompagnai à Petrowsky chez l'ambassadeur de Turquie, Riza-Bey, qui l'avait invité à déjeuner avec la reine de Mingrélie ; mais nous manquâmes le chemin de fer et nous fûmes obligés de gagner Petrowsky en *drojky* : aussi arrivâmes-nous tellement en retard que Son Excellence avait déjeuné et même digéré son repas suffisamment pour se trouver au bain, au moment où nous entrions dans son salon.

» Quant au talent de Dumas pour la cuisine, talent dont il était si fier, je vous ai dit que j'avais pu l'apprécier bien des fois à Bruxelles. Je pus constater également à Pétersbourg que ce talent n'avait fait que s'accroître. Le plus vif souvenir qui m'en est resté est celui de certaine carpe qu'il nous accommoda un beau jour chez des amis, et qui me parut tellement succulente que je faillis m'en donner une indigestion.

» Cependant Dumas, après un séjour de plusieurs mois parmi nous, se trouva libre enfin de partir pour le Caucase. Il voulut faire auparavant une petite excursion en Finlande ; puis il nous dit adieu et quitta définitivement Pétersbourg. Le comte de Sancillon n'ayant pu se décider à laisser certaine grande dame, dont les beaux yeux l'avaient ensorcelé, Dumas n'emmena avec lui que son fidèle compagnon, le peintre Moynet, et un étudiant de Moscou, nommé Calino ou Kalino, qu'il avait demandé au ministre de l'instruction publique pour lui servir d'interprète.

» A peine Dumas nous avait-il quittés, que Théophile Gautier nous arrivait à son tour. Gautier était, comme Dumas, un ami de mon frère ; aussi m'empressai-je d'aller le saluer, le jour même de son arrivée, à l'hôtel Michel, où il était descendu. Il me reconnut parfaitement et me rappela, d'une façon toute courtoise, qu'il avait assisté à ma noce. Pour le remercier de son cordial accueil, je me mis tout à sa disposition : mais, avec sa nature indolente qui ne faisait que s'accentuer à mesure qu'il prenait de l'âge, il n'était guère disposé à courir bien loin ni bien vite après les impressions de voyage ; aussi dus-je me borner à lui servir de guide et d'interprète. Il était pourtant venu à Pétersbourg pour rassembler les éléments d'un grand ouvrage sur les *Beautés de l'Art en Russie*, lequel devait être illustré avec des photographies de Richebourg.

» On eût difficilement trouvé un contraste plus saisissant que celui qu'offraient l'active et exubérante nature de Dumas et la molle et apathique nonchalance de Gautier, qui avait parfois l'air, comme il le disait de lui-même, d'un paquet de serviettes mouillées ou-blié dans un coin.

» Mais l'un et l'autre avaient leur charme et leur curiosité, et cette diversité même accroissait le plaisir qu'on trouvait à les fréquenter.

» Gautier réussit mieux que Dumas auprès de l'aristocratie pétersbourgeoise, que le retour de la saison froide avait ramenée au gîte. Généralement, il fut trouvé plus distingué que l'auteur de *Monte-Cristo*, dont la fougue un peu sans façon ne pouvait être bien favorablement appréciée de ces fanatiques de l'étiquette. Et pourtant, la façon de parler très originale de Gautier, qui recrutait volontiers ses mots dans le patois artiste et exclusivement parisien, ou dans les recoins les moins connus du vocabulaire français, n'était pas sans embarrasser nos gentilshommes russes, à peine frottés d'une science assez superficielle.

« Ces gens-là, me disait Gautier, semblent avoir » appris le français dans le *Guide des Voyageurs;* » dès qu'on dépasse avec eux les limites de ces dia- » logues élémentaires, ils ne comprennent plus rien. »

» Bien qu'un peu absolue, cette observation était juste au fond.

» Une chose qui me surprit fort, c'est l'horreur que Gautier professait pour le théâtre, quoiqu'il eût, quarante années durant, gagné sa vie à faire des comptes-rendus dramatiques. Je l'ai entendu affirmer que, s'il avait été libre d'agir à sa guise, il eût préféré se tenir dehors sous une gouttière en plein jet, pendant toute la durée du spectacle, que d'entrer dans la salle.

Comme Dumas, d'ailleurs, il exécrait la musique; ce qui ne l'empêchait pas de juger les compositions musicales avec beaucoup de finesse et de goût. Son feuilleton sur les *Huguenots*, m'a-t-il assuré, est le seul que Meyerbeer envoya à sa propre famille, le regardant comme le seul qui eût été écrit par un homme compétent.

« J'apprécie la musique, disait Gautier, comme un

» cuisinier qui peut juger de la réussite d'un civet
» sans l'aimer. »

» Ce qu'il adorait par-dessus tout, c'était la poésie.
Il s'y serait donné tout entier, avouait-il devant moi,
s'il n'avait été forcé de pourvoir aux besoins de quelques personnes qu'il « empâtait. »

» Quoiqu'il écrivit au *Moniteur*, et que son fils fût
secrétaire de Plonplon, je crois qu'au fond il n'aimait
pas trop l'Empire ni l'Empereur; car, lorsqu'il lui
arrivait de parler de celui-ci, il ne l'appelait que « le
Baladin de chez nous. »

» Ce dernier trait eût suffi pour le dénoncer homme de goût et lui faire pardonner bien des choses.

VI

» Pour ne revenir à Dumas, un mois après son départ de Saint-Pétersbourg, je recus une première letre de lui; il semblait ravi de tout ce qu'il avait vu depuis qu'il nous avait quittés.

« Si Jenny, m'écrivait-il, vous a dit que j'avais été à » Moscou le plus heureux des hommes, elle ne vous » a dit encore que la moitié de mon bonheur. »

» Cette Jenny, dont il me parlait ainsi, c'était l'aimable et charmante Jenny Falcon, la sœur de Cornélie Falcon, la grande Falcon de *la Juive* et des *Huguenots.*

» C'était celle-ci qui avait fait donner à sa jeune sœur une brillante éducation dans un des meilleurs pensionnats de Paris, et l'avait fait entrer ensuite au théâtre.

» Jenny Falcon avait débuté au Gymnase avec succès, en 1841 je crois, et, autant que je m'en souviens, dans une pièce de Scribe. Mais, presque aussitôt, on lui avait offert un engagement pour le Théâtre-Français de Saint-Pétersbourg et elle avait accepté. Elle avait alors seize ans.

» Dix ans après, elle se retirait avec la pension, mais elle

ne quitta point pour cela Saint-Pétersbourg et continua
à vivre parmi nous de la vie des grandes dames russes. Son salon de la place Michel devint rapidement l'un
des salons d'hiver les plus élégants de Pétersbourg et
pas un Français de quelque valeur ne passa par notre
ville sans se faire présenter à mademoiselle Falcon.

» Un homme aimable et distingué, qui porte un des
noms les plus illustres de Russie, Dimitri Paulovitch
Naryschine, l'aidait à faire les honneurs de son salon.

» Dès que Jenny Falcon avait appris l'arrivée de
Dumas à Saint-Pétersbourg, elle lui avait envoyé
Naryschine, pour lui dire avec quelle impatience elle
l'attendait pour l'embrasser. Elle l'avait connu, tout
enfant, en effet, en 1832, chez sa grande sœur.

» Puis, lorsque Dumas quitta Pétersbourg, elle
l'invita à descendre chez elle à Moscou, dans la villa
qu'elle possédait au parc de Petrowsky, aux portes de
la ville. Dumas accepta avec empressement, et, dix
ou douze jours après son départ, elle le rejoignit
elle-même avec Naryschine.

» C'est à ce séjour chez Jenny Falcon que faisait
allusion la lettre dont je vous parlais tout à l'heure.

» Tout le monde, d'ailleurs, s'était accordé pour faire
à l'illustre voyageur un accueil des plus empressés.

» Le général Melnikof, chez qui j'avais déjeuné
avec lui, lui avait fait obtenir ses places gratuites
pour la navigation du Volga jusqu'à Astrakan.

» A Kasan, on l'avait reçu avec une cordialité
toute particulière, et, ce qui l'avait ravi, on lui avait
fait faire une chasse à l'ours.

» Enfin, le gouverneur d'Astrakan lui avait prêté un
vaisseau pour gagner par la Caspienne le point le plus

rapproché de Tiflis. Une violente tempête l'ayant rejeté au port avec son vaisseau tout désemparé, l'hetman des Cosaques, Beklemichef, lui avait donné cent hommes d'infanterie et cinquante Cosaques à cheval, à la tête desquels il voyageait maintenant, la ceinture garnie de pistolets et la carabine en bandoulière. Son escorte lui avait juré de le remettre sain et sauf au prince Baratinsky, vice-roi du Caucase.

« J'ai grande envie, ajoutait-il plaisamment, de » pousser une pointe, avec mon escorte, sur le terri- » toire des Lesghiens et d'emporter Schamyl de vive » force, pour le remettre tout chaud entre les mains » des Russes et leur payer ainsi leur hospitalité. »

Il ajoutait que dans un défilé du Caucase, où s'embusquaient ordinairement les montagnards révoltés, il avait eu à soutenir une escarmouche. Quelques coups de fusil avaient été échangés, mais il s'en était tiré sain et sauf, et Schamyl ne s'en portait pas plus mal.

» Depuis cette échauffourée, je n'eus plus de nouvelles de Dumas, et ne connus le reste de son voyage que par le récit qu'il en publia.

» Mais, si j'en juge d'après les premiers chapitres qu'il écrivit ici-même sous mes yeux, je soutiendrais volontiers qu'il n'a rien dit qu'il n'ait vu réellement.

VII

— Et maintenant, continua Charles P., êtes-vous convaincu que Dumas est bien venu à Pétersbourg, et que ce n'est point dans sa villa de Monte-Cristo ou sur la terrasse de Saint-Germain qu'il a écrit ses *Impressions de voyage en Russie* et *Le Caucase?*

— Allons! répliquai-je, je fais amende honorable, et me voilà si bien revenu de mes erreurs que je jure, aussitôt rentré à Paris, de faire un auto-da-fé de tout ce que ma bibliothèque peut renfermer de volumes d'histoire et de géographie, pour ne plus étudier désormais la carte d'Europe que dans *La Villa Palmieri, Les Bords du Rhin, De Paris à Cadix, Le Capitaine Arena,* et l'histoire de France dans *Le Chevalier d'Harmental, La Dame de Monsoreau, Les Quarante-cinq, La Reine Margot,* et *Les Trois Mousquetaires.*

V

LE CHASSE-NEIGE

A monsieur Mallevigne, agent consulaire de France et
d'Italie à Kronstadt, en souvenir de son aimable hospitalité.

I

— La Russie! La vraie Russie! Vous ne la connaissez pas, et vous allez retourner en France sans l'avoir
vue. La Russie sans hiver, ce n'est pas la Russie.

— Il me semble cependant que le thermomètre...

— Peuh! dix pauvres petits degrés!

— Réaumur!

— Qu'est-ce que cela? Parlez-moi de trente-cinq à
quarante bons degrés bien comptés. Tenez, c'est ce
que nous avons tous les ans aujourd'hui même, le jour
de l'Épiphanie, la véritable époque de ce nous appelons les beaux froids.

— Brrrrou!

— Et pas de neige avec cela! Toujours ce ciel es-
tompé d'un immense nuage gris jaune, qui semble
annoncer une neige qui ne tombe jamais, ou qui ne
tombe que pour fondre un instant après. C'est avec
son costume national qu'il faut voir Pétersbourg. Vous

devez trouver affreux et du plus mauvais goût ces crépis
roses, jaunes, chamois, gris-souris, dont nous aimons
à badigeonner les façades de nos maisons et de nos
palais? Eh bien, avec la neige pour accompagnement
et pour repoussoir, rien ne semble plus naturel, et
rien n'est plus charmant. Si neuves et si propres
qu'elles fussent, nos maisons paraîtraient toujours d'un
gris sale à côté de la blancheur immaculée de la neige.
Le palais d'Hiver lui-même, bien qu'il manque évidemment de style et de grandeur, prend, par la neige,
un aspect tout autre. Quant à Isaac, notre cathédrale
n'est jamais plus belle que lorsque les pures lignes
blanches d'une épaisse couche de neige accusent les
grandes divisions de son architecture, que des paillet-
tes étincelantes s'accrochent aux flancs arrondis de
ses coupoles, et que cette grande masse d'or, de bronze
et de granit s'enlève en vigueur sur un tapis d'hermine sans mouchetures!

— Bon! Quel enthousiasme!

— Et puis, avec cette purée fangeuse, pire que le
macadam de vos boulevards, où nous pataugeons depuis trois mois, il n'y a plus de traînage possible! Ce
qui non seulement est fort désagréable pour nous autres Pétersbourgeois, mais entraîne toute sorte de complications et même de désastres. Vous savez, en effet,
que nous n'avons guère de routes, dans l'intérieur de
la Russie, et que tout le monde compte sur la neige
pour faciliter les transports. Comme l'hiver dure chez
nous six mois pour le moins, on est habitué à considérer la neige comme un chemin de fer universel et
économique, dont les blancs railways rayonnent dans
toutes les directions et permettent d'aller rapidement

et commodément partout où l'on veut.

— C'est un peu pour cela, sans doute, que vos voies ferrées n'ont encore tracé que deux ou trois sillons sur votre immense territoire?

— Évidemment. Mais, si je regrette surtout que nous n'ayons point de traînage cet hiver, c'est pour vous.

— Mais je vous assure que je me fais parfaitement une idée de ce que ce doit être. D'ailleurs, j'y suis déjà monté, dans vos traîneaux.

— Oh! ce n'est pas cela, le traînage! Tant que la neige n'est pas tombée en quantité suffisante et n'a pas été consolidée par une bonne gelée, loin d'être un moyen de locomotion agréable et pratique, le traîneau est un véritable instrument de torture.

— Il est certain que j'ai été passablement cahoté sur vos places et sur vos rues, toutes bossuées par les amas de neige mal fondue.

— Ah! si vous voyiez cela, quand la trace est faite et le traînage établi! Plus de cahots, plus de secousses, mais une douce et glissante motion, pareille à celle d'un bateau sur l'eau calme d'un lac; à peine sentez-vous l'effort des chevaux qui galopent joyeusement comme s'ils étaient totalement inconscients du traîneau qu'ils ont derrière eux. Non, vous ne pouvez pas vous imaginer la volupté toute particulière qu'on ressent alors à se sentir enlever de cette rapide allure sur une mer de neige : c'est une sensation exceptionnelle, typique, et je ne me consolerai jamais que vous ne l'ayez point éprouvée, au moins une fois, avant de partir.

— Vous finiriez par me donner des regrets à moi-même.

14

— Eh bien, attendez quelques jours encore. Justement, la neige a l'air de vouloir tomber sérieusement depuis cette après-midi. Si nous avions la chance d'avoir une belle gelée cette nuit, il se pourrait que demain matin le traînage s'établît. C'est comme cela dans ce pays-ci ; vous vous endormez avec deux ou trois degrés de froid à peine ; et, quand vous vous réveillez le lendemain, vous êtes tout surpris de voir les *drojkys,* si nombreux la veille, remplacés par des traîneaux de toute taille et de toute sorte, depuis l'élégante *troïka* jusqu'au modeste *repouski.* Quelques heures ont suffi pour changer du tout au tout la physionomie de la ville.

— Quel dommage, en effet, que je ne puisse pas voir cela! Mais il faut absolument que je sois à Paris le 25, et, par conséquent, il faut que je parte après-demain à 1 heure 30.

A ce moment, les dames rentrèrent dans le salon, où nous causions ainsi, mon ami Karnciew et moi; d'autres personnes ne tardèrent pas à arriver, et la conversation devint générale.

A dix heures, on apporta le *samovar* avec les verres à thé et les soucoupes remplies de confitures d'airelles, de cassis et de graines de sorbier, accompagnement obligé du thé, avec les gâteaux secs et les petites rondelles de *tchorne khleb* (ou pain d'orge); on n'avait pas oublié non plus les flacons de kummel, de chartreuse, de *vodka,* eau-de-vie de seigle d'un goût assez agréable, et de *listofka,* espèce d'anisette qui rappelle le raki de Constantinople et des îles grecques.

Les Russes, sans en excepter les dames russes, ont une merveilleuse puissance d'appétit, et la somme de nourriture, liquide et solide, qu'ils absorbent quotidiennement, ferait reculer d'épouvante un réserviste en campagne. Ce fut un de mes étonnements pendant tout le mois que je passai à Pétersbourg.

Ce soir-là, par exemple, le thé venait à peine d'être servi, que je vis entrer deux domestiques avec des plateaux chargés de boissons glacées.

Une demi-heure après, alors que je songeais déjà à exécuter une savante retraite, une double porte s'ouvrit au fond du salon, laissant voir la grande table de la salle à manger toute servie, avec des corbeilles de fleurs et des candélabres étincelants de bougies.

Notez qu'il n'était guère plus de minuit, et qu'on avait très bien et très copieusement dîné ce soir-là (il est vrai qu'à Pétersbourg on dîne d'assez bonne heure, à cinq heures, généralement), mais cela n'empêcha point ces messieurs et ces dames de faire honneur au souper, comme s'ils eussent été à jeun.

Et ne croyez point que ce souper rappelât en quoi que ce fût nos soupers parisiens, dont le buisson d'écrevisses, le pâté de foie gras et le champagne frappé font généralement tous les frais ; c'était bel et bien un souper solide et sérieux, précédé de la *zakouska*, ce lever de rideau de tout repas russe. La *zakouska*, pour ceux qui ne le savent point, est une sorte de dînette préliminaire, qui se prend debout, sur un coin de table, et se compose exclusivement de hors-d'œuvre, caviar frais, saumon et *bielaribitza* fumés, salade au hareng, mayonnaise, olives, radis, etc., le tout arrosé de petits verres de kummel et de *vodka*.

Une fois mis en appétit par la *zakouska*, on passa sans transition à de plus sérieux exercices, et ce ne fut

pas sans une stupéfaction voisine de la terreur que je
vis de charmantes dames, de l'aspect le plus frêle et le
plus délicat, faire disparaître coup sur coup d'énormes
tranches de poisson froid, de rosbif ou de poulet, et
de pleines assiettées de légumes en salade, sans oublier
les éternels *orgoutsis*, ces petits concombres confits
dans le vinaigre, sans lesquels il n'y a point de bon
repas en Russie. Après quoi, vinrent les fromages, les
fruits, les glaces, et, finalement, le café et les liqueurs.

N'avais-je point raison de vous dire que les estomacs
russes sont doués de capacités digestives tout à fait
exceptionnelles?

Quand tout le monde fut rentré au salon, un hasard
ramena la conversation sur le temps qu'il faisait, et
quelqu'un assura que le froid avait repris très sérieusement et qu'il gelait pour le moins à vingt ou vingt-
cinq degrés.

— Parfaitement, dit un fort bel homme en uniforme,
que tout le monde appelait général, je suis revenu de
Kronstadt ce soir à la nuit, et je vous garantis que le
froid piquait.

Un fait à remarquer, c'est le nombre incalculable de
généraux que l'on rencontre à Pétersbourg.

Il est extrêmement rare d'assister à un dîner de cérémonie, à une soirée d'apparat, à n'importe quelle
réception, où ne se trouvent un ou plusieurs généraux
en grand uniforme chamarré de décorations. Il y a
même des mauvaises langues qui ne craignent point
d'avancer qu'en cas de besoin, et moyennant finance,
on peut très aisément se procurer cet extra obligé de
toute réunion qui se respecte, et que même le... comment dirons-nous? le cachet, de ces nobles figurants se

tarife d'après le chiffre des décorations et la splendeur de l'uniforme. Il faut savoir, d'ailleurs, que dans ce pays-ci la qualité de général n'entraine pas forcément les mêmes attributions militaires que chez nous, par exemple, et que rien n'est plus commun là-bas qu'un général n'ayant jamais commandé ni division, ni brigade. Celui qui soupait chez Karnéiew était précisément, comme il le disait volontiers lui-même avec la meilleure grâce du monde, un général absolument pacifique, et son seul titre à la contre-épaulette étoilée était d'avoir construit sur la Néva, le pont de la Liteinaia, un très beau pont, du reste.

— Vous êtes allé à Kronstadt aujourd'hui, dit Karnéiew au général? La trace est donc faite?

— Depuis ce matin oui, et elle est excellente.

— Voilà votre affaire, continua Karnéiew en s'adressant à moi. Il faut que vous alliez à Kronstadt demain.

— Et comment va-t-on à Kronstadt? demandai-je.

— Voici : vous avez le chemin de fer qui vous amène à Oranienbaum ; et là, vous traversez le golfe en traîneau jusqu'à Kronstadt ; une promenade de trois quarts d'heure sur la glace, la plus charmante, la plus originale, et la plus amusante des promenades! Au surplus, j'ai bien envie d'aller avec vous. Je ne vois rien qui m'empêche de disposer de ma journée ; et, puisque vous nous quittez après-demain, je serai bien aise de vous faire les honneurs de notre golfe.

Et, comme je remerciais vivement Karnéiew de son aimable proposition, j'entendis tout à coup la voix de sa femme qui s'écriait à son tour :

— Et moi, vous ne m'emmenez pas? Vous savez,

14.

Boris, que voilà plus de cinq ans que vous me promettez de m'emmener à Kronstadt en *troïka*. Puisque l'occasion se présente, je demande à être de la partie.

— Sérieusement, vous voulez nous accompagner, Macha? dit le complaisant mari. Comme il vous plaira! Nous ne serons pas embarrassés de trouver à Oranienbaum une *troïka* assez grande pour nous recevoir tous les trois. »

Il fut arrêté que nous prendrions le train de 9 heures du matin, et que nous reviendrions par celui qui part d'Oranienbaum à 3 heures 40, de façon à être de retour à Pétersbourg avant la nuit. Le rendez-vous fut fixé à la gare même de la Baltique, un quart d'heure avant le départ du train.

— Et n'oubliez pas, me dit Karnéiew en me reconduisant jusqu'à l'antichambre, d'emporter votre *plaid*. Malgré votre pelisse et vos galoches, un bon *plaid* ne sera pas de trop, vous verrez.

I

Le lendemain matin, lorsque je mis le pied sur le seuil de l'hôtel de l'Europe, le pavé disparaissait sous un tapis d'une blancheur immaculée et les arbres du jardin Michel semblaient, sous leur cristallisation de givre, d'immenses ramifications de vif argent.

La neige tombait d'une façon indiscontinue, mais non plus, comme les jours précédents, perpendiculairement et en flocons épais ; chassée par le vent du nord, elle tombait presque horizontalement en flocons menus, résistants, cristallisés, et criait sous le pied. Cette fois, c'était la vraie neige, la bonne neige, celle qui tient, celle enfin qu'on attendait avec impatience d'une extrémité à l'autre de la Russie.

Le froid était très vif et la neige, poussée par un vent violent, me cinglait le visage et pénétrait, malgré mes efforts, sous le collet de ma pelisse. Aussi n'étais-je point autrement fâché d'avoir, pour me servir de paravent, le dos carré de l'*isvostchik*.

Heureusement, nous filions par la Grande Sadovaïa

d'une allure rapide et soutenue, qui devait nous
mettre en moins d'un quart d'heure à destination.

A la hauteur de l'*Apraxine-Dvor*, toutefois, nous fûmes
arrêtés quelques instants par un nombreux rassemble-
ment qui barrait toute la rue. Je me dressai sur le
traîneau et j'aperçus dans la cour d'une maison, par
la porte grande ouverte, une vingtaine de soldats de la
garde qui attendaient là, l'arme au pied. Je compris
qu'il s'agissait sans doute d'une visite domiciliaire,
comme il s'en fait très fréquemment à Pétersbourg, et
de nuit aussi bien qu'en plein jour. Une maison est-
elle signalée à la police, sur un avis plus ou moins
fondé, comme renfermant une imprimerie clandestine,
une fabrique de bombes explosibles, ou simplement
un refuge de nihilistes (on dit ici *nighilistes,* l'*h* russe
se prononçant comme notre *g*), immédiatement une
compagnie de soldats est envoyée pour cerner ladite
maison et empêcher que personne n'en sorte et que
personne n'y entre, pendant que les gens de la police
fouillent chaque étage minutieusement et simultané-
ment. Généralement, du reste, on arrive trop tard,
comme les carabiniers légendaires, et on ne trouve rien.

Cependant l'*isvostchik* finit par s'ouvrir un passage, à
force de *bereguiss... bereguiss* (gare! gare!), à travers la
foule qui regardait assez indifférente ce qui se passait,
avec une antipathie somnolente qui est le fond du caractère russe ; et nous reprîmes notre course dans
la direction de la gare, où nous arrivâmes encore
cinq ou six minutes avant l'heure fixée pour le
rendez-vous.

Quelques instants après, je vis entrer à leur tour
dans la salle d'attente mon ami Karnéiew et sa femme.

Karnélew, dont la physionomie était ordinairement ouverte et joviale, avait l'air contrarié.

— Eh ! mon Dieu ! lui dis-je, qu'avez-vous? Qu'est-il arrivé ?

— Un petit contre-temps bien désagréable. Je suis désolé. Les dépêches de Vienne et de Londres sont assez mauvaises ce matin et font pressentir une liquidation désastreuse. Je ne suis pas trop engagé personnellement, mais j'ai des clients qui le sont en plein. Il m'est donc impossible de manquer la Bourse aujourd'hui, et me voici forcé de rester.

— Ce n'est que cela ? Vous m'avez fait peur. Eh bien, notre petite excursion est tombée à l'eau, ou plutôt dans la neige, voilà tout !

— Voyons ! vous êtes toujours décidé à partir demain soir ?

— Je vous l'ai dit. Il faut absolument que je sois à Paris le 25.

— Vous ne pouvez pourtant pas partir sans avoir vu Kronstadt. Mais, j'y pense, puisque je ne puis pas vous accompagner, pourquoi n'iriez-vous pas tous deux avec ma femme.

— Avec Madame!

— Macha se faisait une joie de cette partie et je suis sûr qu'au fond elle est contrariée d'être obligée d'y renoncer. Elle a l'habitude, d'ailleurs, de ces sortes d'excursions ; il n'y a pas d'hiver où nous n'allions au moins deux ou trois fois aux Iles entendre les Bohémiennes. Si donc vous consentez à vous charger d'elle...

— Vous plaisantez, mon cher ami ; c'est plutôt moi qui serais à la charge de Madame ! Je n'entends pas un

mot de russe et ne suis bon à rien, qu'à me laisser
conduire aveuglément. Les rôles seraient donc complètement renversés, et je serais honteux d'infliger à Madame cette corvée.

Mais ici madame Karnéiew intervint et protesta, de la
façon la plus gracieuse, qu'elle serait ravie, en effet, de
faire cette promenade avec moi, et que je lui ferais un
très vif plaisir en acceptant la proposition de son mari.

Devant cette aimable insistance, j'aurais eu mauvaise grâce à me faire prier plus longtemps, d'autant
plus que madame Karnéiew était toute jeune et absolument charmante. La perspective de passer une journée
en tête-à-tête avec elle, et dans des conditions aussi
pittoresques, n'avait donc en soi rien de désagréable.
Bien au contraire, l'aventure prenait une petite tournure romanesque et piquante, qui en relevait singulièrement la saveur.

Il m'avait paru jusqu'alors, je le dis tout bas, que les
jolies femmes n'étaient pas très communes en Russie,
ou du moins à Pétersbourg. La plupart de celles que
j'avais rencontrées dans le monde étaient grandes et
maigres, avec des cheveux blond filasse et des yeux
bleu faïence, le visage allongé sans charme ni grâce et
surtout le teint pâle, exsangue, de femmes qui vivent
dans une atmosphère surchauffée, derrière des vitres
continuellement closes ; en outre, elles m'avaient semblé
fort mal habillées, même avec des étoffes très riches
et force bijoux de prix. Pour être franc tout à fait,
j'avouerai qu'elles me faisaient presque toutes l'effet,
soit de garçonnets habillés en femmes, soit de femmes
de chambre qui auraient revêtu, par surprise, les robes
de leurs maîtresses.

Dans la rue, c'est autre chose. Toutes les femmes que l'on rencontre dans la rue (je ne parle pas, bien entendu, des femmes de *moujik* qui n'ont qu'une analogie lointaine avec ce sexe enchanteur à qui nous rendons les armes), se ressemblent à s'y méprendre, enveloppées qu'elles sont toutes, du talon à la nuque, dans leur ample pelisse de satin noir, garnie de martre zibeline, de renard bleu de Sibérie, ou d'autres fourrures d'un prix souvent extravagant.

Il y a encore le théâtre. Mais, soit que la disposition spéciale des salles de Pétersbourg, avec leurs fonds de loges peints en blanc sans tentures ni lambrequins, fournisse un cadre peu favorable à la beauté des femmes, soit que le deuil de la cour ait jeté un voile de tristesse sur les instincts élégants de la haute société pétersbourgeoise ; toujours est-il que la corbeille de beautés septentrionales, qui s'étalait au *bel étage* (comme on appelle ici les premières loges) du Grand Théâtre ou du Théâtre Marie, n'attirait les regards des nombreux officiers en uniforme assis à l'orchestre, ni par la grâce enchanteresse de leurs traits, ni par l'éclat ou le goût de leurs toilettes. Les quelques femmes en robe élégante et décolletée, qui ressortaient sur le fond universellement terne et froid de l'assistance, appartenaient évidemment à la colonie étrangère. Je crois même avoir aperçu, un soir de Ballet, aux places les plus en vue, des dames russes en toilette de ville, pour ne pas dire en toilette d'appartement, et qui n'avaient pas même pris la peine de se faire coiffer.

Et, comme je témoignais mon étonnement de ne pas retrouver ici quelques-unes de ces beautés célèbres que j'avais vues éblouir les populations à Paris, à Nice ou à Trouville, on m'expliqua que, lorsque ces élégantes personnes se décident à revenir dans leur belle patrie, c'est pour se rendre directement dans leurs terres, et que généralement elles ne posent guère à Pétersbourg le bout de leurs jolis pieds.

Madame Karnéiew, heureusement pour moi, faisait exception à la règle. Sans avoir des traits bien réguliers, ni un teint d'une fraîcheur extraordinaire, elle était tout à fait jolie et gracieuse, fort élégante, en outre, ce qui tenait sans doute aux nombreux voyages qu'elle avait faits en Europe et surtout à Paris, où elle avait habité tout un hiver.

Avec sa mignonne figure sortant du collet de castor de sa fourrure, et sa toque campée de côté sur ses épais cheveux blonds, elle était ravissante; et bien des gens eussent envié la bonne fortune qui m'avait improvisé le cavalier servant d'une aussi charmante personne.

Cependant mon ami Karnéiew, tout à son office de mari aimable et empressé, s'était occupé de prendre nos billets et de nous installer l'un en face de l'autre dans un de ces confortables wagons russes qui font l'admiration et l'envie du voyageur infortuné, condamné à se laisser broyer les os en temps ordinaire sur nos misérables chemins de fer français.

Il ne nous quitta qu'au troisième coup de cloche; et, lorsque le train s'ébranla, la dernière silhouette que nous aperçûmes sur le quai de la gare à travers les doubles vitres de notre wagon fut celle de cet excellent ami nous souhaitant de la main un agréable voyage.

III

Le paysage, entre Pétersbourg et Oranienbaum, n'offre pas un intérêt palpitant. A peine a-t-on franchi les faubourgs de l'imposante capitale qu'on se retrouve brusquement dans une vaste plaine neigeuse et marécageuse, dont toute la végétation se compose de bouleaux dépouillés de leurs feuilles et de maigres sapins à verdure noire, usés par le vent et comme brûlés du côté du nord.

Pendant la belle saison, ces longues files de bouleaux, entre lesquelles court le chemin de fer, doivent être ravissantes à l'œil avec leurs troncs droits, élancés, à l'écorce argentée, et leur feuillage délicatement découpé. Mais, entre le ciel d'un gris jaunâtre et le sol uniformément recouvert d'un immense tapis blanc, l'aspect de cet arbre élégant et gracile est d'une mélancolie navrante.

Par intervalles, c'est une véritable forêt que traverse la voie, une forêt interminable, avec des éclaircies pratiquées à coups de hache, par ci par là, et des files entières d'arbres coupés au pied et entrecroisant

15

leurs têtes dépouillées dans des flaques d'eau gelée : au bas du talus, les longues piles de bois scié, empilé régulièrement, s'étendent à perte de vue.

Ce n'est que de très loin en très loin qu'on aperçoit, sur la partie élevée de petites éminences à pente douce, quelques misérables villages, composés d'une rue unique bordée à droite et à gauche d'*isbas* enfumées, dont les murs de troncs d'arbre non équarris font tache au milieu de la neige. Entre ces *isbas*, qui ont le pignon tourné du côté de la route et qui affichent parfois des prétentions à la décoration architecturale sous forme de grossières découpures de bois faisant saillie, ou distingue les grandes barrières en bois qui servent de clôtures aux cours des habitations.

D'êtres vivants, peu ou point de traces ; parfois cependant vous voyez apparaître sur le seuil d'une *isba* un indigène enfoui dans sa touloupe graisseuse, les jambes chaussées d'énormes bottes de feutre et les mains cachées sous de grosses moufles grises à un seul doigt ; ou bien, c'est un petit chien jaune qui se montre soudain et se roule en gambadant dans la neige.

En somme, il est difficile de rêver un paysage d'une tristesse et d'une monotonie plus désolantes.

Un peu avant d'arriver à la station de Peterhof, madame Karnéïeff me montre, à quelque distance sur la gauche, une sorte de grand château fortifié et crénelé, de l'intérieur duquel surgit tout un monde de tours et de clochetons, avec les inévitables coupoles vert-clair ou dorées.

C'est le couvent de Saint-Serge, me dit-elle, un couvent très célèbre et très visité, qui renferme dans sa vaste enceinte quatre églises, de nombreuses maisons d'habitation pour les moines, un grand établissement pour des invalides et enfin un cimetière où sont enterrés un certain nombre de personnages historiques.

Peu après, le train s'arrête. Nous sommes à Peterhof, le Versailles de Pétersbourg. Cette résidence impériale, bâtie par Pierre le Grand et embellie par ses successeurs, est célèbre surtout pour ses jardins, peuplés d'une quantité invraisemblable de fontaines, de bassins, de grottes, de jets d'eau et de cascades. De nombreuses résidences particulières sont venues s'établir autour du vieux palais de Pierre le Grand, qui se trouve ainsi le centre d'une petite ville de plaisance, fort agréable et fort élégante, à ce que l'on assure, pendant la belle saison.

Malheureusement, de la station de Peterhof, nous n'apercevons presque rien de ces merveilles, et nous reprenons notre mélancolique voyage jusqu'à Oranienbaum, où nous arrivons à dix heures vingt, sans autre incident digne d'être rapporté.

La station d'Oranienbaum est pittoresque au plus haut point. La voie ferrée se trouve fort élevée en contre-haut ; on est obligé d'en descendre par un escalier à ciel ouvert, formé tout simplement de traverses de sapin à demi enterrées. Ces marches, toutes primitives, étaient rendues tellement glissantes par la couche de neige qui les recouvrait presque entièrement, que j'eus beaucoup de peine à arriver en bas sans encombre, surtout avec les indispensables galoches en caoutchouc que tout le monde porte ici par dessus les chaussures ordinaires.

Ce premier obstacle franchi, le coup d'œil des innom-

brables traîneaux, rangés dans la cour de la station,
me ravit par son animation et sa gaieté imprévues.
Figurez-vous plusieurs centaines de grands traîneaux
à capotes (ou plutôt de *kibitkas*, comme on les appelle
ici), avec une caissse peinte en roug vif, relevé de
fleurs et d'ornements en blanc ; comme attelages, de
petits chevaux au poil hérissé, aux jambes fines et
nerveuses, barbelées comme des plumes d'aigles, qui
frappent d'un sabot impatient le pavé glacé de la
cour ; et enfin, détail caractéristique et charmant, les
guides et les traits entièrement recouverts de petites
piécettes d'acier poli qui scintillent et cliquettent au
moindre mouvement des chevaux.

Debout à côté de leurs *kibitkas*, les cochers nous in-
terpellaient avec de grands gestes et de grands éclats
de voix, se disputant notre pratique et celle des autres
voyageurs avec un acharnement féroce.

Naturellement, je ne savais trop pour lequel me décider, lorsque madame Karnéïeff me montra une
kibitka attelée de deux petits chevaux maigres, à la
crinière hérissée, hagards, velus comme des ours et
sales à faire peur, qui se dandinaient, la tête basse,
d'un air gauche et maladroit ; elle me dit qu'il ne
fallait point s'arrêter à leur mine et que c'étaient ceux-
là que nous devions prendre.

Le cocher, bien que tout jeune encore, avait la barbe
toute blanche, son haleine s'était condensée en glaçons autour de son masque violet de froid ; quant aux
deux petits chevaux, leur transpiration s'était gelée
sur leur corps et leurs poils amalgamés hérissaient
leur ventre d'une croûte de glace semblable à de la
pâte de verre.

Une fois que nous fûmes installés au fond de notre pittoresque véhicule, le cocher tourna à droite, sortit de la cour de la station et gagna en quelques minutes l'entrée du golfe, sur lequel il lança ses deux petits chevaux à toute volée

Bon nombre d'autres *kibitkas* avaient précédé la nôtre ; d'autres encore partirent sur nos traces, de sorte que cela formait à la fin une sorte de caravane qui allait se déroulant au rapide galop des petits chevaux de l'Ukraine sur la glace couverte de neige, ou, pour être plus exact, sur la piste tracée au milieu du golfe par deux lignes de branches de pin fichées dans la glace à intervalles réguliers.

L'air était vif, mais sain et vivifiant. Le ciel était clair, d'un bleu d'acier au ton doux ; la lumière étincelait sans chaleur, et le soleil pâle et comme gelé, lui aussi, brillait sur la glace sans l'entamer ; la neige, diamantée sous la gelée qui l'avait durcie, scintillait et lançait mille étincelles de mica comme le plus pur marbre de Paros.

Debout sur le devant de la *kibitka,* le cocher conduisait son attelage en tenant les guides des deux mains : toutes les deux ou trois minutes, il émettait un petit cri d'une espèce particulière, qui tenait le milieu entre un sifflement et le bourrissement de la perdrix, que le chien fait envoler du fourré : et cet appel paraissait avoir un effet magique sur les deux chevaux qui bondissaient comme enragés, et nous entraînaient avec une rapidité vertigineuse.

Seul, le limonier était engagé entre les deux brancards, sous la *douga* (cintre de bois arrondi au-dessus du garrot, qui sert à maintenir l'écartement du collier

et des bras du brancard) et gardait son allure d'un trot
rapide, tandis que l'autre, celui de volée, attelé seulement par un simple trait extérieur, une courroie lâche
le rattachant au collier du limonier, galopait franchement, tournant constamment la tête en dehors à la
manière classique et gambadant le long de l'attelage,
comme s'il accompagnait son camarade pour sa satisfaction personnelle, avec quelque chose de gai, de
libre et de gracieux dans l'allure qui me faisait penser
à ces attelages antiques, qu'on voit sur les arcs de
triomphe traînant des chars de bronze auxquels ils
semblent ne tenir par rien.

Naturellement, au bout de quelques minutes de ce
train d'enfer, les deux petits chevaux, échauffés par la
rapidité de la course, soufflaient par les naseaux des
jets de vapeur, comme les dragons de la fable, et de
leurs flancs en sueur, dont les glaçons s'étaient dége-
lés, se dégageait comme un brouillard qui les enveloppait et les suivait tout ensemble.

Il y avait dans tout cela, dans l'allure précipitée de
notre attelage nous entraînant ainsi sans bruit sur le
tapis velouté qui recouvrait la glace, dans le froid piquant qui nous mordait la peau, dans le vent glacé
mais tonique qui nous fouettait le visage, comme une
griserie très particulière, dont nous subissions le
charme inconnu sans l'analyser.

Nous nous défendions, d'ailleurs, de notre mieux,
contre les atteintes de cette terrible température. J'a-
vais soigneusement étendu mon plaid sur les genoux
de madame Karnéïeff et sur les miens ; par dessus, le
cocher avait rabattu, en outre, le tablier de fourrure
commune qui s'attache aux quatre tolets du traîneau ;

la couche de foin qui garnissait le fond de la *kibitka* achevait d'empêcher nos jambes et nos pieds de se refroidir.

Enveloppée jusqu'au menton dans sa chaude pelisse, madame Karnéïeff pressait sur sa poitrine son manchon ouaté et l'on distinguait à peine, sous son voile diamanté de mille points brillants, son gracieux visage rosé par le froid.

Par moments, en dépit du garde-neige en éventail qui faisait saillie à l'avant de la *kibitka*, les pieds du cheval de volée lançaient en galopant des paquets de neige qui nous arrivaient en pleine figure, quand nous n'avions pas le soin de baisser à temps la tête. Et de rire !

Il s'en fallait, du reste, que la piste que nous suivions fût un véritable miroir poli, où des patineurs eussent pu circuler avec une extrême vitesse. Le passage presque incessant des traîneaux de toute sorte avait soulevé par endroits de grosses boursouflures, formant comme une succession de monticules et de petites vallées, par dessus lesquels notre légère *kibitka* glissait d'ailleurs sans secousses. Là même où la glace était à peu près unie, la présence de la neige n'eût point permis le patinage. Ces irrégularités du chemin eussent pu nous faire croire que nous voyagions plutôt sur la terre ferme que sur la glace, si nos oreilles n'avaient point perçu certain bruit caractéristique, qu'il me semble entendre aujourd'hui encore quand je me reporte à cette journée fertile en émotions : c'était une sorte de bruit de creux, de roulement d'abîme, et comme le grondement sourd d'un prisonnier qui appelle.

Parfois aussi nous entendions sous les pieds des chevaux un crépitement significatif ; ou bien des fendil-
lements sinistres couraient à droite et à gauche sur le
passage de la *kibitka* ; quelquefois même la route était
traversée par une crevasse, au fond de laquelle on
voyait l'eau clapoter, comme si quelque courant avait
soulevé la glace. Notre attelage s'enlevait alors d'un
bond et nous faisait franchir l'obstacle avec une aisance et une sûreté merveilleuses.

Évidemment, nous ne courions aucun danger; la
glace, sur laquelle nous volions de cette rapide allure, était d'une épaisseur suffisante pour nous porter
(elle avait au moins une *archine*, une *archine* et demie
d'épaisseur, m'avait-on dit, soit de soixante-dix centi-
mètres à un mètre cinq). Malgré cela, quand je pensais
qu'au-dessus de cette couche fragile, sur laquelle nous
pesions, il n'y avait pas un refuge, pas un support,
rien à saisir au moment où, notre poids devenant trop
lourd pour la glace, nous la sentirions fléchir sous
nous, il me passait de légers frissons le long du dos.
De même que dans une voiture dont on sent les chevaux emportés on se jette instinctivement en arrière,
comme pour lutter contre la force qui vous entraîne,
j'éprouvais en moi un soulèvement général, dont je
ne pouvais me défendre. J'aime à supposer pour la
sauvegarde de mon amour-propre, qu'il doit en être
toujours ainsi la première fois que l'on voyage sur la
glace.

Au surplus, c'était pour ma compagne encore plus
que pour moi que je tremblais, quand un petit craque-
ment sec se faisait entendre et ramenait mon esprit vers
un accident possible, après tout, et pour lequel, à cette

distance de la terre ferme, il ne fallait attendre évidemment aucun secours.

Quant à madame Karnéïeff, soit qu'elle eût plus que moi l'habitude de ce genre d'excursions, soit qu'elle fût naturellement intrépide, elle semblait à mille lieues de songer à un danger quelconque; elle était toute au charme captivant, à l'ivresse capiteuse de cette course rapide au grand air, dans cette solitude blanche et ce silence de toutes choses.

Et, à plusieurs reprises, elle me remercia de lui avoir fourni l'occasion de cette délicieuse et piquante promenade, qu'elle rêvait de faire depuis longtemps.

IV

Nous galopions ainsi sur la surface du golfe depuis vingt bonnes minutes, et déjà les petites maisons plates d'Oranienbaum s'étaient effacées progressivement derrière nous, ainsi que les collines lointaines sur lesquelles s'étage Peterhof. Sur notre gauche, à bonne distance, nous commencions à apercevoir quelques-uns des îlots fortifiés qui font une ceinture défensive à Kronstadt, et même, en face de nous, nous pouvions déjà distinguer Kronstadt elle-même avec son enceinte bastionnée, par dessus laquelle se dressaient vers le ciel quantité de clochers, de tours, de flèches élancées, et de ces coupoles en forme d'oignon de tulipe ornées de boules et de croix dorées, qui ajoutent un souvenir de l'Orient à l'ensemble un peu confus de toutes les villes russes.

Soudain, le temps changea brusquement. Le ciel, qui était clair jusque-là, s'obscurcit et prit une teinte gris-jaunâtre uniforme. Puis, presque aussitôt, la neige se mit à tomber avec une abondance et une épaisseur extrêmes.

Bien défendus par nos fourrures, nous accueillîmes l'avalanche très philosophiquement, gaîment presque. N'était-ce point un attrait de plus ajouté au pittoresque de notre promenade?

Nos vaillants petits chevaux, secouant leur crinière échevelée sous les flocons de neige, n'en ralentissaient point pour cela leur allure et nous entraînaient toujours à fond de train.

Cependant le voile de neige qui nous enveloppait était devenu si opaque, que nous ne distinguions plus rien autour de nous ; nous nous sentions aussi bien séparés de toutes choses, aussi isolés, aussi perdus derrière cette blancheur immaculée que nous aurions pu l'être dans les entrailles mêmes de la terre, ou plus simplement dans l'obscurité profonde d'un tunnel. Nous ne pouvions même plus apercevoir les branches de sapin plantées dans la glace qui bordaient la route à droite et à gauche, et le dos de l'*isvostchik* bornait maintenant notre horizon.

Chose non moins singulière, les autres *kibitkas* qui précédaient ou qui suivaient la nôtre semblaient avoir disparu comme par enchantement. Hormis le bruit des sabots des deux chevaux, le grincement à peine sensible des patins de la *kibitka* sur la neige, et l'éternel *brrrou! brrrou!* de l'*isvostchik*, nous n'entendions absolument rien.

Il vint un moment cependant où l'*isvostchik* dut modérer son allure et retenir ses chevaux. Je crus même remarquer qu'il se penchait en même temps à droite et à gauche comme pour s'assurer s'il était toujours dans la bonne voie.

— Est-ce qu'il aurait quitté la piste, sans s'en être

aperçu? dis-je à madame Karnéïeff qui interpella
aussitôt l'*isvostchik*, en lui répétant ma question.

— *Nitchevo!* (Bah! ça ne fait rien!) répondit celui-ci,
en se retournant à demi, sans chercher, du reste, à
nier la moindre chose.

Alors je m'expliquai pourquoi nous n'entendions
plus les autres traîneaux et pourquoi nous n'aperce-
vions plus les deux bordures de branches de sapin.
Mais j'avoue qu'en dépit du calme imperturbable de
l'*isvostchik*, je n'étais pas du tout rassuré en voyant
que nous faisions de plus en plus fausse route.

L'*isvostchik* semblait avoir décidément perdu la tête;
tantôt, indécis, hésitant, il retenait ses chevaux;
tantôt, au contraire, il les lançait à toute volée dans
une direction déterminée, comme s'il venait de retrouver la piste.

En même temps, on eût dit que les deux intelligen-
tes bêtes se rendaient parfaitement compte de la situation, elles avaient comme des révoltes et secouaient
rageusement leur crinière toute crêpelée de flocons de
neige. On voyait qu'elles n'obéissaient plus qu'avec répugnance à leur malhabile conducteur. En vain celui-
ci cherchait-il à les exciter et à les ressaisir en leur par-
lant, comme à des animaux de son espèce; en vain
les encourageait-il avec de tendres et caressantes épi-
thètes, les appelant ses petites colombes, ou bien au
contraire leur lançait-il avec colère des injures méprisa-
santes, les traitant de chiens maudits; il y perdait sa
peine. De même que le maladroit chasseur qui vient
de rater un superbe coup de fusil ne se fait plus obéir
de son chien qu'en rechignant, ainsi notre *isvostchik* avait perdu toute son autorité sur ses deux

bêtes par cela seul qu'il ne savait plus les conduire.

Ce qui m'empêchait, toutefois, de m'inquiéter sérieusement, c'était la pensée que, fussions-nous réellement égarés, nous finirions toujours bien par nous retrouver. Nous étions trop peu éloignés soit d'Oranienbaum, soit de Kronstadt ou de quelqu'un des forts qui entourent Kronstadt, pour que le danger de nous perdre tout à fait fût bien grand. Dès que la tourmente aurait cessé, et elle ne pouvait point durer toujours, nous aurions bientôt fait de nous reconnaître et nous rattraperions rapidement le temps perdu.

Quant à madame Karnéieff, soit l'insouciance du danger naturelle chez certaines femmes, soit qu'elle ne se rendît pas compte exactement de celui qui nous menaçait, ces émouvantes péripéties semblaient plutôt l'amuser ; elle prenait tout cela le plus gaîment du monde, comme un écolier en rupture de classe, qui voit son escapade se pimenter de quelques agréments imprévus.

Loin de se calmer, cependant, la tourmente redoublait de violence. Chassée par une force d'impulsion dont on n'a pas idée chez nous, la neige tombait en flocons de plus en plus compacts, et enveloppait la *kibitka* d'une carapace tellement épaisse que c'était à croire que nous allions être ensevelis vivants.

Ahuris, aveuglés par la neige et par le vent, la tête gercée à éclater sous l'influence de ce froid terrible, les deux pauvres chevaux ne cherchaient plus qu'à se soustraire aux atteintes de l'effrayant phénomène, et, tournant le dos au nord, d'où soufflait le vent, ils bondissaient et s'enlevaient sur place, malgré les efforts désespérés de l'*isvostchik*.

Au bout de quelques minutes, la neige s'était amon-
celée en telle quantité autour de la *kibitka* que celle-ci
se trouva engagée plus qu'à moitié. Nous interpellâ-
mes de nouveau l'*isvostchik*, qui, tout en répétant sans
s'émouvoir son éternel *nitchevo!* finit cependant par
sauter en bas de son siège ; je sautai également pour
l'aider, mais ce ne fut pas une petite affaire que d'arriver à dégager la *kibitka* de la masse de neige, sous
laquelle elle menaçait de disparaître.

À peine avais-je repris ma place et replacé le tablier
sur mes genoux qu'un nouvel accident, plus grave
encore que le premier, vint compliquer notre situation, déjà si peu rassurante. En faisant effort pour repartir, le limonier se débattit si violemment entre
les bras du brancard qu'un trait se rompit.

— *Nitchevo! Nitchevo!* dit encore l'*isvostchik*, en sautant derechef sur la neige, pour rattacher tant bien
que mal le trait rompu.

Mais au même instant, une rafale épouvantable s'a-
battit sur nous : chevaux, traîneau, cocher, tout disparut, enveloppé dans un tourbillon de neige, semblable à une trombe.

Affolé, le cheval de volée fit brusquement volte-face
et arracha la courroie lâche qui ne le retenait plus
qu'à peine, de sorte que l'*isvostchik*, ayant déjà dételé
le limonier pour rajuster le trait brisé, la *kibitka* se
trouva un instant abandonnée, les deux brancards
posés sur la neige.

Tout d'un coup, sur une poussée de vent d'une vigueur prodigieuse, les deux chevaux et l'*isvostchik* rou-
lèrent les uns contre les autres, et le traîneau, libre de
tous liens et offrant au vent la large surface de sa ca-

pote fermée, fut enlevé comme une plume et projeté d'un seul élan à plus de vingt mètres; mais là, trouvant devant lui une étendue relativement unie, il glissa sur ses patins, sous l'impulsion du vent, avec une rapidité effrayante.

Dans cette situation horriblement critique, dont je me rendais cette fois pleinement compte, je pensai tout d'abord à ma compagne. Nous sentant perdus, je m'étais jeté instinctivement devant elle, comme si mon secours pouvait lui être de quelque utilité contre cette force aveugle, implacable, à la merci de laquelle nous étions livrés, et j'avais posé ma main sur son bras pour lui rappeler que j'étais là, que dans cette extrémité désespérée, si je ne pouvais rien pour la sauver, je ne la quitterais pas du moins et que je mourrais avec elle.

De son côté, madame Karnéïeft n'avait point tressailli, elle n'avait même pas répondu à mon étreinte.

Et nous glissions, emportés sur la glace recouverte de neige et perdus irrévocablement; car il était fou de supposer que quelque chose pouvait nous arrêter maintenant dans notre course vertigineuse, et c'était vers la pleine mer que le vent nous poussait avec une puissance surhumaine.

V

Quoique que je n'eusse point perdu tout sang-froid, je n'avais pas cependant, je ne fais point difficulté de l'avouer, ma liberté d'esprit tout entière; en outre, c'est un phénomène bien connu que l'extrême froid, comme l'extrême chaleur, vous enlève la conscience exacte du temps qui s'écoule. Je serais donc bien embarrassé de dire aujourd'hui combien d'heures ou combien de minutes dura cette épouvantable situation. On me croira sans peine, toutefois, si je confesse que le temps me parut terriblement long.

Heureusement, une profonde crevasse, dont les rebords gelés et couverts de neige formaient saillie, s'étant rencontrée devant nous, les brancards et les patins de la *kibitka* y entrèrent et s'y engagèrent si avant, qu'elle fut arrêtée net; du coup, nous faillîmes, ma compagne et moi, être lancés hors du traîneau, tant la secousse avait été brusque.

Presque aussitôt la neige commença à se calmer, mais le vent, bien au contraire, ne fit que redoubler encore de violence. Si la capote de la *kibitka* ne nous

avait point servi fort à propos de paravent, jamais
nous n'eussions pu y résister cinq minutes.

On ne peut se faire une idée de la force prodigieuse
avec laquelle ce terrible vent du nord se déchaîne sur
ces grands espaces unis, où rien ne l'arrête ni le brise.

Autour de nous, tout volait, emporté par la rafale,
et, si épaisse que fût la couche de neige, qui n'avait
cessé de tomber depuis une heure et plus, elle fut ba-
layée en un rien de temps, laissant la place complètement à découvert sur un espace considérable. Le golfe
devint brillant comme un miroir, et, si le ciel encore
obscurci n'eût arrêté les rayons du soleil, c'eût été certainement un spectacle éblouissant.

Mon premier mouvement, dès que ce voile épais de
neige, tombant sans discontinuer, avait cessé de nous
isoler du reste du monde, avait été de chercher à reconnaître à quelle distance de la terre l'ouragan nous
avait entraînés ; et j'avais eu la satisfaction de constater
que, si nous étions en dehors de la ceinture des forts
qui entourent Kronstadt, nous ne devions pas cependant nous trouver à plus de trois verstes de Kronstadt
elle-même, à moins que cette surface unie et miroi-
tante, sans un seul point de repère ni de comparaison,
ne m'eût égaré sur la distance.

Je voulus tout aussitôt faire part de cette nouvelle
rassurante à madame Karnéïeff ; mais elle ne me répondit point, et je m'aperçus seulement alors qu'elle
avait perdu complètement connaissance.

Sans doute, malgré tout le ressort de sa nature
énergique, elle n'avait pu résister à la perspective
de l'horrible mort qui nous attendait.

Jamais je ne m'étais trouvé dans un embarras aussi

cruel. Quels moyens avais-je à ma portée, en effet, pour faire revenir la pauvre femme à elle? J'eus beau essayer de la secouer, de lui frapper dans les mains, ce fut peine inutile.

D'autre part, je ne pouvais raisonnablement attendre aucun secours, là où nous nous trouvions; car j'avais beau me pencher hors du traîneau pour jeter les yeux de tous côtés, aussi loin que ma vue portait, je n'apercevais aucune trace d'un être vivant.

Cependant je sentais que rien n'était plus dangereux, plus mortellement dangereux, que cet état d'engourdissement par un pareil froid. Il était urgent d'aviser, car chaque minute qui s'écoulait aggravait le péril.

Une seule ressource me restait : du moment qu'il m'était impossible de ramener mon infortunée compagne et de gagner Kronstadt avec elle à pied, il me fallait y aller seul et en revenir le plus rapidement possible avec assez de monde pour l'emporter.

L'abandonner ainsi évanouie dans cette immensité déserte, c'était pourtant bien grave; et quels ne seraient point son horreur et son effroi, si elle revenait à elle, en se voyant seule ainsi, loin de tout secours humain!

Mais que faire? Le plus pressé n'était-il point de prendre virilement le seul parti qui s'imposait? La neige avait complètement cessé, le vent lui-même commençait un peu à se calmer ; mais le temps pouvait se gâter de nouveau et redevenir impossible.

Je m'assurai rapidement que son voile était bien rabattu sur son visage, ses mains bien enfoncées dans son manchon, et que sa pelisse ne pouvait laisser pénétrer l'air froid par aucun interstice; je rebouclai avec soin sur ses genoux le tablier de la *kibitka*, et, lui adressant un dernier regard, plein de sollicitude et d'angoisse, je m'élançai d'un pas rapide dans la direction de Kronstadt.

Mais j'avais à peine fait quelques pas sur la glace qu'il m'arriva une chose atroce, qui, malgré sa trivialité grotesque, n'en était peut-être que plus poignante.

Vous vous rappelez le tableau de *Rothomago*, la fameuse féerie de la Porte-Saint-Martin, qui portait sur l'affiche ce titre affriolant : *le Notaire sur la glace*.

Le brave tabellion arrivait en courant par le côté jardin, pour marier les deux amoureux du côté cour ; mais, en passant à la hauteur du trou du souffleur, il perdait l'équilibre et s'étalait à plat ventre sur la glace ; dans la chute, sa serviette s'ouvrait et répandait une masse incalculable de dossiers qui s'envolaient de tous côtés. Il se relevait ; mais, à peine debout, il retombait ; il se redressait encore pour retomber de nouveau. Chaque effort était suivi d'une nouvelle culbute. Le malheureux bonhomme pris d'une rage folle, pirouettait alors sur lui-même, se roulait, se tordait, avec des convulsions d'épileptique ou de grenouille galvanisée s'épuisant dans une lutte épique, où il perdait successivement sa canne, sa perruque, ses lunettes, jusqu'à ce qu'enfin, à bout de souffle et de force, il retombât demi-mort sur la place.

Eh bien, malgré la gravité tragique des circonstances, la situation, dans laquelle je me trouvai soudain, avait beaucoup d'analogie avec celle du notaire de *Rothomago;* et cependant, je vous prie de le croire, je ne songeai point un seul instant à en rire.

Je n'étais pas à trois pas de la *kibitka* que, la surface absolument unie de la glace manquant brusquement sous mes pieds, je m'abattis lourdement comme une masse. Emmitouflé dans ma pelisse, les jambes engagées dans ma double paire de chaussures, j'eus beaucoup de peine à me remettre debout.

Quand j'y fus parvenu enfin, je reconnus avec terreur qu'il me serait impossible d'avancer sans retomber aussitôt. Le court trajet qui me séparait de Kronstadt, et qu'un patineur eût parcouru dans l'espace de quelques minutes, prenait pour moi les proportions d'un abîme infranchissable.

Et cependant il fallait sortir de là; c'était une question de vie ou de mort pour madame Karnéïeff et peut-être aussi pour moi-même.

J'assurai autour de moi ma pelisse pour avoir mes mouvements plus libres, je rabattis sur mon front et sur mes oreilles mon bonnet de fourrure, afin de donner le moins de prise possible au vent que j'avais maintenant en face et qui m'entamait littéralement le visage comme l'eût fait la lame fraîchement aiguisée d'un rasoir; puis, m'accroupissant contre la glace, je me traînai sur les genoux et sur les mains, comme ces matelots naufragés qui ont fait un vœu à Notre-Dame-de-Bon-Secours.

Ce qu'il me fallut d'énergie pour ne pas renoncer à cette tentative désespérée au bout de quelques minutes, je renonce à vous le dire : je tins bon cependant et poursuivis mon pénible calvaire.

Après un quart d'heure de cet exercice au-dessus des forces humaines, j'étais épuisé. Je levai les yeux et reconnus avec épouvante que le but si cruel à atteindre ne s'était pas sensiblement rapproché.

Je me retournai machinalement du côté de la *kibitka*; mais alors je me rappelai que chaque instant perdu par moi était une chance de salut de moins pour cette pauvre femme, évanouie sous ce frêle abri, que le froid ne manquerait pas d'achever si elle n'était point promptement secourue; et, fermant mes yeux et mon esprit à toute autre pensée, je repris avec une nouvelle énergie ma décourageante entreprise.

Ce ne fut que lorsque mes poignets engourdis et mes genoux ankylosés me refusèrent tout service, que je m'accordai quelque instant de répit pour me reposer. Je m'étendis alors sur la glace de tout mon long, pour rendre à mes membres un peu d'élasticité; je me frictionnai énergiquement les genoux, puis je repartis avec une ardeur nouvelle.

Cela dura bien une heure, peut-être plus. Enfin, après avoir cru vingt fois que je resterais en route, j'arrivai au pied des remparts de Kronstadt. En levant la tête, je crus apercevoir dans le chemin de ronde des ombres qui faisaient tache sur le fond de neige. Par un effort désespéré, je parvins alors à me mettre debout, et, levant les bras en l'air, je criai de toutes mes forces, sans réfléchir que mon appel en français courait risque de ne pas être compris :

— Au secours! au secours!

Malheureusement, je m'agitai si fort pour attirer l'attention que, me soutenant à peine sur mes jambes brisées par la fatigue, je glissai derechef et tombai de tout mon long, le front sur la glace. Je sentis aussitôt le sang jaillir et m'inonder le visage; puis, soit faiblesse, soit que la perte de mon sang eût achevé de m'épuiser, je demeurai comme pâmé et dans l'impossibilité absolue de faire aucun mouvement.

Je n'avais pourtant pas entièrement perdu connaissance, car il me sembla, bientôt après, que quelqu'un me soulevait, qu'on m'enlevait mon bonnet pour examiner ma blessure, puis qu'on m'emportait. J'avais vaguement conscience de ce qui se passait, mais je n'avais même plus la force d'ouvrir les yeux et je m'abandonnai aux événements, inerte, à demi-mort, sans pensée aucune.

Un peu plus tard j'eus comme la sensation d'une brûlure cuisante sur le front, en même temps qu'un ruisseau d'eau glacée me coulait sur le visage; mais, cette fois, la douleur fut tellement cruelle que je m'évanouis tout à fait.

VI

Ce fut encore une sensation très pénible et très douloureuse qui me rappela au sentiment de l'existence,
après un espace de temps que j'étais hors d'état d'évaluer. Il me semblait qu'un poids énorme m'écrasait le
front. En même temps, je sentais une sorte de chatouillement, de démangeaison insupportable, le long
du nez, et surtout à son extrémité; et c'était pour moi
un véritable supplice de ne pouvoir y porter la main.
Mais j'étais comme paralysé, mes membres étaient devenus mous à la fois et lourds comme du plomb, et le
moindre mouvement, m'eût-on approché du visage un
fer rouge, m'aurait été impossible.

Enfin, après des efforts incroyables, je réussis à remuer tant soit peu la tête; dans ce mouvement, la compresse que l'on m'avait appliquée sur le front se déplaça quelque peu et j'aperçus, à quelques pas de moi,
deux personnes assises auprès d'une table, sur laquelle était placée une lampe avec son abat-jour, ainsi
qu'un *samovar* et des verres.

L'une de ces deux personnes avait une figure assez

étrange, le teint coloré avec de longs favoris d'un blond roux. Quant à l'autre, elle me tournait le dos, mais il me semblait vaguement reconnaître ce crâne à demi chauve que je distinguais assez mal d'ailleurs à la pâle clarté de la lampe.

Les deux hommes causaient à voix basse sans paraître s'inquiéter de moi, et le bruit de leurs paroles arrivait à peine jusqu'à mes oreilles, comme un bourdonnement confus.

Cependant, au bout de quelques instants, celui qui me tournait le dos, se leva et, s'approchant de moi, il m'enleva la compresse du front pour la tremper à nouveau dans je ne sais quel mélange d'eau et d'alcool ; mais, au moment où il me la replaçait sur la blessure saignante, ses yeux se rencontrèrent avec les miens, et je reconnus mon ami Karnéïeff.

Ma première pensée fut que j'étais chez lui à Saint-Pétersbourg et que, par conséquent, je n'avais plus rien à redouter ; l'esprit fatigué par tout le sang que j'avais perdu, ma pensée n'allait pas au delà. Et, souriant à ce regard ami, je fermai les yeux de nouveau.

Mais lui, alors, se penchant sur moi, me dit d'une voix saccadée, qu'il s'efforçait évidemment de rendre calme et naturelle, pour ménager ma faiblesse :

— Vous êtes mieux, mon ami ? Vous me reconnaissez, n'est-ce pas ? Vous comprenez ce que je vous dis ?

Je rouvris les yeux et fis un signe affirmatif.

— Macha ! où est Macha ? reprit aussitôt mon ami incapable de contenir plus longtemps son inquiétude.

— Macha ! Macha ! répétai-je machinalement, comme pour aider le travail qui se faisait lentement dans ma pauvre tête.

— Eh bien ! oui, Macha, ma femme ? continua Karnéïeff. Où est-elle ? où l'avez-vous quittée ? Comment
n'est-elle pas ici, avec vous ? Elle est donc retournée
toute seule à Pétersbourg ? ou bien l'avez-vous laissée
à Oranienbaum ? Je vous en supplie, dites-moi un
mot pour me rassurer ; un seul mot, je vous en prie.
Si vous saviez ce que je souffre !

Brusquement, une lueur se fit dans mon cerveau
puis, le voile se déchirant tout à fait, je me souvins
de tout ce qui s'était passé.

Mais alors, horriblement oppressé par l'effrayante
réalité qui se dressait brusquement devant moi, et trouvant dans ma terreur et dans mon angoisse une force
dont personne ne m'aurait cru capable, je me dressai
sur mon séant par un effort violent, qui fit glisser tout
à fait la compresse de mon front.

Il faut croire qu'ainsi, le visage sanglant, les yeux
hors de la tête, j'avais l'aspect effrayant, car mon ami
Karnéïeff recula épouvanté, en s'écriant :

— Oh! mon Dieu! est-ce que Macha...?

Le malheureux n'osa pas achever sa pensée, mais la
vue de son désespoir acheva de faire le jour dans
mon esprit.

— Non, non! m'écriai-je à mon tour. N'allez pas
croire ce qui n'est pas. Il ne lui est rien arrivé de fâcheux. Je l'ai laissée là-bas pour venir chercher du secours.

— Là-bas! où ça, là-bas?

— Eh bien, là-bas, près de...

Puis, m'interrompant tout à coup, le cœur torturé
d'une horrible étreinte.

16

— Mais, dites-moi, depuis combien de temps suis-je ici? et quelle heure est-il?

— Il est dix heures... où est-elle? où l'avez-vous laissée?

— Dix heures! répétai-je sans répondre.

— Où est Macha? je vous en prie. Où est Macha? reprit le pauvre Karnéïeff.

Alors, et bien que je pusse à peine parler, à cause de mon état de faiblesse, d'abord, et puis par suite de la situation elle-même qui glaçait les paroles sur mes lèvres, je finis par expliquer tant bien que mal comment nous avions été surpris par la tourmente de neige au milieu du golfe; comment la *kibitka* avait été entraînée au large par une rafale furieuse, comment finalement j'avais dû laisser madame Karnéïeff, qui s'était évanouie, pour venir à Kronstadt chercher du secours.

— Mais il y a des heures de cela! s'écria le malheureux mari.

— Elle était bien enveloppée! insinuai-je tout bas, et comme honteux de la pauvreté de mon argument.

— Mais, dites-moi, au moins, où elle est.

— Où elle est? répondis-je, de plus en plus embarrassé, mais je ne sais pas, je ne peux pas vous expliquer, je ne connais pas ce pays maudit.

— Ah! mon Dieu! mon Dieu! n'importe! Je trouverai, il faudra bien que je trouve! dit Karnéïeff en se levant.

— Attendez! m'écriai-je. Il me semble que, si l'on me conduisait à l'endroit même où je suis tombé, je saurais bien retrouver la direction dans laquelle j'ai laissé la *kibitka*.

— Mais vous ne pouvez pas vous tenir debout!

— Eh bien, on m'aidera, on me portera, s'il le faut;

mais ce n'est que là-bas, au pied des remparts, que je pourrai vous donner une indication précise.

Et, disant cela, je me laissai glisser en bas du lit, sur lequel on m'avait étendu sans me déshabiller complètement, du reste. Mais, comme c'était à prévoir, à peine avais-je posé les pieds à terre, que la force me fit défaut. Je fus obligé de me rasseoir au plus vite sur le bord du lit, pour ne pas tomber.

Sans me décourager, et bien résolu à ne pas supporter plus longtemps les reproches muets que je croyais lire dans les yeux de mon malheureux ami, je demandai de l'eau-de-vie et du thé. J'avalai, coup sur coup, plusieurs tasses de ce mélange; puis, renouvelant moi-même ma compresse, je me l'appliquai sur le front, et par dessus je priai Karnéïeff de nouer un mouchoir, en le serrant fortement. Puis, je déclarai que j'étais prêt.

Karnéieff hésita un moment, mais l'impatience bien légitime de retrouver sa femme l'emporta et il sortit rapidement pour prendre les dispositions nécessaires à notre départ.

Alors, l'autre personnage, l'inconnu aux longs favoris blonds roux, s'approcha de moi et m'apprit qu'il était l'agent consulaire de France à Kronstadt, que les gens qui m'avaient relevé ayant découvert, aux différents papiers que j'avais sur moi, que j'étais Français, m'avaient amené chez lui. Quant à Karnéicff, ne nous ayant pas vus revenir à Pétersbourg à l'heure dite, il n'avait pas eu la patience de nous attendre, et il était venu au-devant de nous jusqu'à Oranienbaum. Là, comme personne ne nous avait vus, son inquiétude avait redoublé, et, la neige s'étant remise à tomber d'une façon normale et le golfe étant redevenu très praticable, il avait pris une *kibitka* et s'était fait conduire à Kronstadt, où il avait continué ses recherches jusqu'au moment où il m'avait enfin trouvé à l'agence consulaire de France.

L'obligeant fonctionnaire avait à peine terminé ses explications que Karnéïeff rentrait dans la chambre. Tout était prêt. Non seulement il avait trouvé un grand traîneau, attelé en *troïka*, c'est-à-dire à trois chevaux, mais encore il avait eu la chance de mettre la main sur l'un des hommes qui m'avaient relevé au bas des remparts, et il s'était empressé de l'arrêter pour l'emmener avec nous, pensant qu'il pourrait nous être de quelque utilité.

L'agent consulaire nous conseilla d'emporter quelques cordiaux puissants pour ranimer, en cas de besoin, la pauvre abandonnée, ainsi qu'un supplément de couvertures; puis il aida Karnéïeff à me traîner jusque dans la rue et à m'installer le plus solidement possible au fond de la *troïka*.

Nous sortîmes de la ville dans cet équipage, et, tournant à droite, nous longeâmes les remparts extérieurs jusqu'au moment où le *moujik* qui avait aidé à m'emporter, arrêta le cocher, en disant que c'était en cet endroit que l'on m'avait trouvé.

Le temps était redevenu très clair et les étoiles brillaient d'un vif éclat dans le ciel sans nuages; la neige était tombée en assez grande quantité pour couvrir la glace d'un tapis épais, mais elle avait cessé complètement et l'on voyait distinctement à bonne distance.

Je pus donc m'orienter assez facilement, en prenant pour points de repère les remparts de Kronstadt et le fort le plus proche, et indiquer la direction que j'avais dû suivre en quittant la *kibitka*.

La *troïka* s'élança aussitôt dans cette direction de toute la vitesse de ses trois chevaux, pendant que nous fouillions d'un regard anxieux la vaste étendue couverte de neige.

Enfin, après un petit quart d'heure au plus, l'*isvostchik* nous montra à quelque cent pas devant lui une sorte de bloc de neige qui s'élevait en saillie sur l'immense plaine unie, et piqua droit dessus.

Ce devait être en effet notre *kibitka*, ensevelie sous la neige : il ne me fallut qu'un regard jeté derrière moi sur Kronstadt, pour m'assurer que c'était bien de ce point-là que j'étais parti pour mon aventureuse entreprise.

Karnéïeff ne se tenait pas d'impatience, et, lorsque nous ne fûmes plus qu'à quelques pas du bloc neigeux, il rejeta précipitamment le tablier de la *troïka* et s'élança le premier sur la neige pour courir à la *kibitka*.

Je descendis à mon tour et non sans peine, car j'étais encore faible, et j'avais tous les membres comme perclus. Mais, au moment où j'allais m'approcher, avec l'aide du *moujik*, je vis revenir Karnéïeff les yeux fous, l'air absolument désespéré, et me criant, d'une voix étranglée, à peine intelligible :

— La *kibitka* est vide !

16.

VII

Je me précipitai à mon tour vers la *kibitka* : elle était vide, en effet !

Nous nous regardâmes effarés, Karnéïeff et moi. Qu'avait-il pu se passer? Et qu'était devenue la malheureuse femme? Quelqu'un l'avait-il aperçue et l'avait-il aidée à regagner la terre ferme ? Ou bien, en reprenant connaissance et en se trouvant abandonnée à elle-même, avait-elle eu le courage de chercher à se tirer d'affaire toute seule?

Nous avions beau nous creuser la tête et tourner autour de la *kibitka* pour tâcher de trouver quelques indications, rien, nous ne vîmes rien qui pût nous mettre sur la trace de la vérité.

Rien non plus à l'intérieur de la *kibitka*, sauf un gant fourré, qui s'était échappé de la main de madame Karnéïeff.

La neige, auprès de la *kibitka*, était intacte, comme si elle n'avait pas été foulée. Il fallait donc, de toute nécessité, que la pauvre femme fût partie, ou eût été emportée, avant la chute de la dernière neige. Or, c'é-

tait vers cinq heures qu'il avait recommencé à neiger
pendant une demi-heure à peu près. La glace n'était
guère praticable auparavant, ainsi que j'en avais fait
moi-même la cruelle expérience, et, d'autre part, les
pas de madame Karnéïeff ou de ceux qui l'avaient
emmenée n'ayant laissé aucune trace, ce départ avait
dû évidemment avoir lieu pendant que la neige tombait et avant qu'elle eût cessé, c'est-à-dire entre cinq
heures et cinq heures et demie. Il y avait de cela maintenant près de sept heures. Que s'était-il passé depuis?
Et, surtout, où était madame Karnéïeff? où fallait-il
la chercher? A Kronstadt, à Oranienbaum ou à Pétersbourg?

A Kronstadt, si elle y était arrivée dans des circonstances aussi singulières, le bruit s'en fût répandu immédiatement; cependant ce n'était pas impossible,
attendu que Kronstadt étant, en somme, le point le
plus rapproché où l'on pût se procurer des secours,
ce devait être le premier auquel on eût songé.

Quant à Oranienbaum, peut-être l'avait-on choisi de
préférence, parce que c'était le chemin le plus direct
pour revenir à Pétersbourg.

Après quelques instants de réflexion, Karnéïeff prit
son parti, et dit à l'*isvostchik* de nous ramener au plus
vite, et par le plus court, à Kronstadt : si là, on nous
assurait que l'on n'avait rien vu, nous repartirions immédiatement pour Oranienbaum, où il était impossible alors que nous ne retrouvassions point la trace de
la pauvre abandonnée.

Nous remontons aussitôt dans la *troïka*, l'*isvostchik*
enlève ses chevaux et nous voilà repartis à fond
de train dans la direction de Kronstadt, en incli-

nant toutefois un peu à droite pour prendre au plus court.

Au bout de quelques minutes, toutefois, l'*isvostchik* se retourne à moitié de notre côté, sans modérer son allure et dit à Karnéïeff :

— *Barine, prikajitié yekate k'isbe ?* (Monsieur, vous plaît-il que je vous mène du côté de cette *isba ?*)

— *Da, Vassili, pachol, pachol !* (Oui, Basile, va, va !)» répond Karnéïeff, dans l'espoir de trouver à l'*isba* quelqu'un qui pourra lui donner un renseignement utile.

Presque aussitôt, l'*isvostchik* nous arrête devant une sorte de masure en troncs de sapin à peine équarris, abri provisoire mais très suffisamment solide établi sur la glace, pour servir de refuge aux voyageurs en cas de nécessité pressante et surtout pour offrir aux conducteurs des longs convois de marchandises, qui font la navette entre Kronstadt et Oranienbaum, un débit toujours ouvert de *kwass* et de *vodka*. Cinq ou six traîneaux stationnaient pour le moment à la porte de l'*isba*, attendant sans doute que leurs conducteurs se fussent suffisamment réchauffés. Au moment où nous arrivons, un *moujik* paraît sur le seuil, un seau d'eau à la main ; et une large bande de lumière, passant par la porte entr'ouverte, vient jeter une note rouge sur la blancheur de la neige, comme pour nous rappeler ces tableaux du peintre polonais Chelmonski, d'une exécution un peu lâchée, mais d'une sincérité et d'une originalité absolues.

Cependant, à peine la *troïka* est-elle arrêtée, que Karnéïeff se précipite impatient de savoir si quelqu'un a vu passer sa femme.

Je descends derrière lui, et j'entre à mon tour dans l'*isba*.

Jamais je n'oublierai le spectacle qui m'y attendait.

VIII

Au premier moment, je ne vis qu'une salle basse en-
fumée, à peine éclairée par deux petites lampes à pé-
trole, et d'où s'exhalait une épaisse odeur de fumée de
tabac et d'eau-de-vie. Puis je distinguai au fond, à
gauche, un groupe d'individus au milieu desquels je
reconnus tout de suite la grande taille de Karnéïeff.
Celui-ci s'étant détourné un instant, j'aperçus, avec
une stupéfaction bien naturelle, madame Karnéïeff
elle-même, assise sur une chaise, le dos contre le mur
de l'*isba* et pâle comme une morte.

Je m'approchai aussitôt, et je vis qu'elle avait le bras
gauche nu jusqu'à la saignée et plongé dans un bassin
de poterie vulgaire, qu'un *moujik* tenait devant elle.

Je ne compris point tout d'abord ce que cela voulait dire, mais Karnéïeff ayant retiré peu après du
bassin ce pauvre bras qui flottait comme inerte dans
l'eau glacée, je vis que les doigts, les ongles et la
paume de la main étaient tout bleus, tandis que le
poignet et l'avant-bras avaient le ton blanc mat de la
cire, et je devinai la vérité : jamais je n'avais eu l'oc-

casion de voir un bras gelé, mais je n'eus pas besoin de questionner Karnéïeff pour être fixé sur ce
point.

Quant à lui, il avait tiré de la poche de sa pelisse
un flacon d'esprit de vin pur, avec lequel il se mit à
frictionner vigoureusement le bras de sa femme.

Au bout de dix minutes de ce traitement énergique,
madame Karnéïeff, qui n'avait pas encore ouvert les
yeux et qui paraissait complètement insensible à tout
ce qu'on lui faisait, tressaillit légèrement ; sans doute
l'esprit de vin, sous l'influence de ce massage violent
et prolongé, avait fini par pénétrer à travers la peau,
et provoquait des élancements douloureux.

Encouragé par ce résultat, Karnéïeff redoubla d'é-
nergie et ne s'arrêta que lorsque la force vint à lui
manquer ; alors, il reprit le bassin plein d'eau froide,
et y plongea complètement le bras de sa femme devenu rouge comme du sang.

L'impression fut si aiguë que la malade fit un mouvement pour retirer son bras et ouvrit les yeux.

— Ce ne sera rien, lui dit Karnéïeff, en maintenant le
pauvre bras sauvé dans le bassin, et tu peux te vanter
d'avoir de la chance. Une heure de plus, et tu perdais
au moins la main.

Madame Karnéïeff sourit vaguement à son mari et
retomba dans une prostration à peu près complète;
mais Karnéïeff ne sembla point s'en inquiéter autrement : il était fort au courant de ce qui était à faire
dans de pareilles circonstances et jugeait la partie ga-
gnée. Il écarta le groupe de *moujiks* qui serrait sa
femme d'un peu trop près, et, ramenant la pelisse sur
ses épaules et sur son bras, il la laissa se remettre

quelques instants du violent traitement qu'il lui avait fait subir.

Je dis alors à Karnéïeff, en lui montrant un des *moujiks* qui nous entouraient, que je croyais bien le reconnaître pour l'*isvostchik* qui nous avait pris à Oranienbaum et qui nous avait perdus, involontairement il est vrai, au milieu du golfe.

Je ne m'étais point trompé, et l'*isvostchik* raconta à Karnéïeff que, pendant que le chasse-neige nous entraînait au large, il avait réussi, au prix d'efforts inouïs à gagner Kronstadt ; puis qu'aussitôt que la tourmente avait été calmée et que la glace était redevenue praticable, il avait pris un camarade avec lui et que tous deux étaient partis à la recherche de ses voyageurs ; ils avaient retrouvé assez facilement la *kibitka*, mais ils avaient été bien surpris en voyant la *barinia* toute seule ; ils s'étaient dit alors que le *barine* avait dû être enlevé et emporté en mer par le vent. La *kibitka* étant trop engagée dans la neige gelée pour qu'ils pussent songer à l'en tirer, ils avaient pris le parti de rouler la *barinia* dans sa pelisse et dans ses couvertures et de la transporter ainsi jusqu'à Kronstadt ; l'*isba* s'étant trouvée sur leur chemin, ils s'y étaient arrêtés un instant pour se reposer, car la *barinia* était un peu lourde. C'était alors seulement qu'ils s'étaient aperçus qu'au moment où ils l'avaient retirée de la *kibitka*, un de ses gants fourrés avait glissé, et que la main gauche avait été gelée pendant le court trajet jusqu'à l'*isba*. Ils s'étaient empressés alors de frictionner la main de la *barinia* avec de la neige, puis de la plonger dans de l'eau glacée, mais ils désespéraient de la sauver lorsque les *barines* étaient arrivés.

Bien qu'il eût été pour quelque chose, malgré lui sans doute, dans tout ce qui nous était arrivé de fâcheux, Karnéïeff donna un billet de vingt roubles à l'*isvostchik*, qui se confondit en protestations et en révérences; puis, avec son aide et celle d'un autre *moujik* car j'étais trop faible encore moi-même pour être d'aucun secours, il transporta sa femme, désormais hors de danger mais toujours sans mouvement, jusqu'à la *troïka*, où il l'installa le plus commodément possible entre nous deux.

— *Domoj, Vassili!* (à la maison, Basile) dit-il au cocher, et, celui-ci lâchant les rênes de ses trois chevaux, la *troïka* partit comme un trait, non plus dans la direction de Kronstadt ou d'Oranienbaum, mais dans celle de Pétersbourg.

Le temps était redevenu superbe; le froid, très vif encore, me paraissait beaucoup plus supportable, le vent étant tombé tout à fait. La neige, sur laquelle nous filions avec une rapidité merveilleuse, n'avait pas encore été foulée; aussi les patins de la *troïka* glissaient-ils sur ce tapis immaculé sans le moindre heurt ni le plus léger cahot. Tout autour de nous, une solitude absolue. Aucune trace de terre habitée, aucun feu décelant le voisinage d'êtres humains quelconques, si loin que portât la vue dans cette nuit claire; nous pouvions nous croire à je ne sais combien de Pétersbourg; avec un peu d'effort d'imagination même, nous pouvions nous croire en pleine mer de glace, sous le Pôle. Un silence solennel ajoutait encore au charme et à la poésie de cette belle nuit d'hiver.

— Voilà ce que je voulais vous faire voir, mon cher ami, dit tout à coup Karnéïeff. Vous l'aurez payé cher, il est vrai, mais n'est-ce pas que c'eût été dommage de rentrer en France sans avoir connu cette impression?

Et, comme je répondais, avec une émotion qui faisait trembler ma voix, que la pensée des dangers qu'avait courus sa femme me gâtait singulièrement le plaisir de cette aventureuse excursion :

— *Nitchevo !* comme nous disons nous autres Russes, reprit Karnéïeff, dans quelques jours il n'y paraîtra plus, et la jolie main de Macha sera plus jolie que jamais!

VIII

Un quart d'heure après, nous aperçûmes devant nous
à gauche, les premiers feux de Vassili Ostroff. Puis, la
troïka, sans modifier son allure, quitta le golfe pour la
Néva, et peu après, la Néva elle-même pour le pavé du
quai de Vassili Ostroff, traversa le faubourg endormi,
franchit le pont de pierre, longea le quai Anglais jusqu'à
la place Saint-Isaac, et vint enfin s'arrêter sur le canal
de la Moïka, devant la porte de la maison Karnéïeff.

Malgré mon état de faiblesse, je ne voulus jamais
me laisser reconduire à l'hôtel de l'Europe avant d'a-
voir vu madame Karnéïeff remontée dans son appartement. Elle était toujours sans connaissance, mais son
mari n'en paraissait point inquiet et je les quittai moi-
même tout à fait rassuré.

Lorsque je me réveillai quelques sept ou huit heures
plus tard, il me sembla que je ne pourrais jamais remuer ni bras ni jambes.

Cependant j'étais plus décidé que jamais à quitter
Pétersbourg le jour même. Je n'avais donc pas un moment à perdre, le train partant à 1 heure 30 de l'après-

midi. Je fis appel à toute mon énergie, et parvins tant bien que mal à me lever et à m'habiller.

Quant à ma blessure, je ne la sentais plus que vaguement dans l'engourdissement qui m'avait envahi tout entier. Cependant le gérant de l'hôtel m'envoya un docteur, qui me fit un pansement dans les règles et me laissa de quoi le renouveler au cours de mon voyage.

Ceci fait, je déjeunai sans grand appétit, je réglai mes comptes à l'hôtel et j'envoyai chercher un traîneau de louage.

Avant de gagner la gare de Varsovie, toutefois, je me fis conduire chez Karnéieff pour lui serrer la main et prendre des nouvelles de sa femme.

— C'est fini, me dit-il, Macha s'est réveillée de sa torpeur ce matin à huit heures; je lui ai fait prendre coup sur coup trois verres de thé bouillant, et maintenant elle dort paisiblement. Et vous?

— Moi, je pars dans une demi-heure pour Paris.

— Vous êtes fou!

— Non; je vous ai dit qu'il fallait que je fusse chez moi le 25. D'ailleurs, ajoutai-je, n'ai-je point le temps de me reposer en wagon?

Et, par le fait, les compartiments du *grand wagon bleu* des chemins de fer russes et ceux de la *voiture jaune à dormir* des chemins de fer allemands sont si confortables que, lorsque je débarquai le surlendemain à 9 heures 45 du matin sur le quai de la gare du Nord, c'était à peine si je sentais encore un peu de gêne dans mes articulations. Quant à mon front, le repos, combiné avec un savant emploi de l'eau-de-vie camphrée, l'avait ramené à un état à peu près présentable,

de sorte que l'ami, dans les bras duquel je fus reçu
en descendant de mon wagon, ne pût se douter à première vue des petites aventures ultra-dramatiques par
lesquelles j'étais passé l'avant-veille.

. . . .

. . . .

— En somme, quelle impression rapportez-vous de
votre voyage? me dit mon brave ami Achille, lorsque
j'entrai en passant, le soir de ce même jour, à la Li-
brairie Nouvelle. C'est bien exagéré, n'est-ce pas? tout
ce qu'on nous raconte des hivers de Saint-Pétersbourg.
Il n'y fait pas si froid que cela? Et quant à la neige,
après tout, on sait ce que c'est. La neige à Paris et la
neige à Saint-Pétersbourg, c'est toujours la même.

— Vous croyez? Eh bien, écoutez :

Et, l'emmenant dans un coin du magasin, derrière
les hautes piles de volumes à couverture jaune, bleu-
clair et gris chamois, je le pris par un bouton de son
veston, et je lui racontai ce que vous venez de lire,
monsieur et cher lecteur, comme il est dit dans les pré-
faces.

UN ROMAN

DU COMTE TOLSTOÏ

— LA GUERRE ET LA PAIX —

I

La Guerre et la Paix débute, comme une comédie écrite selon les règles de l'art, par une exposition où nous voyons défiler successivement la plupart des personnages destinés à jouer un rôle considérable au cours du roman. La scène se passe au mois de juillet 1805, dans le salon d'Anna Pavlowna Schérer, demoiselle d'honneur de l'Impératrice, qui donne un thé à la haute société officielle de Pétersbourg. Voici d'abord le prince Basile Kouraguine, un triste sire qui cache sous les dehors réservés du fonctionnaire et de l'homme du monde une nullité et un égoïsme également parfaits ; puis sa fille, la belle princesse Hélène, infatuée de sa triomphante beauté. Vient ensuite la toute jeune et toute mignonne princesse Lise Bolkonsky, la plus séduisante femme de Pétersbourg ; vive et sautillante comme un oiseau, son gai sourire fait briller ses dents blanches à chaque parole. Le mari de la petite princesse, le prince André Bolkonsky, élégant cavalier de taille moyenne, aux traits durs et accentués, au regard fatigué, à la démarche tranquille et mesurée, forme un contraste complet avec sa femme ; aussi ne se comprennent-ils guère tous deux et, malgré l'époque encore toute récente de leur union, vivent-ils entre eux assez froidement.

Voici maintenant un personnage tout autre, et dont l'apparition fait sensation parmi les habitués essentiellement corrects du salon de mademoiselle Schérer : c'est un jeune homme, de stature colossale, mais aussi lourd qu'il est gros ; ses cheveux ras, ses lunettes, son pantalon clair, son immense jabot et son habit brun achèvent d'en faire un objet d'épouvante pour la maîtresse de la maison. Maladroit, s'il en fut, il ne sait pas entrer dans un salon, encore moins en sortir comme il convient, après avoir débité un nombre raisonnable de jolies phrases. Hâtons-nous d'ajouter que ces défauts, impardonnables aux yeux de mademoiselle Schérer, sont amplement rachetés par l'excellent cœur et la modestie naturelle du jeune colosse. Le sourire franc et sincère avec lequel il regarde tout le monde donne à sa figure habituellement sévère une expression de bonté naïve qui le rend tout à fait sympathique. Son côté faible, avec un goût prononcé pour le vin et pour les femmes, est une tendance très marquée à la philosophie spéculative. Ce jeune homme, que tout le monde appelle M. Pierre, est le fils naturel du vieux comte Besoukhow, un grand seigneur puissamment riche.

Toutes ces physionomies sont esquissées avec un relief merveilleux, elles parlent, elles vivent devant nous avec une telle intensité de vie et de réalité, qu'on s'y attache ou qu'on prend parti pour ou contre elles immédiatement.

Mais l'auteur ne nous a encore présenté qu'une partie de ses personnages. Pour faire connaissance avec les autres, il nous faut quitter Pétersbourg pour Moscou et nous rendre rue Povarskaïa, à l'hôtel Rostow, où se donne précisément un dîner en l'honneur de la maîtresse de la maison, la comtesse Rostow, et de sa fille cadette, la jeune Nathalie. D'excellentes gens, ces Rostow, malgré leurs défauts, ou plutôt leurs faiblesses ! Voici d'abord la comtesse, célèbre autrefois par sa beauté orientale, encore imposante malgré ses quarante-cinq ans et les douze enfants qu'elle a donnés au comte ; d'une santé languissante et d'une extrême sensibilité, elle ne vit plus que pour son mari et les quatre enfants qui lui restent. Le comte, essentiellement charitable et bon, mais en même temps léger et futile, laisse sa fortune s'en aller à vau-l'eau par pure insouciance et aussi par un trop grand amour des spectacles, des réceptions, des chasses et du club. L'aîné des enfants est une jeune fille de dix-sept ans, Véra, jolie, raisonnable, mais froide et maniérée ; ses frères et sœurs l'ont baptisée madame de Genlis, à cause de ses grands airs. Nicolas, le cadet, porte encore le collet amarante de l'étudiant ; c'est un joli garçon à la tête bouclée, à la moustache naissante ; tout en lui respire l'ardeur et l'enthousiasme de la quinzième année ; ce jeune comte Nicolas est charmant de naturel et de sincérité, c'est une des plus heureuses et des plus vivantes créations de l'auteur. Non moins charmante, sa sœur Nathalie, Natacha dans l'intimité, une fillette de treize ans qui

17.

joue encore avec sa poupée Mimi, mais en qui cependant commencent à sourdre les premiers bouillonnements de l'adolescence. Le dernier enfin, Pierre, Pé-
troucha, Pétia, est un petit garçon joufflu en jaquette,
au teint vif et coloré.

A ces quatre enfants des Rostow, il convient d'ajouter
un jeune cousin sans fortune, Boris, qui vit chez eux
avec sa mère; et Sonia, une jeune fille de quinze ans,
nièce du comte, que celui-ci a élevée avec ses enfants.

Boris, ami d'enfance de son cousin Nicolas, est joli
garçon comme lui, mais sans lui ressembler en rien.
Il est grand, blond, d'une beauté calme et régulière,
aussi froid, aussi guindé, malgré sa jeunesse, que Nicolas est étourdi mais sincère. Grâce aux démarches de
sa mère, très experte en l'art d'obtenir ce qu'elle veut
des gens en place, Boris a été nommé officier dans la
garde, tandis que Nicolas n'est encore que *junker*,
quelque chose comme un cadet ou un cornette.

Pour le quart d'heure, officier et *junker* ne s'occupent
guère que d'amourettes avec leurs cousines, Boris avec
Natacha, Nicolas avec Sonia, et ne songent qu'à les
embrasser dans la serre, derrière les caisses d'arbustes.

Et, maintenant que les principaux personnages
nous sont connus, nous pouvons entrer en matière.

Nous assistons tout d'abord aux derniers instants du
vieux comte Besoukhow, le père de M. Pierre, et à la
comédie qui se joue autour de son lit de mort, l'éternelle
comédie des héritiers plus ou moins directs attendant
avec angoisse le dernier soupir d'un oncle millionnaire.
Cette fois, la comédie se dénoue à la satisfaction du
lecteur : les collatéraux avides, parmi lesquels nous retrouvons le prince Basile Kouraguine, en sont pour

leurs espérances ; c'est le brave Pierre, le fils naturel du
défunt, qui hérite en même temps de son nom, de
son titre et de son immense fortune.

Cependant la guerre est déclarée. Le prince André
Bolkonski, nommé aide de camp du général en chef
Koutousow, se dispose à rejoindre l'armée, mais aupa-
avant il conduit sa jeune femme chez son père, qui vit
fort retiré dans son domaine de Lissy-Gory. Une curieuse et originale figure, ce vieux prince Bolkonsky !
Ancien général en chef sous l'empereur Paul et l'un
des hommes les plus remarquables de son siècle, il est
d'une avarice sordide, eu dépit de sa grande richesse ;
atrabilaire, irritable, difficile à vivre, il rend très malheureuse, tout en l'aimant à sa façon, sa fille, la princesse Marie, un ange de douceur et de résignation, fort
maltraitée au physique par la nature. On s'explique
sans peine la terreur de la pauvre petite princesse Lise,
transportée tout à coup dans ce milieu glacial, d'autant
qu'elle est sur le point de devenir mère et qu'elle
tremble de ne point survivre à sa délivrance.

Nous rejoignons ensuite le quartier général de Koutousow, à Braunau, en Autriche, où nous retrouvons
le prince André et Nicolas Rostow, celui-ci attaché en
qualité de *junker* au régiment de hussards de Pavlograd ; et nous voyons se dérouler devant nous une
série de tableaux de la vie des camps, d'une réalité
saisissante.

Nicolas Rostow reçoit le baptême du feu avec une
crânerie joyeuse, « l'air heureux et satisfait d'un écolier certain de se distinguer dans l'examen qu'il subit
devant un nombreux public. »

La guerre semble s'annoncer assez mal pour les

Russes, ainsi que pour leurs fidèles alliés, les Autrichiens, que Bonaparte vient de battre à plate couture
devant Ulm. Réduit à ses propres forces, Koutousow
se voit dans la nécessité de se replier pour rallier les
renforts qui lui sont envoyés de Russie. Toutefois, le
maréchal Mortier ayant essayé de lui barrer le chemin,
Koutousow le culbute et continue sa route, serré de
près il est vrai par l'armée française. Il est même sur
le point d'être coupé et, pour se dégager, il donne
l'ordre au prince Bagration d'arrêter l'ennemi, en se
sacrifiant au besoin, lui et ses quatre mille hommes,
pour sauver l'armée. Les diverses péripéties de cet engagement meurtrier sont admirablement rendues ; on
assiste à l'action, on voit la fumée des canons, on entend les cris des blessés. La physionomie du prince Bagration surtout ressort avec une intensité extraordinaire.

Tandis que ces faits se passent à l'armée, notre ami,
M. Pierre, aujourd'hui comte de Besoukhow et maître
absolu d'une immense fortune, devient le personnage
le plus en vue de Moscou et le rêve de toutes les filles
à marier. Le prince Basile se jette, le premier, sur
cette riche proie, bien décidé à ne point la lâcher qu'il
ne l'ait dévorée, c'est-à-dire qu'il n'ait fait épouser au
jeune héritier sa fille, la belle princesse Hélène. Celle-
ci, coquette et naïvement corrompue, se prête au jeu
et, grâce à sa beauté souveraine, n'a point de peine à
faire tomber dans ses filets le pauvre Pierre. Encouragé par ce premier succès, le prince Basile veut alors
marier son fils aîné, Anatole Kouraguine, avec la princesse Marie Bolkonsky, la fille du vieux prince Bolkonsky et la sœur du prince André ; mais cette fois il
échoue piteusement, grâce au cynisme du bel Anatole,

qui, tout en demandant la main de la princesse, se
laisse surprendre avec la demoiselle de compagnie de
celle-ci, mademoiselle Bourrienne.

Nous retournons ensuite à l'armée, pour assister à
la bataille d'Austerlitz, à la bataille des Trois Empereurs, où 160,000 hommes vont s'entre-choquer. Koutousow et Schwartzenberg, fort expérimentés tous
deux, ne sont pas d'avis d'attaquer, mais les jeunes
généraux l'emportent et la bataille est décidée. C'est
l'Autrichien Weirother qui a inventé le plan ; Koutousow, qui est chargé de le mettre à exécution, le désap-
prouve hautement ; de là des indécisions, des méfian-
ces qui se communiquent du haut en bas des deux armées. Autrichiens et Russes se jalousent et rejettent les uns sur les autres les lenteurs de la « disloca-
tion des troupes », comme ils se rejetteront dans
quelques jours la responsabilité de la défaite.

D'autre part, Napoléon prend ses dernières dispositions. « S'étant assoupi vers le matin, d'un léger sommeil, il s'était levé gai, bien portant, confiant dans son
étoile, dans cette heureuse disposition d'esprit où tout
paraît possible, où tout réussit. Montant à cheval, il
alla examiner le terrain ; sa figure calme et froide trahissait dans son immobilité un bonheur conscient et
mérité, comme celui qui illumine parfois la figure
d'un adolescent amoureux et heureux. »

Dégantant sa main blanche, Napoléon a fait un
geste. Aussitôt, les maréchaux, suivis de leurs aides
de camp, s'élancent au galop dans diverses directions;
bientôt après, l'armée française, sortant du brouillard,
se dresse inopinément devant les Russes qui la
croyaient à deux verstes de là, et qui ne tardent guère

à être refoulés en désordre. Sur certains points, cependant, la résistance est des plus vives. Le prince
André s'élance au milieu des fuyards, et veut les ramener au feu, en brandissant un drapeau ; mais tout
à coup il reçoit sur la tête un coup d'une extrême violence et tombe sur le dos, serrant dans ses mains un
morceau de la hampe du drapeau. « Voilà une belle
mort ! » dit Napoléon en parcourant le champ de bataille dans la soirée.

De son côté, Nicolas Rostow s'est tiré avec honneur
et sans blessure de cette nouvelle épreuve ; la campagne terminée, il demande un congé pour aller montrer à sa famille son dolman argenté de lieutenant de
hussards. A Moscou, il retrouve Pierre Besoukhow
que les coquetteries de sa femme avec un franc vau-
rien, nommé Dologhow, ont forcé de provoquer celui-
ci en duel.

Pendant ce temps, la nouvelle de la mort du prince
André est arrivée chez son père, à Lissy-Gory, juste au
moment où sa femme, la petite princesse Lise se sent
prise des douleurs de l'enfantement. Heureusement, la
nouvelle est fausse : le blessé a été relevé sur le champ
de bataille et rappelé à la vie à force de soins. Il arrive lui-même, pâle, amaigri, mais, hélas ! c'est pour
assister aux derniers instants de la pauvre princesse,
qui meurt, comme elle ne l'avait que trop bien prévu,
en donnant le jour à un fils. Accablé par ce dernier
coup, le prince renonce au service pour se consacrer
exclusivement à son petit Nicolas et à l'amélioration
du sort de ses paysans. Il reçoit la visite de Pierre Besoukhow, qui, non moins malheureux que lui, a
rompu définitivement avec sa femme et comblé tant

bien que mal le vide de son existence, tantôt en se
jetant à corps perdu dans la confrérie des francs-maçons, tantôt en cherchant à introduire des réformes
libérales dans l'administration de ses vastes domaines ; et les deux amis de philosopher à perte de vue.

La guerre s'étant rallumée et se rapprochant des
frontières russes, Nicolas Rostow s'arrache à sa famille,
à sa sœur Natacha, toujours charmante avec sa vivacité juvénile, à sa jolie cousine Sonia, qui l'adore plus
que jamais, et va rejoindre son régiment déjà en Pologne. A peine est-il arrivé, que son ami et commandant, Denissow, un soldat très brave mais très emporté, s'attire une méchante affaire avec l'intendant
en chef, qu'il traite cavalièrement de voleur ; après
quoi, il part en reconnaissance et attrape une blessure
assez grave qui met ses jours en danger.

Nicolas Rostow se rend aussitôt à l'hôpital, où il
trouve Denissow dans une salle encombrée de mori-
bonds atteints du typhus, au milieu d'une misère et
d'une saleté épouvantables. Et le pauvre lieutenant,
violemment ému et attristé par ces dessous terribles de
la gloire, fait de sombres réflexions sur le métier de soldat, dont il n'avait vu jusqu'alors que le côté brillant.

Le premier volume se termine sur ces lamentables
scènes, décrites par l'auteur avec une émotion com-
municative.

II

Deux années se sont écoulées. Nous avions laissé à Lissy-Gory le prince André, dégoûté du service et désenchanté de la vie, dont il ne croyait plus avoir rien à attendre. Quand nous le retrouvons, à la fin de l'hiver 1809, les premiers bouillonnements du printemps, la douceur de l'air attiédi, la vue des feuilles naissantes des bouleaux, et enfin le délicieux babillage des deux fillettes, Sonia et Natacha, qu'il surprend malgré lui dans une visite d'affaires chez le comte Rostow, son voisin de campagne, tout cela commence à réveiller chez lui les sources de la vie. Un beau matin, il ouvre les yeux et se dit que son existence ne peut être finie à trente et un ans ! Il reprend goût au travail, et mène à bonne fin un sujet de réforme des codes et des règlements militaires, qu'il va porter lui-même à Pétersbourg. Assez mal reçu par le ministre de la guerre, Araktcheïew, le type des administrateurs routiniers et ombrageux, il trouve, au contraire, un accueil des plus bienveillants auprès du secrétaire d'État Spéransky, novateur hardi et généreux, sous les inspira-

tions duquel l'empereur semble vouloir entrer délibéré-
ment dans la voie des réformes.

De son côté, Pierre Besoukhow a fini par s'apercevoir que la plupart des francs-maçons, ses frères, ne
tenaient à l'ordre qu'en raison des relations fructueuses
qu'il leur procurait avec de riches et puissants con-
frères : aussi s'en est-il détaché peu à peu. Par suite,
il est retombé dans toutes ses incertitudes ; sur les instances de sa belle-mère, il a consenti à vivre de nouveau, en apparence du moins, avec sa femme, qui tient
maintenant le premier rang dans la haute société de
Pétersbourg.

Enfin, voici le comte Rostow qui arrive également
dans la capitale avec sa famille pour tâcher de rétablir
ses affaires de plus en plus dérangées et de trouver
quelques bons partis pour ses filles. Il marie, en effet,
presque aussitôt Vera, sa fille aînée, avec le capitaine
de la garde Berg, officier d'origine allemande, peu sympathique, mais correct et surtout pratique. Quant à
Natacha, qui vient d'avoir seize ans, elle est trop jeune
pour le mariage, bien qu'elle ait déjà oublié ses anciennes amourettes avec le cousin Boris : celui-ci, d'ailleurs, ne se soucie pas de les lui rappeler, car il a fait
son chemin assez gaillardement, et songe à s'assurer
l'avenir en épousant une héritière beaucoup plus riche
que sa jolie cousine.

Quoi qu'il en soit, si Natacha ne pense point à se
marier, elle ne demande, en attendant, qu'à vivre et à
s'amuser. Voilà justement que les Rostow sont invités
à un grand bal où le corps diplomatique et l'Empereur
lui-même doivent se rendre. C'est le premier grand bal
de Natacha et de Sonia : aussi, quelle affaire pour les

deux jeunes filles ! Le comte Tolstoï fait une bien agréable et bien charmante peinture de leur fiévreuse impatience et de leurs préparatifs précipités. Il y a là des traits d'une vérité, d'une observation, d'un naturel exquis, et pas un moment, sur ce terrain familier, l'habile et aimable romancier ne dépasse la mesure ou ne tombe dans la banalité.

Enfin, l'heure attendue si impatiemment arrive ; les deux fillettes partent pour le bal, un peu grêles encore dans leurs robes décolletées pour la première fois, mais si fraîches, si naturellement jolies avec leurs légères toilettes de tulle garnies de roses mousseuses et doublées de taffetas rose, que leur entrée fait sensation.

Malheureusement, l'arrivée de la belle comtesse Besoukhow, « la reine de Pétersbourg », puis celle de l'Empereur, bientôt après, rejettent les deux jeunes filles dans l'ombre. Les voilà réduites à faire tapisserie, au grand désespoir de Natacha, qui meurt d'envie de danser. Au moment même où elle se sent prête à pleurer de dépit, un élégant officier, vêtu de l'uniforme blanc de colonel de cavalerie, s'avance et vient lui proposer un tour de valse. Tout aussitôt la figure désolée de Natacha s'éclaire d'un sourire radieux, reconnaissant, débordant de joie.

Le beau colonel n'est autre que le prince André Bolkonsky, que le brave Pierre Besoukhow, un vieil ami des Rostow, a dépêché au secours de Natacha, dont il a deviné les secrètes angoisses. C'est donc pour obéir à l'excellent Pierre, et point pour autre chose, que le prince vient faire danser la jeune fille ; mais à peine a-t-il fait quelques tours de valse avec elle, qu'il se sent envahi et charmé par la grâce ingénue de sa danseuse.

« Les étonnements naïfs et joyeux de Natacha, la vie qui déborde en elle, sa timidité sans gaucherie, ses fautes de français mêmes, et surtout ce charme particulier qui la rend si différente des jeunes filles de Pétersbourg, tout cela fait une impression très vive sur le prince ; il sort du bal tout autre qu'il n'y était entré.

Jusqu'alors on peut dire qu'il n'avait jamais aimé, car la pauvre petite princesse Lise n'avait pas su trouver la clef de cette nature hautaine et réservée. Cette fois, il est touché au vif; sous le coup du sentiment qui vient de s'emparer brusquement de lui, son marasme, son mépris de la vie, ses désillusions disparaissent en un instant. Quelques tours de valse avec une jeune fille de seize ans, dont la seule supériorité sur les autres jeunes filles est de ne leur point ressembler, ont suffi pour faire de lui un tout autre homme.

Pierre Besoukhow, à qui le prince avoue l'entraînement irrésistible qu'il subit, loin de l'en détourner, l'engage au contraire à s'y abandonner.

De son côté, Natacha n'a point vu d'un œil froid les attentions du prince ; tout irait fort bien et fort vite, si ce dernier, avant de s'engager définitivement, ne se croyait tenu d'aller faire part de ses intentions à son vieux père. Celui-ci le reçoit avec une mauvaise humeur qu'il ne cherche point à dissimuler, et lui demande, ou plutôt lui ordonne, de voyager à l'étranger pendant une année avant de mettre ses projets à exécution.

Natacha, avec sa nature tout en dehors, encore sous l'impression joyeuse de la déclaration du prince, retombe brusquement du haut de ses espérances. Les exigences du vieux prince Bolkonsky la désolent et l'irri-

tent ; le départ de son fiancé la plonge dans un déses¹¹
poir profond ; elle refuse de voir personne et passe ses
journées à rêver tristement dans sa solitude. Puis,
brusquement, sa nature débordante reprenant le
dessus, elle sort de sa torpeur et reprend sa vie, et
même sa gaieté, habituelle. Toutefois, la plaie reste toujours ouverte, en dépit des apparences ; elle s'en aperçoit surtout à la campagne, où les Rostow sont re-
venus ; la vie calme et quelque peu monotone que l'on
y mène pèse lourdement sur les épaules de la jeune
fiancée délaissée, qui compte les heures dans un dé-
sœuvrement mélancolique, avec des échappées de fiévreuse activité et des crises de sanglots sans motif
apparent.

« Ah ! que j'ai peur pour elle ! » se dit la comtesse,
redoutant, dans sa sollicitude maternelle, que la sura-
bondance de sève de sa fille n'amène quelque catastrophe. Au surplus, le mariage projeté ne la rassure
qu'à demi ; la haute mine et les grands airs du prince
André lui en imposent plus qu'ils ne l'enchantent. Ce
qui lui sourirait bien davantage, ce serait de faire
épouser une riche héritière à son fils Nicolas. Mais de
ce côté-là non plus ses vœux ne sont guère exaucés.
Au moment même où elle caresse ce projet d'union
pour Nicolas, celui-ci vient lui déclarer qu'il veut absolument épouser sa cousine Sonia. La pauvre comtesse, désespérée, en fait une maladie véritable, ce qui
l'empêche de se rendre à Moscou avec son mari pour
acheter le trousseau de Natacha et présenter celle-ci à
son futur beau-père, le vieux prince Bolkonsky.

On a vu que le prince n'avait pas paru autrement en-
chanté des projets matrimoniaux de son fils ; aussi ac-

cueille-t-il la fiancée avec une froideur et une brus-
querie telles, que la pauvre Natacha sort de cette pénible entrevue, vivement froissée. Cela arrivait d'autant
plus mal à propos que le retour à Moscou avait redoublé l'agitation d'esprit de la jeune fille. L'absence pro-
longée de son fiancé était décidément une épreuve
trop forte pour elle. En vain la bonne Sonia s'efforce-
t-elle de lui faire prendre patience. « Comment peut-on
aimer avec tranquillité ? se disait la pauvre fille en retenant avec peine ses sanglots. Comment peut-on attendre avec une constance inébranlable ?» Abîmée dans
sa langueur amoureuse, dont elle ne sort que pour se
livrer à des élans de passion farouche, il ne lui suffit
plus d'aimer et de savoir que son amour est partagé,
elle sent le besoin irrésistible de se suspendre au cou
de l'homme qu'elle aime, et de lui crier les paroles
brûlantes dont son cœur déborde.

C'est dans cet état de détresse morale et physique
que, pour la première fois de sa vie, elle est menée à
l'Opéra par son père, qui ne voit et ne devine rien.

A peine entrée, les loges remplies de femmes aux
épaules nues, aux bras couverts de bijoux, et le par-
terre émaillé de brillants uniformes tout chamarrés,
papillotent devant ses yeux éblouis. Les milles lumières
dont la salle étincelle, l'atmosphère échauffée qui se
dégage de toute cette foule élégante et parée, les applaudissements, les trépignements du public, tout,
jusqu'à ce qui se passe sur la scène, lui fait éprouver
peu à peu une sorte d'ivresse. Comme elle était particulièrement en beauté ce soir-là, en raison précisément
de l'agitation intérieure qu'elle ressentait, on la regardait beaucoup. Et tous ces yeux fixés sur elle, **sur** ses

bras, sur ses épaules, lui faisaient éprouver une sensation à la fois agréable et pénible, qui réveillait tout un
monde d'émotions, de désirs et de souvenirs, d'accord
avec cette impression. Oubliant le lieu où elle se trouvait et le spectacle qu'elle avait devant elle, elle regardait sans voir, pendant que les pensées les plus inco-
hérentes, les plus fantasques lui traversaient le cerveau.

Pour achever la déroute de cette pauvre âme, si
profondément troublée, paraît le beau Kouraguine, le
plus élégant, le plus recherché des jeunes gens à la
mode. Nous avons rencontré déjà cet Anatole Kouraguine, espèce de bellâtre sans cœur, le digne frère de
la belle comtesse Hélène Besoukhow. C'est dans la loge
de celle-ci qu'Anatole Kouraguine se rencontre avec
Natacha. Frappé de la fraîche beauté de la jeune fille
et de son air ingénu, il jette aussitôt son dévolu sur
elle et se promet de ne rien épargner pour mener á
bien cette conquête, qu'à première vue il juge devoir
être assez facile. En effet, l'inexpérience absolue de Natacha et surtout l'agitation d'esprit dans laquelle elle
se débat la livrent sans défense aux entreprises de cet
habile séducteur, que n'arrête aucun scrupule. Ses attentions marquées et savamment graduées commencent par flatter l'amour-propre de la jeune fille; elles
ne tardent pas ensuite à la troubler profondément.
Bientôt même, sans se rendre un compte exact de ce
qu'elle éprouve, elle se sent attirée vers le bel Anatole
par une attraction mêlée de terreur, mais irrésistible.

Celui-ci, qui a conscience de ses avantages, ne laisse
point à sa victime le temps de se reconnaître. Quelques jours après la soirée passée à l'Opéra, il poursuit
son œuvre ténébreuse de séduction dans le propre

salon de sa sœur, et avec la complicité de celle-ci, il achève d'affoler la pauvre Natacha en lui glissant à l'oreille des paroles brûlantes et va même jusqu'à profiter d'un moment où il est seul avec elle pour effleurer ses lèvres d'un baiser audacieux.

Désorientée, fascinée, Natacha ne se connaît plus ; elle ne songe même pas à lutter, et s'étonne qu'on puisse aimer deux hommes à la fois; car, dans son innocence native, elle croit toujours aimer le prince André, tout en s'avouant qu'elle est violemment éprise d'Anatole Kouraguine. Enfin, après de longs déchirements, elle se décide à rompre avec le prince, malgré Sonia qui a surpris le secret de sa cousine et qui s'efforce en vain de la mettre en garde contre l'objet de sa nouvelle passion.

Heureusement, Sonia s'est promis de veiller quand même sur sa cousine et de la défendre, au besoin, contre elle-même. A force de vigilance et d'intelligent dévouement, elle réussit à faire échouer une tentative d'enlèvement, à laquelle la trop faible Natacha s'est laissée aller à consentir. Naturellement, la malheureuse affolée ne sait aucun gré à Sonia de son intervention ; elle la lui reproche au contraire cruellement. Elle ne veut rien écouter, ni remontrances ni consolations; quand enfin elle apprend, par l'intermédiaire de Pierre Besoukhow, que celui pour qui elle a failli se perdre est déjà marié, et qu'il a abandonné sa femme, elle achève de perdre la tête et avale de l'arsenic en cachette. Par bonheur, elle n'en prend pas assez pour se tuer et ne réussit qu'à se rendre fort malade.

Là-dessus, le prince André revient. Pourquoi, hélas! s'est-il fait si longtemps attendre? Il prend assez phi-

losophiquement, en apparence du moins, son parti de
la trahison de sa fiancée, et charge Pierre Besoukhow
de remettre à celle-ci les lettres et le portrait qu'il a
reçus d'elle.

L'excellent et honnête Pierre, qui n'a jamais su refuser de rendre service, se charge de cette mission délicate; à la vue du désespoir farouche de Natacha, abîmée au milieu de l'effondrement de sa vie perdue, il
se sent pris tout à coup d'un immense attendrissement. « Ne me parlez pas ainsi, je ne le mérite pas! »
répond à toutes ses bonnes paroles la pauvre fille.
Mais plus elle s'accuse et plus elle s'humilie, plus il cherche à la relever à ses propres yeux. « Non, s'écrie-t-il
enfin, tout n'est pas perdu pour vous. Si j'étais un
autre que moi, si j'étais le plus beau, le meilleur, le
plus intelligent des hommes, si j'étais libre, je vous
aurais demandé à genoux, à l'instant même, votre
main et votre amour! »

Ainsi se dénoue ce drame intime, que l'auteur a su
mener avec une délicatesse et une habileté si parfaites,
et en même temps d'une allure si naturelle, qu'on n'a
pas un moment le courage d'en vouloir à cette pauvre
Natacha, si faible, si inconséquente, mais si sincère, si
vraie et en même temps si femme dans ses faiblesses et
dans ses inconséquences. Nous verrons plus tard quelles suites ce drame, et particulièrement la dernière
scène, auront pour elle et pour divers autres personnages du roman.

III

Brusquement, l'auteur nous ramène à la guerre.
Nous voici en 1812. Napoléon vient de franchir le Niémen et d'engager cette campagne désastreuse qui devait aboutir à la retraite légendaire de Russie.

Mais avant d'aller plus loin, il nous faut dire quelques mots des théories philosophiques du comte Tolstoï en matière de responsabilité humaine, théories très
particulières et très absolues, sur lesquelles il ne manque jamais de s'étendre avec une complaisance visible, quand il en trouve l'occasion.

L'auteur de *La Guerre et la Paix* est fataliste dans
toute l'étendue du mot. Suivant lui, le fatalisme est
inévitable dans l'histoire. Les guerres ne sont pas
amenées par telle ou telle cause particulière, mais par
l'ensemble, par la coïncidence de diverses causes ; les
événements s'accomplissent parce qu'ils devaient s'accomplir ; quant aux individus, ils ne sont que des
instruments inconscients dans les mouvements de
l'humanité et ne font pas autre chose que d'obéir,
à leur insu, à la loi de coïncidence des choses. « Les

prétendus grands hommes ne sont, dit l'auteur, que les étiquettes de l'histoire; ils donnent leurs noms aux événements, sans même avoir ce qu'ont du moins les étiquettes, le moindre lien avec le fait lui-même. »

Il est certain que, comprise ainsi, l'importance du rôle de la volonté individuelle est absolument annihilée, et la grandeur des événements singulièrement rapetissée. Du même coup, il faut bien l'avouer, l'histoire perd beaucoup de son intérêt.

Appliquant ses théories à la nouvelle tempête déchaînée sur la Russie, le comte Tolstoï se refuse à la regarder comme la conséquence fatale de la violation du blocus continental, ou du goût effréné de Napoléon pour la guerre, ou d'autres causes de ce genre. De même, les principaux acteurs du drame, Napoléon en tête, et Alexandre comme Koutousow, ne sont à ses yeux que de simples pions, mis en mouvement par la main de la Destinée sur le vaste échiquier du monde.

Mais revenons au passage du Niémen, dont la nouvelle foudroyante arrive à l'empereur Alexandre, à Vilna, au milieu d'un bal. Dans un beau mouvement de patriotique indignation, il s'écrie : « Entrer en Russie sans avoir déclaré la guerre! Je ne ferai la paix que lorsqu'il ne restera plus un seul ennemi sur le sol de mon empire! »

Cependant, réflexions faites, il charge un de ses intimes, l'aide de camp général Balachow, d'aller porter à Napoléon une lettre autographe où il lui renvoie toute la responsabilité d'une guerre engagée sans aucune provocation.

L'arrivée de Balachow au camp français nous vaut

un croquis bien amusant, quoiqu'un peu chargé, du
fantasque et brillant roi de Naples, ainsi qu'un portrait
de Davoust, plus sévère encore, sévère même jusqu'à
l'injustice. Mais, si l'on ne saurait toujours demander
à l'historien de se montrer impartial, on peut moins
encore l'exiger du romancier. Napoléon lui-même n'est
guère mieux traité que ses généraux ; le comte Tolstoï
semble prendre plaisir à le dépouiller de toute espèce
de prestige.

Naturellement, la mission de Balachow demeure
sans résultat pratique, et les événements suivent leur
cours. A l'armée de l'Ouest, nous retrouvons le prince
André Bolkonsky, avec le titre de général, sous les
ordres de Barclay de Tolly, et Nicolas Rostow, commandant en qualité de capitaine son ancien escadron
de hussards de Pavlograd.

Comme toujours, les divers généraux discutent sans
parvenir à se mettre d'accord : les uns veulent aller de
l'avant, les autres, au contraire, sont d'avis de se replier sur les frontières russes, en détruisant derrière
l'armée les ressources qu'elle ne pourra emporter avec
elle. En fin de compte, ce sont les derniers qui semblent devoir l'emporter. Toutefois, ils ne peuvent empêcher quelque affaire plus ou moins importante de
s'engager à l'arrière-garde. C'est à l'une de ces rencontres, à Ostrowna, le 13 juillet, que se trouve mêlé le
régiment de Pavlograd, sous le commandement de Nicolas. Toujours plein d'ardeur, celui-ci n'a pas la patience d'attendre des ordres ; voyant un régiment de
uhlans refoulé par des dragons bleus français, il s'é-
lance avec ses hussards et ramène à son tour les dragons ; exploit qui lui vaudra, au lieu d'une réprimande,

la croix de Saint-George et le commandement de deux escadrons.

Ce combat d'Ostrowna était le premier où le brillant Nicolas eût trouvé l'occasion de payer de sa personne. Jamais encore il n'avait éprouvé la sensation pénible dont on ne peut se défendre la première fois que l'on sent son arme entrer dans le corps d'un ennemi. Il faut lire, dans le roman, la page éloquente où l'on voit le jeune capitaine piquer droit sur un officier français qu'il culbute à moitié et sur lequel il lève machinalement son sabre, puis, dès qu'il l'a laissé retomber, s'arrêter aussitôt comme dégrisé.

Peut-être les vieux militaires souriront-ils de la sensibilité du jeune capitaine. Mais comme cela est bien humain, comme cela est touchant, et comme la guerre, vue sous cet aspect, nous paraît plus nettement ce qu'elle est en réalité, c'est-à-dire une chose abominable et contre nature !

L'armée se repliant toujours, le théâtre des opérations se rapproche rapidement de Moscou, placée sous le commandement du gouverneur général Rostoptchine. L'empereur lui-même se rend dans la *ville sainte* pour réchauffer le patriotisme de ses fidèles sujets.

Les événements se précipitent, Smolensk est pris et brûlé, et l'armée russe accélère sa retraite, suivie de près par l'ennemi. Naturellement, les généraux se disputent de plus belle en s'imputant les uns aux autres la fâcheuse tournure que prennent les choses. L'irritation est générale dans le pays ; aussi la nomination de Koutousow comme général en chef, nomination arrachée à l'empereur malgré la violente opposition de la *camarilla*, est-elle accueillie avec transport. Le sentiment patriotique se réveille et s'affirme de tous côtés, la confiance et l'espoir renaissent.

Ici, nous devons mentionner un épisode peu impor-tant en soi, mais dont les conséquences auront une influence considérable sur la destinée de quelques-uns de nos principaux personnages. Le capitaine Nicolas Rostow, détaché avec son régiment pour aller acheter les fourrages nécessaires aux approvisionnements de l'armée, arrive au château du vieux prince Bolkonsky, au moment même où celui-ci vient de mourir. Après avoir rendu les derniers devoirs à son père, la princesse Marie se prépare à partir pour Moscou ; mais elle en est empêchée par ses paysans, qui se soulèvent contre elle et vont jusqu'à la menacer de dételer ses chevaux. Nicolas se présente précisément à cet instant critique, comme un sauveur. Tout rentre dans l'ordre à sa voix, et la princesse peut quitter sans accident son domaine ; pour plus de sûreté, il l'escorte lui-même jusqu'à douze verstes de distance. Touchée jusqu'au fond du cœur par le courage et l'amabilité du jeune capitaine, la princesse lui lance en le quittant « un de ces regards profonds et doux qui faisaient oublier sa laideur. » Et Nicolas, fort impressionné lui-même, emporte un souvenir attendri de cette romanesque aventure.

Ce léger épisode terminé, nous nous retrouvons au quartier général de Koutousow, à Csaevo-Saïmichtché.

Koutousow est une des rares figures historiques qui aient trouvé grâce devant l'auteur de *La Guerre et la Paix*. Loin de sortir de ses mains, comme la plupart des autres, amoindri, rapetissé, il en sort considérable-ment rehaussé. C'est lui qui est le véritable héros de la partie du roman qui traite de *la Guerre* comme

Pierre Besoukhow est, avec Natacha, le véritable héros de la partie qui traite de *la Paix*.

Cette prédilection du comte Tolstoï s'explique suffisamment, d'ailleurs, par le désintéressement absolu du vieux soldat, qui ne connaît d'autre passion que l'amour de sa patrie. « Il inspire de la confiance, parce qu'on sent battre en lui un *cœur russe* », dit quelque part notre auteur. Obligé de se replier sur Moscou, il se frappe la poitrine et s'écrie d'une voix tremblante : « J'ai fait manger aux Turcs de la viande de cheval. Les Français aussi en goûteront ; crois-en ma parole. »

Peut-être encore le comte Tolstoï n'a-t-il caressé cette intéressante figure avec tant de complaisance que parce que, lui aussi, le vieux général semblait « comprendre inconsciemment l'impuissance de la volonté humaine contre les lois de la destinée. »

En regard de Koutousow, et comme contraste, le comte Tolstoï nous montre avec le même relief la personnalité infiniment moins sympathique du comte Rostoptchine. Le gouverneur général de Moscou est dépeint sous les traits d'un fonctionnaire inconséquent et vaniteux, cruel sans nécessité, lâche en outre jusqu'à pâlir devant la moindre émeute et se sauver piteusement à l'approche de l'ennemi qu'il a juré d'exterminer. A l'encontre du général en chef, toujours prêt à s'effacer lui-même et à dissimuler son action et sa présence, pourvu que le but auquel il vise soit atteint, le comte Rostoptchine se flatte d'attirer sur lui l'attention du monde entier. L'auteur de *La Guerre et la Paix* au contraire, s'attache à le dépouiller de cette auréole sanglante, dont l'incendie de Moscou avait entouré jusqu'ici son nom dans l'histoire : il réduit son rôle à une

activité brouillonne et impuissante, il nous le montre
occupant son temps et sa verve grossière à rédiger des
proclamations ampoulées et baroques, où « il promet
honneur et gloire à celui qui empoignerait l'ennemi par
le toupet et le fourrerait au violon », et jure solennelle-
ment que « le scélérat (lisez Napoléon) n'entrera pas à
Moscou, qu'il en répond sur sa tête. »

Ces deux physionomies si disparates de Koutousow
et de Rostoptchine, que le comte Tolstoï semble se
complaire à opposer l'une à l'autre, sont dessinées par
lui d'un trait si net, si accusé, avec une telle pénétration psychologique, et pour ainsi dire avec un sentiment
si merveilleux des dessous des caractères, qu'on peut
dire qu'elles sont définitives et qu'elles resteront désormais dans l'histoire telles qu'elles sont sorties de
ses mains.

IV

Le troisième volume de *La Guerre et la Paix,* s'ouvre par une admirable mise en scène de la bataille de Borodino (ou de la Moskowa, comme nous l'appelons en France).

Fidèle à ses théories philosophiques, le comte Tolstoï soutient que cette sanglante bataille, qui coûta la vie à plus de 80,000 hommes, fut livrée par Napoléon et acceptée par Koutousow sans motifs ni raisons plausibles, attendu que selon lui elle ne pouvait offrir d'avantages sérieux ni aux Russes ni aux Français. Il affirme, d'ailleurs, qu'en cette occasion comme dans les autres, la volonté de Napoléon n'eut qu'une influence extérieure et apparente.

Pour notre auteur, les véritables héros de la journée, ce ne sont ni Napoléon ni Koutousow, ce sont les soldats et particulièrement les soldats russes. Il est certain que, en cette occasion mémorable, les troupes russes montrèrent une admirable fermeté. Exaspérés par la prise et la dévastation de Smolensk, surtout par la menace d'un sort semblable qui planait sur Moscou, la *ville sainte*, les soldats de Koutousow se firent tuer sans reculer, avec la froide résolution de gens comprenant que c'était une question de vie ou de mort qui se débattait entre les deux armées. L'expression grave et recueillie de leurs visages trahissait les sentiments qui remplissaient leurs cœurs. « Croiriez-vous, disait un officier, que les soldats de mon bataillon n'ont pas bu d'eau-de-vie ? Ce n'est pas un jour pour cela, disent-ils. »

L'auteur va plus loin encore : non seulement il exalte considérablement le rôle des simples soldats au détriment de celui des chefs, mais il ne craint pas d'affirmer que c'est du soldat seul et des dispositions particulières de son esprit, que dépend le sort des batailles. « Le succès, dit-il, ne saurait être et n'a jamais été la conséquence, ni de la position, ni des armes, ni du nombre, mais du sentiment qui est dans chaque soldat. »

Ces théories particulières mises à part, la description de la bataille est véritablement de main de maître. Pour mieux nous faire pénétrer dans l'intimité de cette triste journée (si nous pouvons parler ainsi), le comte Tolstoï nous promène à travers ses différents épisodes, à la suite de notre vieille connaissance, Pierre Besoukhow.

Emporté par la curiosité et par un vague besoin de se rendre utile, ou tout au moins de prendre sa part des dangers, le brave Pierre a quitté Moscou pour venir se jeter au beau milieu de la bagarre. Un peu malmené, tout d'abord, par les soldats qui regardent avec stupéfaction son habit vert et son grand chapeau blanc, se demandant ce que vient faire en pareil lieu ce colos-

sal *barine* aux allures si peu militaires, il ne tarde pas
à gagner leur confiance et leur sympathie par sa contenance intrépide sous le feu le plus violent.

De son côté, en voyant le calme, l'insouciance avec
lesquels soldats et miliciens affrontent la mort, il se sent
saisi d'une véritable tendresse pour ces héros obscurs,
tandis qu'il n'éprouve que de l'indifférence et du dédain
pour leurs officiers « dont le visage reflète une expression d'inquiétude et de surexcitation, causée par des
questions d'intérêt purement personnel, par l'espoir
surtout de supplanter un rival, de recevoir une croix
ou de l'avancement. »

Le prince André Bolkonsky, que Pierre rencontre
sur son chemin, est dans des dispositions d'esprit particulièrement désolantes. Surexcité par ses chagrins
de famille et la perte de ses illusions de cœur, pour-
suivi en outre de sinistres pressentiments, il s'emporte
devant son ami Besoukhow en plaintes amères contre
ceux qui dirigent les opérations, contre ses propres
camarades, contre les humanitaires qui parlent constamment de droit des gens et de générosité chevale-
resque, grands mots qui ne sont que des mots, selon
lui.

Malgré ces considérations peu encourageantes, le
brave Pierre n'en retourne pas moins dans la mêlée;
son unique crainte est de laisser passer quelque chose
d'intéressant sans y contribuer de sa personne. Aussi
assistons-nous, avec lui, aux plus chaudes péripéties
de cette sanglante journée.

Mais avant les effroyables tableaux de meurtre et de
sang, l'auteur nous donne un croquis d'un tout autre
genre, dont l'effet, pour être imprévu, n'en est que

plus saisissant. C'est l'aspect du champ de bataille de
Borodino avant le premier coup de canon. Cette vaste
plaine, où des dizaines de milliers d'hommes vont s'entr'égorger tout à l'heure, à peine éclairée par le soleil
du matin que le brouillard voile à demi, est d'une poésie adorable.

Puis l'auteur nous transporte, à la suite de Pierre
Besoukhow, à la fameuse batterie de Raïevsky, le
point culminant du champ de bataille et la clef de la
position, qui fut prise et reprise plusieurs fois, coup
sur coup, par les Français et par les Russes.

Sans se rendre un compte exact du danger auquel
il s'expose, Pierre Besoukhow pénètre jusque dans l'intérieur de la batterie, qui ne tarde pas à devenir le
théâtre d'une épouvantable tuerie. Il n'en fait pas
moins bonne contenance sous la pluie de projectiles
qui tombent en sifflant et en bourdonnant autour de
lui, tuant les artilleurs à ses côtés, démontant les pièces les unes après les autres, le couvrant lui-même de
terre et de débris. Un moment, il en vient aux mains
avec un officier français ; à défaut d'armes, il saisit son
adversaire à la gorge et va l'étrangler de ses mains
puissantes, lorsqu'une secousse effroyable les sépare.
C'est un caisson de poudre qui saute. Par une chance
incroyable, notre héroïque imprudent se tire de là
sans une égratignure.

Cependant la bataille est engagée sur toute la ligne ;
huit heures durant, on se tue, on se massacre, infanterie contre infanterie, artillerie contre artillerie, sans reculer d'une semelle. Des deux côtés toutes les forces ont
donné, jusqu'aux réserves, et rien n'annonce encore
que la victoire veuille se décider pour les Français ou

pour les Russes. Ce n'est plus un combat; c'est une
boucherie sans trêve et sans résultat possible, un massacre d'autant plus horrible qu'il est inutile, mais que
Napoléon lui-même, quand il le voudrait, serait incapable d'arrêter.

Enfin, à trois heures de l'après-midi, l'on vient dire
à Koutousow que les Français, repoussés sur le flanc
gauche, sont fortement entamés sur le flanc droit.

« La victoire est à nous, et demain nous chasserons
l'ennemi du sol sacré de la patrie! » s'écrie le vieux
soldat en laissant échapper un sanglot. Et, sur-le-champ,
pour rassurer l'armée sur l'issue de la journée, il fait
annoncer qu'on attaquera l'ennemi le lendemain.

On n'ignore pas que les Russes et les Français s'at-
tribuèrent ce jour-là et s'attribuent encore aujourd'hui
le gain de la bataille. Si l'on veut, comme la chose est
généralement admise, que l'armée victorieuse soit celle
à qui reste le champ de bataille, ce fut Napoléon qui
l'emporta évidemment. D'autre part, il est certain qu'à
Borodino, grâce à l'indomptable fermeté de l'armée
russe, l'invasion française reçut dans le flanc une blessure dont elle ne devait point se relever, et que de ce
jour-là on put prédire les désastres qui allaient suivre, c'est-à-dire après l'inutile destruction de Moscou,
l'inévitable et interminable retraite où la presque tota-
lité des 500,000 hommes qui avaient envahi le sol russe
devaient laisser la vie. En tout cas, Koutousow n'avait
jamais eu d'autre but que de barrer la route de Moscou, et de demeurer à son poste jusqu'au bout : il
pouvait donc, à la rigueur, se considérer comme ayant
obtenu le résultat qu'il voulait.

Mais, dans la soirée et le lendemain dès la première

heure, de tous côtés arrivèrent au quartier général
russe des courriers annonçant des pertes importantes
dont on ne se doutait point. Il se trouva, par le fait,
que l'armée avait perdu la moitié de son effectif, et
que par conséquent un nouvel engagement était devenu impossible. Bientôt même, après mûr examen,
on fut forcé de s'avouer que, la position devant Moscou n'était point défendable, le seul parti qui restât à
prendre était de se retirer et d'abandonner Moscou
sans même essayer de la défendre : le salut du pays
étant dans l'armée, mieux valait encore, en effet, abandonner Moscou et conserver l'armée que de risquer,
en livrant bataille, de perdre à la fois et l'armée et
Moscou. Dès qu'il eut vu clair dans la situation, Koutousow prit son parti promptement, virilement, sans
se laisser arrêter par la perspective des reproches furieux que lui ménageaient ses ennemis, ni même par
celle encore plus redoutable de la colère du tsar, à
qui il avait déjà annoncé la bataille de Borodino comme
une victoire.

Avant de poursuivre, nous devons apprendre au lecteur que le prince André Bolkonsky, moins heureux
que Pierre Besoukhow, avait été mortellement blessé
pendant l'affaire.

Avec l'impassibilité froide et hautaine qui était dans
sa nature, il attendait l'ordre de marcher en avant,
quand tout à coup un soldat, épouvanté, s'écrie :
Gare ! — A terre ! crie l'aide de camp du prince ; mais
celui-ci dédaigne de se baisser ; les éclats de l'obus
l'atteignent au ventre et lui font une épouvantable
blessure.

Ses soldats se précipitent pour le relever et le trans-

19

portent sous les tentes de l'ambulance, où, par un
étrange retour de la destinée, il retrouve, grièvement
blessé également, le beau Kouraguine, celui-là même
qui avait été cause de sa rupture avec Natacha Rostow.

Le nom de la jeune comtesse nous ramène à Moscou, que toutes les familles nobles se préparent à quitter, sur la nouvelle de l'arrivée prochaine de l'armée
française. A ce propos, le comte Tolstoï loue grande-
ment l'aristocratie moscovite d'avoir pris cette résolution. On n'ignorait pas qu'en pareille occurrence Berlin et Vienne avaient été pleinement respectées par le
vainqueur, et que Moscou, par conséquent, ne courait
aucun danger sérieux. Ce n'était donc point la peur
qui faisait partir la noblesse moscovite. Si elle quittait
la ville Sainte et Glorieuse, c'était parce qu'elle ne voulait pas admettre que des Russes pussent rester sous la
domination des Français. C'était pour ne pas devenir
les sujets de Bonaparte que ces patriotiques familles
abandonnaient leur belle et opulente capitale à l'incendie et au pillage, rendus inévitables par leur absence même, prenant ainsi, simplement, stoïque-
ment, leur part de la grande œuvre du salut de la patrie.

Bien entendu, chacun cherchait, néanmoins, à emporter en partant ce qu'il avait de plus précieux. Les
Rostow firent comme les autres et chargèrent une
vingtaine de chariots de leurs meubles de prix, de leur
vaisselle, de leurs objets d'art et de luxe; seulement,
au moment même où ils allaient se mettre en route,
Natacha s'attendrit à la vue des blessés qui arrivaient
en grand nombre du champ de bataille et qui demandaient à partir, eux aussi. Moitié par persuasion, moi-

tié par force, la compatissante jeune fille obtient de
son père que les chariots soient déchargés et mis à la
disposition des blessés. Parmi ceux-ci se trouve le
prince André Bolkonsky, mais Natacha ne l'apprendra
que plus tard.

Le 2 septembre, Napoléon arrive en vue de Moscou
et contemple, du haut de la Poklonnaïa, le panorama
de la capitale asiatique de toutes les Russies.

Après avoir suffisamment savouré ce spectacle bien
fait pour flatter son orgueil, le vainqueur continue sa
route, assez lentement toutefois pour laisser à la députation attendue des boyards le temps de venir au-
devant de lui avec les clefs de la ville sainte sur un
coussin de velours, ainsi que la chose s'était pratiquée
devant Berlin et devant Vienne. Son discours est tout
prêt. Il recevra les envoyés moscovites avec des paroles de clémence et de paix. Tout d'un coup, à sa grande
surprise et à son irritation plus grande encore, il apprend que la ville est abandonnée ; dès lors, plus de
députation de boyards, plus d'entrée triomphale au milieu de populations enthousiasmées tout autant que
terrifiées. Voilà le grand Empereur contraint d'entrer
à Moscou, enfermé dans sa voiture, à travers les rues
désertes et silencieuses.

L'armée entre derrière lui et se répand dans tous les
quartiers de la ville, où elle ne tarde pas à disparaître
« comme l'eau s'infiltre dans le sable ». En vain, par
ordre supérieur, des mesures ont-elles été prises pour
prévenir le pillage. La tentation est trop forte en face
de cette somptueuse capitale abandonnée, de toutes ces
richesses laissées à la discrétion du premier venu. Dix
minutes après l'installation des divers corps de trou-

pes dans les logements qui leur avaient été assignés, l'armée n'existait plus comme armée ; le soldat avait disparu pour faire place au maraudeur. C'est ainsi, dit l'auteur, que l'envahissement d'une ville opulente par une armée épuisée eut pour conséquence la destruction de cette armée même, en même temps que la destruction de la ville.

Ici, le comte Tolstoï s'arrête assez longuement sur les véritables motifs de l'incendie de Moscou. Nous avons déjà vu qu'il refusait à Rostoptchine la triste gloire d'avoir voulu et ordonné cet incendie. Les Russes, du reste, ne semblent pas lui en avoir jamais attribué l'initiative, ni pour le lui reprocher, ni pour lui en faire honneur. Il paraît, au contraire, qu'ils en ont toujours accusé « la sauvagerie des Français ». D'après l'auteur de *La Guerre et la Paix*, on ne saurait en rendre responsables pas plus les vainqueurs que les vaincus : « Moscou a brûlé, dit-il, comme aurait pu brûler toute ville construite en bois, comme tout village, toute fabrique, toute maison qui auraient été abandonnés par leurs propriétaires et envahis par les premiers venus ; et, s'il est vrai de dire qu'il fut brûlé par ses habitants, il est incontestable aussi qu'il le fut non par ceux qui y étaient restés, mais par le fait de ceux qui l'avaient quitté. »

Les scènes épisodiques auxquelles donnent lieu d'abord l'occupation de Moscou par l'armée française, puis sa destruction, sont traitées avec une habileté, un sens dramatique et une variété de détails tout à fait extraordinaires. Pierre Besoukhow y joue un rôle, et un rôle important. Il est resté, en effet, pour prendre part à la défense de la ville et se montrer « digne de l'humanité » ; puis, quand il apprend que Moscou ne sera pas défendu, il ressent plus que jamais le besoin de se sacrifier personnellement en face du désastre public, et forme le projet insensé de tuer de sa propre main Napoléon, pour délivrer ainsi l'Europe du principal auteur de tous ses maux. Loin de le décourager, le danger auquel il s'expose ne fait que l'exciter.

Le voilà donc errant au hasard, à travers la ville en flammes, un poignard caché sous ses vêtements, guettant le moment favorable pour aborder le redoutable empereur au milieu de son entourage. Soudain, il entend pousser d'horribles cris de détresse : c'est une maison qui vient de s'écrouler, entraînant avec elle une enfant de trois ans au berceau, sous les yeux de sa mère désespérée. Oubliant aussitôt le projet grandiose et téméraire dont il est occupé, le brave Pierre s'élance au milieu des décombres fumants et reparaît bientôt, les cheveux et la barbe roussis, mais tenant dans ses bras la fillette saine et sauve.

Un peu plus loin, à l'angle de la Povarskaïa et du jardin Gronzinski, une autre scène non moins dramatique attire son attention. Cette fois, il s'agit de soldats français en maraude qui tournent, avec des intentions trop faciles à deviner, autour d'une famille arménienne, réfugiée dans un coin de la place avec ce qu'elle a pu sauver de plus précieux. Le riche collier d'une jeune fille excite surtout la convoitise des maraudeurs, qui le lui arrachent brutalement. Mais Pierre a tout vu ; il se jette sur les misérables, qui se sauvent, pour revenir en force un instant après ; ils entourent alors Pierre et le font prisonnier, malgré sa résistance.

Après quoi, on le fouille, et l'on trouve sur lui son poignard ; plus de doute, c'est un rebelle, un incendiaire, un assassin ; on l'emmène après l'avoir attaché solidement, et on le jette au fond d'un cachot.

Tandis que ces événements dramatiques se déroulent à Moscou, qu'est devenu un autre de nos héros, Nicolas Rostow ? Nous ne l'avons pas vu à la bataille de Borodino, par la raison qu'à ce moment-là il était à Voronège, occupé à réunir les chevaux nécessaires pour la remonte de sa division. A Voronège, il avait retrouvé la princesse Marie Bolkonsky, laquelle n'avait pas oublié l'intervention romanesque du jeune capitaine de hussards et s'était montrée ravie de son arrivée. Sous cette heureuse disposition, ses traits disgraciés s'étaient transfigurés et illuminés d'une beauté imprévue : « Ainsi, dit l'auteur, un vase dont les fines ciselures ne présentent qu'un enchevêtrement de lignes opaques et confuses, jusqu'au moment où une vive lumière vient éclairer ses parois transparentes. » Nicolas, de son côté, s'était montré fort aimable. « Les traits fins, pâles et mélancoliques de la princesse, son regard lumineux, ses gestes doux et gracieux, et surtout cette douleur tendre et profonde qui s'exhalait de toute sa personne, le troublaient et commandaient sa sympathie. » Dès aujourd'hui, on peut prévoir que cette idylle finira par le dénouement obligé, au grand désespoir de la pauvre Sonia, mais en même temps à la grande joie de la comtesse Rostow, de plus en plus inquiète du délabrement de sa fortune.

En attendant, Nicolas, sa mission terminée, rejoint son régiment, pendant que la princesse Marie, avisée de la blessure du prince André, part aussitôt pour

Yaroslaw, où celui-ci se trouve avec les Rostow. Elle arrive juste à temps pour assister aux derniers instants de son malheureux frère, qui meurt, apaisé et résigné, entre sa sœur et Natacha Rostow, à qui il a pardonné ses coupables légèretés.

Revenons maintenant à Pierre Besoúkhow, que nous avons laissé prisonnier des Français dans Moscou. Les épreuves par lesquelles il passe auraient certainement eu raison d'un courage moins solidement trempé que le sien ; après avoir subi les traitements les plus barbares et les plus humiliants, il se voit sur le point d'être fusillé en même temps que six pauvres diables qui, moins heureux que lui, sont exécutés sous ses yeux.

Ici, l'auteur de *La Guerre et la Paix*, avec une vigueur de touche incomparable, met à nu le travail inattendu qui se fait subitement dans l'organisation puissante, mais mal équilibrée, de son héros, en face de la force aveugle et brutale s'imposant irrésistiblement, annihilant toute initiative, écrasant toute velléité de résistance, éteignant enfin toute énergie individuelle. C'est surtout la vue de ces exécutions sommaires, dont il est le témoin forcé et impuissant, qui arrache violemment de son cerveau le nerf qui donnait le sens et la vie à tout ce qu'il voyait. Un seul instant suffit pour éteindre dans son cœur la foi dans la perfection de la création, dans l'âme humaine, dans la sienne et dans l'existence de Dieu. Un autre résultat, non moins imprévu, de ces cruelles angoisses, est de dissiper les rêves de mysticisme, les pensées inquiètes, les sentiments compliqués et mal définis qui troublaient l'esprit de Pierre, et, par suite, de lui donner cette paix de l'âme, ce contentement de soi-même qu'il avait vainement cherchés jusque-là dans la philanthropie, dans la franc-maçonnerie, dans les distractions de la vie mondaine, et, enfin, dans l'héroïsme du sacrifice.

Il faut dire aussi que, grâce à sa vigoureuse constitution, les épreuves les plus dures glissaient sur lui sans l'entamer. Ce n'était même pas sans une sorte de volupté intime qu'il supportait ces souffrances, ces privations, voire ces menaces de mort, en raison des sensations puissantes et ineffaçables qu'elles lui procuraient.

Cependant la situation n'avait pas tardé à changer de face ; après une occupation d'un mois environ, l'armée française s'apprêtait à quitter Moscou.

Depuis son entrée dans la ville sainte, Napoléon s'était attendu de jour en jour à recevoir des propositions de paix. Mais Koutousow, retiré à vingt-cinq verstes seulement au delà de Moscou, dans son quartier général de Letachevka, n'avait pas donné signe de vie ; convaincu que le fruit tomberait de lui-même quand il serait mûr, il employait uniquement son énergie, son autorité et tous les moyens en son pouvoir à empêcher ses troupes de s'épuiser en rencontres stériles avec un ennemi dont il considérait la perte comme inévitable et prochaine : « Le temps et la patience, voilà mes deux alliés ! » ne cessait-il de répéter.

Ne voyant rien venir et sentant le terrain s'enfoncer sous ses pieds, Napoléon perdit patience ; par deux fois il envoya Lauriston à Koutousow avec des propositions formelles. Par deux fois, Koutousow déclina les propositions et répondit à l'envoyé de Napoléon

qu'il ne pourrait être question de paix tant qu'un soldat français resterait sur le territoire de la Russie.
« Je serais maudit par la postérité, si l'on me regardait
comme le premier promoteur d'un accommodement
quelconque. Tel est l'esprit actuel de ma nation. »

Une nuit, enfin, qu'étendu tout habillé sur son lit de
camp il réfléchissait, sa grosse tête balafrée appuyée
sur sa main et son œil unique plongeant dans l'obscurité, un officier d'état-major, nommé Bolhovitinow,
arrive à franc étrier, force la porte du général et lui
annonce que Napoléon a quitté Moscou, qu'il est parti
avec son armée tout entière dans la direction de
Viazma, Smolensk et Minsk, c'est-à-dire dans la direction de la France.

« Seigneur Dieu, mon créateur, s'écrie Koutousow
en se tournant les mains jointes vers l'angle de l'*isba*
où les saintes images étaient accrochées, tu as exaucé
ma prière, la Russie est sauvée! »

Et il fond en larmes!

Nous avons rarement vu quelque chose de plus
émouvant que l'attendrissement de ce vieux soldat,
rude aux autres comme à lui-même, qui n'a au cœur
qu'un intérêt, un sentiment, une pensée : la patrie
russe!

Son instinct militaire ne l'avait point trompé : les
Français hors de Moscou, ce n'était pas seulement le
sort de la campagne fixé, c'était la campagne elle-
même terminée. Désormais l'armée russe n'avait plus
qu'une chose à faire : se borner à suivre la retraite
« en balayant devant soi les feuilles mortes qui se détachaient elles-mêmes de l'arbre desséché ».

Si l'on eût écouté Koutousow, loin de chercher à

19.

entraver la retraite de l'armée française, on eût tout
fait au contraire pour la favoriser. Puisque aussi bien
toute inquiétude s'était évanouie sur l'issue de la campagne, le vieux général n'avait plus qu'un souci :
ménager ses soldats et les conserver à la patrie au lieu
de les envoyer à une mort inutile. Ce fut donc absolument contre son gré que fut livrée cette sanglante et
absurde bataille de Krasnoé, où pendant trois jours
entiers les hommes débandés de l'armée française et
les hommes épuisés de l'armée russe se massacrèrent
sans aucun résultat pratique.

Ce qui prouve combien Koutousow avait raison,
c'est qu'à partir de Viazma l'armée française, qui jusque-là avait marché sur trois colonnes avec une espèce
d'ordre, se fondit rapidement en une masse informe
et ne tarda pas à laisser tout le long du chemin la plus
grande partie de son effectif.

Et pourtant l'inaction voulue et réfléchie du vieux
Koutousow lui fut cruellement reprochée. Aujourd'hui
encore, il ne manque pas en Russie de gens pour
soutenir qu'on aurait pu facilement cerner les Français,
leur couper la retraite et les faire tous prisonniers.

L'auteur de *La Guerre et la Paix* démontre, d'une façon
irréfutable, que la réalisation de ce rêve, fait assurément pour flatter l'amour-propre national du peuple
russe, était de tout point impraticable. La précipitation
vertigineuse avec laquelle s'enfuyait l'ennemi rendait
absolument impossible toute opération savamment
combinée. En outre, il ne faut pas perdre de vue que
ceux qui menaient la chasse n'étaient guère en meilleur point que le gibier qu'ils pourchassaient. Il est
parfaitement établi, en effet, que dans sa marche de

Tarontino à Krasnoé l'armée russe, sans livrer un seul combat, perdit 50,000 hommes en malades et en traînards. Les rigueurs d'une saison exceptionnelle ne faisaient pas moins de ravages dans ses rangs que dans ceux de l'armée française, et les malheureux soldats, forcés de bivouaquer des mois entiers dans la neige, par quinze degrés de froid, sans vivres, sans chaussures, presque sans vêtements, souffraient horriblement.

N'est-il pas souverainement injuste et cruel de reprocher à ces pauvres gens, qui mouraient ainsi par milliers, de n'avoir pas fait tout le possible pour l'honneur de la nation, parce qu'ils n'ont pas réalisé les plans irréalisables combinés à loisir, dans des chambres bien closes, par des stratégistes de fantaisie ?

Bien évidemment, il était matériellement impossible de faire plus que ce qui fut fait ; si les corps de partisans russes qui poursuivaient l'armée française ne réussirent pas à arrêter sa marche, c'est qu'il n'était pas en leur pouvoir de l'arrêter.

A propos de ces corps de partisans, il nous semble que l'auteur de *La Guerre et 'a Paix* a quelque peu exagéré leurs exploits et donné parfois les proportions d'un combat véritable à de simples engagements sans importance.

Dans une de ces petites rencontres plus ou moins sérieuses, — celle-ci se passe aux environs du village de Schamschew, — nous retrouvons deux personnages que nous avons déjà rencontrés au cours du roman, Denissow et Dologhow. Ils commandent chacun une troupe de deux cents hommes environ, et se réunissent afin d'enlever de concert un convoi de prisonniers qui marche à la suite du corps d'armée du maréchal Davoust.

Petia Rostow, le dernier-né des Rostow, fait également partie de la petite expédition, sous les ordres de Denissow ; comme un enfant qu'il est, il ne se tient pas de joie d'avoir vu le feu une première fois à Viazma, et rêve d'être mêlé à une affaire plus sérieuse. Hélas ! le désir du pauvre enfant n'est exaucé que trop tôt et trop complètement. A l'attaque du convoi, il s'élance comme un fou dans la mêlée et tombe foudroyé au premier rang, avec une balle dans la tête.

Pierre Besoukhow, que nous avons laissé à Moscou, reparaît également ici. Il se trouve au nombre des prisonniers que l'attaque combinée de Denissow et de Dologhow rend à la liberté.

V

La partie du roman consacrée à *la Guerre* se termine
en réalité, avec ce dernier épisode et la mort de Koutousow à Vilna, où le héros s'était retiré aussitôt après
les premiers désastres de la retraite de l'armée française. Satisfait d'avoir atteint l'unique but de ses efforts
constants, il s'était complètement désintéressé des événements de moindre importance qui pouvaient encore
survenir. La conscience qu'il avait, d'ailleurs, d'avoir
pleinement et largement rempli son devoir le consolait
de l'espèce de disgrâce où il était tombé dans les ré-
gions officielles, disgrâce d'autant plus injuste que les
fatigues de cette dure campagne n'étaient pas étrangères à l'épuisement, physique et moral, qui l'emporta
peu après.

Avec la *Paix*, nous revenons à des tableaux moins
sinistres, qui nous permettront de prendre congé des
personnages du roman sur des impressions plus
douces et plus consolantes.

Nous trouvons encore, toutefois, une page navrante,
placée là comme pour servir de transition : c'est le récit

de la scène de désespoir qui se passe chez les Rostow,
quand arrive la nouvelle de la mort tragique du malheureux Petia.

Lorsque ce nouveau coup vint la frapper, Natacha
n'était pas remise de la secousse terrible que lui avait
occasionnée la mort du prince André. Rien encore n'a-
vait pu la faire sortir de l'espèce de torpeur farouche
dans laquelle elle était tombée à la suite de ce cruel
événement.

Elle restait des heures entières immobile, ses yeux
démesurément ouverts regardant sans voir dans l'espace. Parfois, la figure pâle de son infortuné fiancé lui
apparaissait soudain, telle qu'elle l'avait vue à ses derniers moments ; alors elle avait des crises de désespoir et de larmes, puis elle retombait dans son abatte-
ment maladif.

Il fallut, pour l'arracher à cette espèce de léthargie,
la mort de Petia et la vue du désespoir de sa mère, la
vieille comtesse Rostow. Cette secousse violente lui
révéla à elle-même que l'essence de son être, c'est-à-
dire la faculté, le besoin d'aimer, était toujours vivace
en elle.

Avec la spontanéité de sa nature, tout en dehors,
elle se reprit à la vie, aussi brusquement qu'elle s'en
était détachée ; et, symptôme significatif, elle trembla
tout d'un coup que la maladie ne lui eût fait perdre sa
beauté.

Bien entendu, elle était loin de se rendre compte de
la rapidité avec laquelle la plaie intérieure de son âme
se cicatrisait ; mais qu'elle en eût conscience ou non,
la guérison complète de cette âme, si cruellement
éprouvée, n'était plus qu'une affaire de temps : encore

pouvait-il survenir telle ou telle circonstance qui lui ferait prendre une allure plus rapide. Ce fut précisément ce qui arriva, et cette fois encore l'intervention aussi opportune qu'inattendue d'une de nos vieilles connaissances, de l'excellent Pierre Besoukhow, devait avoir la plus heureuse influence sur les événements.

Aussitôt après avoir recouvré sa liberté, Pierre Besoukhow était parti pour Moscou ; là, il avait appris coup sur coup la mort du prince André, puis celle de sa propre femme, la comtesse Hélène, enlevée par une maladie foudroyante. Cette dernière perte ne pouvait le toucher bien profondément, après ce qui s'était passé entre eux ; aussi la prit-il avec beaucoup de philosophie. La mort du prince André, pour qui il avait toujours conservé une affection très vive, l'impressionna beaucoup plus ; aussi, dès qu'il sut que la sœur de son malheureux ami venait d'arriver à Moscou, s'empressa-t-il d'aller lui rendre visite.

C'est là, chez la princesse Marie, que Pierre Besoukhow se retrouve en présence de Natacha, envoyée par ses parents à Moscou pour cause de santé. Tout d'abord, les vêtements de deuil de la jeune comtesse, son extrême pâleur et l'amaigrissement de ses traits, déroutent Pierre, qui ne la reconnaît point. Et cependant, depuis le jour où, en face du désespoir morne et absolu de la pauvre Natacha, il s'était senti pris subitement pour elle d'un immense attendrissement, la pensée de la jeune fille ne l'avait plus quitté.

Ce fut au sourire de la jeune fille que Pierre Besoukhow la reconnut. Il éprouva aussitôt une émotion tellement violente, que la princesse Marie et Natacha elle-même ne purent se tromper sur la nature de ses sentiments. Cette révélation ne parut pas, toutefois, au premier abord, impressionner outre mesure la jeune comtesse. Ce ne fut que peu à peu, les visites de Pierre s'étant renouvelées et devenant de plus en plus fréquentes, que le cœur de la jeune fille se laissa gagner à cette affection profonde et respectueuse jusqu'à la timidité.

D'ailleurs, l'excellent Pierre arrivait au bon moment. « Les aspirations au bonheur qui s'agitaient déjà depuis quelque temps au fond du cœur de Natacha étaient montées à la surface et demandaient maintenant à être satisfaites. » Aussi ne se fit-elle pas trop longtemps prier pour rendre à son modeste et dévoué adorateur affection pour affection. Ce dernier pas franchi, cette créature exquise, si vivante et si aimante, se transforma complètement au moral aussi bien qu'au physique. « La sève de vie se réveilla de plus en plus dans son cœur, presque à son insu, et se répandit sans lutte dans tout son être. Sa démarche, son visage, son regard, sa voix, tout se métamorphosa en elle. »

Quelques mois plus tard, Pierre et Natacha étaient mari et femme.

Quant au petit roman de Nicolas Rostow et de la princesse Marie, le dénouement devait se faire attendre plus longtemps.

Le vieux comte Rostow était mort quelques mois auparavant, laissant ses affaires terriblement embarrassées, si bien qu'après la liquidation définitive l'actif se trouva entièrement absorbé, et au delà, par le passif. Nicolas Rostow, qui avait le cœur bien placé, n'en accepta pas moins la succession de son père ; son beau-frère, Pierre Besoukhow, lui prêta trente mille roubles,

avec lesquels il désintéressa les plus pressés d'entre les
créanciers ; il prit des arrangements avec les autres ;
après quoi, renonçant courageusement à sa carrière,
malgré l'assurance qu'il avait de passer chef de régiment à la première vacance, il donna sa démission
pour prendre un emploi dans l'administration civile et
vint s'installer, avec sa mère et Sonia, à Moscou, dans
un logement des plus modestes. On comprend, dès lors,
que le rêve de la vieille comtesse Rostow, ce rêve que
Nicolas lui-même avait caressé avec une certaine complaisance, devenait irréalisable. Loyal et fier comme
il l'était, pourrait-il encore lever les yeux sur l'une des
plus riches héritières de Russie, maintenant qu'il n'était
plus qu'un modeste employé? Évidemment non. Aussi,
Marie étant venue faire visite à la vieille comtesse, Nicolas l'accueillit avec une réserve si glaciale, que la
pauvre princesse, se méprenant sur les motifs de cette
froideur, se retira désespérée. Le malentendu, fort heureusement, ne tarda pas être éclairci. La princesse
comprit la délicatesse de la conduite de Nicolas, et, naturellement, sentit son amour pour lui redoubler. La
glace une fois rompue, le reste alla tout seul. Le mariage se fit dans le courant de l'automne suivant, et
les nouveaux époux allèrent s'installer à Lissy-Gory
avec la vieille comtesse Rostow et la pauvre Sonia, ré-
signée, heureuse même de voir le bonheur des autres,
gardant pour elle sans amertume, sans plainte ni envie, le rôle mélancolique de « la fleur stérile de l'Écriture. »

Voilà ce roman, si touffu et si simple en même temps
rempli tout à la fois de tableaux largement peints à
grands traits et de croquis délicieux enlevés d'une main
délicate. Nous ne savons, en vérité, si nous avons pu
donner une idée juste de son ordonnance savante, et
surtout faire goûter à nos lecteurs le charme très personnel qui se dégage de cette œuvre absolument hors ligne.

Ce qui rend *La Guerre et la Paix* particulièrement
difficile à analyser, c'est que les deux parties entre
lesquelles le livre se partage également, se lient et se
tiennent si étroitement, tout en demeurant parfaitement
distinctes, qu'il devient fort peu aisé de les suivre dans
tous leurs développements sans les détacher quelque
peu l'une de l'autre. En effet, la partie militaire, *la
Guerre*, comme l'appelle l'auteur, et la partie intime, ou
la Paix, s'enchevêtrent du commencement à la fin sans
se confondre un seul instant, chacune conservant son
caractère propre, sa couleur et sa forme, comme ces
ornements d'architecture, compliqués et simples à la
fois, qui montent ensemble de la base au chapiteau

d'une colonne en gardant chacun son style et son dessin particulier, ou bien encore comme ces fils métalliques qui s'enroulent indéfiniment l'un sur l'autre sans
jamais se mêler.

Peut-être, à tout prendre, trouvera-t-on *la Guerre* su-
périeure à *la Paix*, pour la beauté des peintures, la
grandeur et l'animation des tableaux, la vivacité du
coloris. Il est certain qu'il n'existe point, à notre connaissance, de descriptions de batailles plus complètes
et plus serrées d'exécution, que celles d'Austerlitz et
de Borodino. Quelle page merveilleuse encore que l'incendie de Moscou ! Et la retraite de l'armée française,
depuis la ville sainte jusqu'à la frontière russe, vit-on
jamais drame plus grandiose, plus magistralement dé-
roulé dans sa réalité poignante ?

Et cependant, nous serions plutôt tenté, quant à nous,
de donner la préférence à *la Paix*, tellement nous sommes pénétré par l'exquise douceur de ces croquis de
la vie intime, rendus par l'auteur avec une intensité si
extraordinaire, que nous voyons réellement ses personnages, que nous nous réjouissons, que nous souffrons,
que nous vivons avec eux.

C'est dans cette partie du roman, à notre sens, que
se montre surtout la qualité maîtresse du talent du
comte Tolstoï, et ce qui donne à son œuvre une portée
philosophique considérable. Nous voulons parler du
don de pénétration psychologique, qu'il possède à
un degré étonnant, du sentiment des dessous de la vérité, qui fait qu'il va toujours droit à ce qui est humain
ou typique. Il descend jusqu'au fond des caractères et
les met à nu complètement, au risque de les rendre
moins sympathiques. Ce n'est pas assez pour lui de

nous les montrer sous leur aspect le plus intéressant, sous leur face principale ; il en étale, avec une incomparable puissance, les qualités et les imperfections, les complications, les contradictions. C'est un terrible et implacable psychologue, en vérité, auquel rien n'échappe, et pour qui la nature humaine, *si ondoyante et si diverse*, n'a point de secrets.

Avec quelle impitoyable sûreté de main il déshabille même celles de ses créations qu'il a caressées avec le plus d'amour : Pierre Besoukhow, Natacha, jusqu'à Koutousow !

Chose étrange ! moins ces créations échappent aux faiblesses communes à la pauvre humanité, plus elles se rapprochent de nous par leurs défaillances, par leurs défauts même, et plus elles nous intéressent, plus nous nous y attachons.

Voyez ce brave, cet excellent Pierre Besoukhow, toujours si bon, si facile à l'attendrissement, si prêt à tous les sacrifices : ne dirait-on pas que l'auteur a pris plaisir à noyer ses grandes qualités sous un flot de ridicules et d'habitudes viles et grossières ? Avec ses formes herculéennes, son habit vert, son grand chapeau blanc et ses lunettes, avec sa maladresse et sa gaucherie, n'est-il pas grotesque physiquement ? Et de même au moral, avec ses éternelles indécisions, avec son défaut d'énergie, avec son apathie, d'où il ne sort de loin en loin que pour se livrer à des explosions de violence presque sauvage, ne fait-il pas une pauvre figure ? C'est une sorte de grand enfant, naïf, distrait et rêveur, qui semble comme perdu au milieu d'un monde inconnu. Il gaspille son temps et son intelligence sans utilité pour personne, se laisse marier, sans savoir pourquoi, avec

une femme indigne de lui, se console ensuite avec les
théories mystiques des francs-maçons, qui ne le satis-
font pas longtemps; puis, finalement, cherche l'oubli
dans les plaisirs les moins nobles, dans l'ivrognerie et
le libertinage, jusqu'au jour où il est enfin converti à
la véritable science de la vie par l'infortune. Le tableau
est-il assez complet et le personnage assez outrageu-
sement traité? Et, cependant, comme nous pardonnons
à Pierre Besoukhow tous ses ridicules et même tous
ses vices, en faveur de la simplicité, de la bonté de son
cœur naïf et tendre!

Et la pauvre Natacha, quels contrastes choquants
n'offre pas son caractère! Voyez-vous cette fiancée,
recherchée, demandée par un homme fort au-dessus
d'elle par son rang, par sa fortune comme par son
intelligence, et qui n'a pas la patience d'attendre un
an le retour de cet homme à qui elle a donné les premiers battements de son cœur; qui s'éprend soudain,
à l'Opéra, d'une passion folle, inexplicable, pour un
bellâtre sans cœur, et se laisserait enlever par lui sans
la clairvoyante affection des siens; qui se reprend ensuite d'amour pour son fiancé mortellement blessé à
Borodino, tombe à la mort de celui-ci dans un désespoir profond, d'où elle sort presque subitement, pour
épouser, on pourrait presque dire en troisièmes noces,
Pierre Besoukhow? D'où vient, pourtant, que l'é-
trange et légère créature nous est si sympathique?
D'où vient que nous la trouvons si touchante, et que
les malheurs dont elle souffre, même par sa faute,
nous émeuvent si profondément?

Quant au prince André, d'une intelligence si élevée,
de sentiments si libéraux, et qui meurt d'une mort si

simplement héroïque, était-il bien nécessaire de nous le peindre aussi dédaigneux, aussi raide, aussi impatient? Pourquoi lui avoir donné ce caractère difficile et bizarre, ce désenchantement de toutes choses qui imprime à sa physionomie une sécheresse antipathique? Ce qui n'empêche pas, toutefois, cette hautaine figure de se dresser devant nous de telle façon, qu'à défaut de sympathie bien vive, elle nous impose le respect.

Que dire maintenant de la pauvre princesse Marie, de cet ange de résignation que l'auteur a eu la cruauté de faire si laide et si disgracieuse, et dont la piété même nous semble quelque peu ridicule, tant elle est près de verser dans le mysticisme et les pratiques du bigotisme le plus puéril?

Que dire surtout du vieux prince Bolkonsky, de ce vieillard sévère, despotique, égoïste, capricieux, maniaque jusqu'à la férocité, et dont le plus grand plaisir, le seul plaisir pourrions-nous dire, est de torturer sa malheureuse fille?

Il n'y a pas enfin jusqu'à Koutousow, son héros favori, son grand homme, que le comte Tolstoï ne se soit plu à rabaisser, en nous le montrant ombrageux, grognon, colère jusqu'à la violence, et en même temps d'une platitude poussée à l'excès devant le tzar.

Mais tous ces personnages, depuis le premier jusqu'au dernier, ont une qualité commune, la première qualité de toute création intellectuelle : ils vivent, ils vivent d'une vie intense, et voilà pourquoi nous y prenons tant d'intérêt. Les ombres que le peintre n'a pas ménagées à ses tableaux ne font que leur impri-

mer un caractère de vérité plus frappant. Les taches
dont il a noirci, comme à dessein, les physionomies
de ses héros, leur donnent un relief, une couleur
extraordinaire.

C'est tout un monde, toute une époque, fertile en
grands faits et en grandes figures, qui est évoquée sous
nos yeux avec son atmosphère enfiévrée. C'est en même
temps pour nous, Français, une révélation saisissante de
la vie russe. Il est certain que des centaines d'ouvrages
d'histoire et d'ethnographie ne nous donneraient pas
une intuition aussi complète du caractère russe et de
son tempérament que ne le font ces trois volumes de *La
Guerre et de la Paix*. Soit que l'auteur nous trace un
tableau fidèle de l'aristocratie russe au commencement
du siècle, de cette aristocratie légère, superficielle,
subissant encore l'influence de l'époque de Catherine II,
affectant de parler français avec une lenteur de bon
goût; soit que, pour faire contraste à cette aristocratie
raffinée qui rayonne autour de la cour, il nous intro-
duise dans une réunion de jeunes officiers de la garde
où, sous l'impression de l'ivresse, les vilains côtés du
caractère russe s'étalent en toute franchise; soit que
de Saint-Pétersbourg il nous transporte à Moscou,
ville plus calme, plus tranquille et moins française,
soit que nous quittions Moscou pour la campagne, où
nous surprenons dans son intimité hospitalière et pa-
triarcale la vie large des grands propriétaires terriens,
soit enfin que nous partions à franc étrier pour les
camps et pour les *isbas* modestes qui servent de quartier général au commandant en chef, — partout, nous
rencontrons, à leur place et dans leur milieu, les divers types nationaux russes, pris dans tous les rangs

de la société, croqués sur le vif, avec une puissance
d'évocation véritablement admirable. C'est bien la
Russie, la vraie Russie, et toute la Russie, que nous
apprenons à connaître avec ce roman merveilleux.

Au point de vue philosophique, *La Guerre et la Paix*
est également une œuvre des plus remarquables. Sans
revenir sur quelques bizarreries d'appréciation, sur
quelques développements un peu longs d'idées particulières au comte Tolstoï, — notamment touchant le
rôle de la volonté humaine dans les événements de ce
monde, — nous ne saurions trop louer la puissance
avec laquelle il s'élève contre la guerre, ni la façon
saisissante dont il nous montre l'énergie individuelle,
la volonté, l'intelligence, obligées de s'effacer complètement devant la force brutale.

On peut se demander enfin si le véritable héros du
roman, si Pierre Besoukhow n'est pas une création
plus complexe qu'il ne semble au premier abord. Le
comte Tolstoï n'a-t-il pas voulu nous montrer, dans ce
grand garçon, aux instincts confus mais honnêtes, qui
a rapporté de la France, où il a été élevé, des idées
très avancées pour l'époque, le produit d'une période
de transition et le type de la société russe au seuil
d'une ère nouvelle ? Fait prisonnier par les Français,
Pierre Besoukhow est converti à la véritable science
de la vie par l'exemple et les théories d'un simple soldat, son compagnon de cachot. Ne faut-il pas voir ici
une allégorie ? Et l'auteur n'a-t-il pas voulu indiquer
par là que le salut et l'avenir de la jeune société de
cette époque ne pouvaient être réalisés qu'en abandon-
nant les traditions du siècle passé, et en se rapprochant du peuple ?

Quoi qu'il en soit, nous ne pourrions nous arrêter si nous avions l'ambition de louer, comme il le mérite, ce magnifique roman, dont les proportions seules inspirent à la fois le respect et l'admiration. Le cadre en est immense, en effet : il embrasse toute une partie de la Russie ; les personnages sont innombrables ; on n'y compte pas moins de trois empereurs avec leurs ministres, leurs maréchaux et leurs généraux, des officiers, des soldats, des nobles et des paysans. Mille tableaux passent successivement sous nos yeux, variés, changeants, mais tous également beaux, également saisissants, se liant tous, s'enchaînant tous clairement, sans confusion. Il est tel épisode qui, traité avec les développements qu'il comporte, eût suffi à lui seul pour former la matière d'un fort volume.

Nous chercherions vainement dans la littérature contemporaine, à l'étranger aussi bien qu'en France, une œuvre à placer à côté de cette œuvre exceptionnellement remarquable.

Nous serions, de même, fort embarrassé de dire de quel écrivain procède le comte Tolstoï. La manière dont il a traité son sujet est absolument originale et personnelle. Si parfois, dans cette vaste et magnifique épopée, il fait penser à Walter Scott, il s'en sépare par la sobriété des descriptions et par une conception beaucoup plus exacte et plus serrée de la réalité. Par moments, il a le charme pénétrant et le sens des intimités de la vie de Dickens, par moments le mouvement et la précision de Mérimée. Mais avant tout, il est lui-même. L'auteur de *La Guerre et la Paix* est un écrivain russe jusqu'à la moelle des os. Pour nous résumer, nous dirons avec l'écrivain le plus autorisé de

20

tous, en un pareil sujet, et par son immense et magistral talent, et par sa nationalité, nous dirons avec M. Ivan Tourgueneff : « Ceci est une grande œuvre d'un grand écrivain, et c'est la vraie Russie ! »

FIN

TABLE

MOSCOU

SAINT-PÉTERSBOURG

Imprimerie générale de Châtillon-sur-Seine. — A. Pichat.

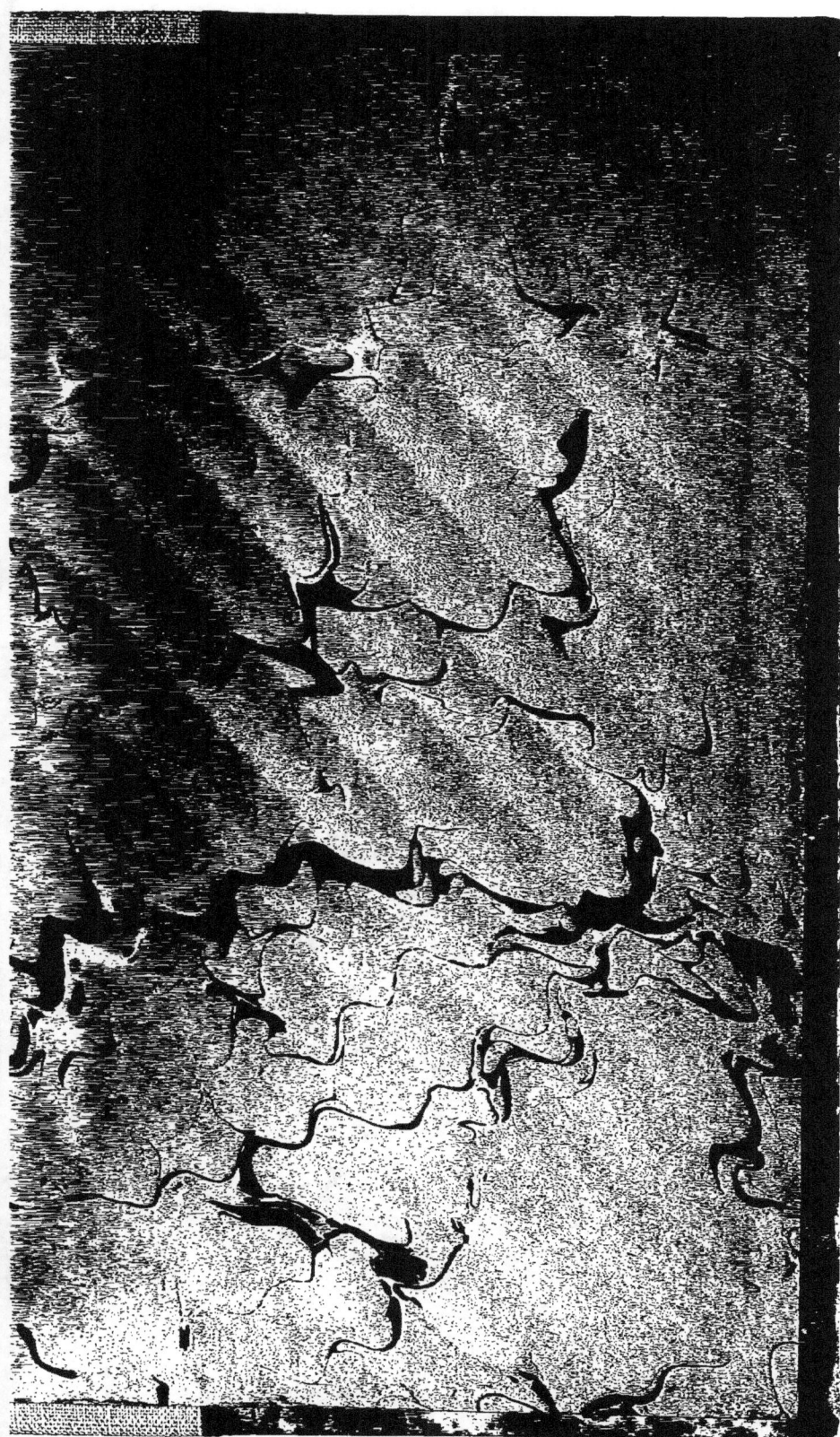

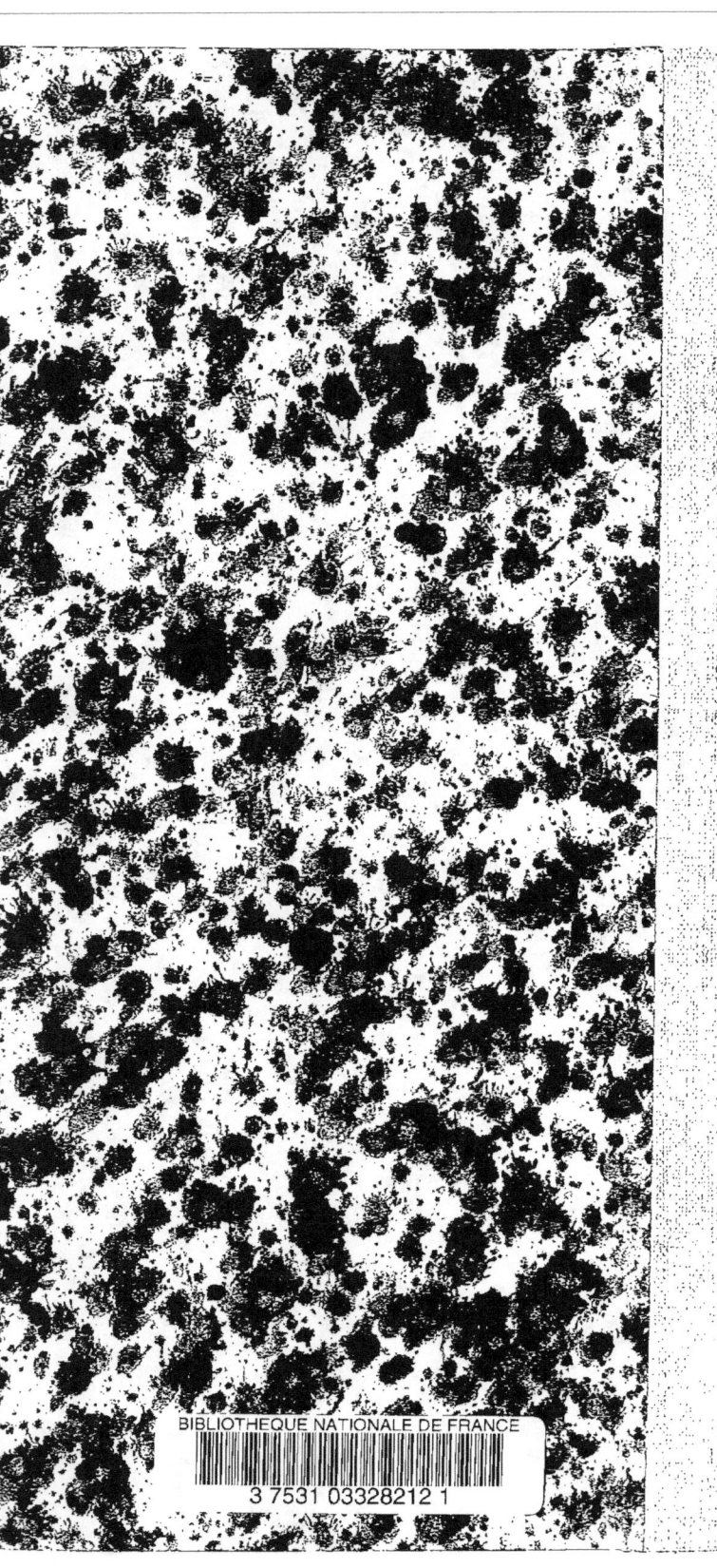

www.ingramcontent.com/pod-product-compliance
Lightning Source LLC
Chambersburg PA
CBHW070305030726
47505CB00004B/913